Ⅲ

"This is a common maid skill."
The supermaid has got time to go on a journey by being falsely accused.

三上康明

Illustration
キンタ

メイドなら当然です。

濡れ衣を
着せられた
万能メイドさんは
旅に出ることに
しました

ニナの旅行記

イズミ鉱山の事故復旧が終わってから、
わたしたちはウォルテル公国の首都に移動しました。
ティエンさんでも食べられるお肉を流通させてくださっていた、
「ゴールディング商会」さんに、お礼を言いたかったのです！
商会長であるクレアさんは、お肉だけでなく魔道具の発明事業も
手がけていらしたとても素敵な女性でした。
発明家のケットさんとのすれ違いも元通りになって……きっと、そのぅ、
おふたりは恋人同士に、なったんじゃないかなぁって思っています。
わたしたちはウォルテル公国を出て、
お隣ユピテル帝国の首都サンダーガードにやってきました。
ここは「沈まぬ太陽の照らす都」と言われるほどの大都市で、
とーっても大きいんです！
ここでティエンさんのご両親の情報を集めたかったのですが、
「凍てつく闇夜の傭兵団」にいたのは月狼族のニセモノさんでした……。
とても残念だったのですが、そんなわたしを見てエミリさんが
「リゾート地に行こう！」と言ってくださいました。
帝国の南方にあるサウスコーストはまさにリゾート地でしたが、
その下町は温泉が涸れていてちょっぴり元気がなかったのです。
でも、アストリッドさんの魔道具と、エミリさんの魔法で
なんと温泉が復活したんです！　すごいですよね!?
おふたりならなんだってできちゃうんじゃないでしょうかっ。
温泉を楽しんだわたしたちは首都サンダーガードに戻ったのですが、
そこでなんと、同じメイド仲間であるキアラさんといっしょに
お仕事をすることになりました。
「メイド勝負」とキアラさんはおっしゃっていましたが、
とても手際のよい仕事をされるキアラさんは勉強になりました。
またいっしょにお仕事ができるといいなぁ。
ただちょっと問題もありまして……。
なんと、皇帝陛下がわたしをお呼びなのだそうです。
いったい、どういうことなのでしょうか……？

●これまでの旅程
ウォルテル公国「首都セントラルファウンテン」→ユピテル帝国
「首都サンダーガード」→帝国南部のリゾート地「サウスコースト」→
再び「首都サンダーガード」

c h a r a c t e r

エミリ

魔導士の少女。
いつまでも見習いレベルの魔法しか使えないため、
「永久ルーキー」とあだ名をつけられていたが、
ニナのおかげで『第5位階』の
魔法を使いこなす一流魔導士となる。

ニナ

冤罪により屋敷を追い出されたことをきっかけに、
旅をしているメイドの少女。
一見地味な女の子だが、
その実どんな仕事も完璧にこなすスーパーメイドさん。
「メイドなら当然です」が口癖。

ティエン

少数民族「月狼族」の少女。
働く街の食事が合わず、
常に空腹で力が出なかったが、
ニナが原因を解明したことで本来の力を取り戻し、
両親を捜すためにニナの旅に同行する。

アストリッド

女性発明家。
発明のための実験が上手くいかず
燻っていたが、
ニナのアドバイスにより
世界を変えるような大発明に成功する。

c o n t e n t s

プロローグ
メイドは嵐の前の静けさに身を置いていた

ちりーん、ちりーん、と鐘の音が聞こえてくると、路地裏で遊んでいた小さな子どもたちがワァッと表通りに出てきた。

「でっけぇーっ！」

「まどーかしゃでっけぇなぁ！」

「——子どもは近づくんじゃねえぞ、危ないからな」

近くにいた大人が声を掛けている。

ちりーん、ちりーん、という鐘の音とともに姿を現したのは、魔術の力で動く魔導貨車だ。人が歩くほどの速さでしかないのだけれど、何両もの貨車を牽《ひ》いて進む。

「あっ、金ぴかの馬車だ！」

「え、どこどこ」

子どもたちの注意はすぐに違うものに移る。

すこし先にはこの街でいちばん大きな幹線道路があって、端から端まで歩くと1分は掛かってしまうほど。何台もの馬車がすれ違って走るその道路は、魔導貨車よりもずっと危ないので、親からは「行っちゃダメ」と言われているのだが、そんなこと忘れてしまって子どもたちは駈《か》けていく。

とはいえ、幹線道路周辺は厚い人垣ができており子どもたちが近づくことはできなかった。

「金ぴか？　どこ？」

「ほらあそこ！」

人々が足を止めていたのには理由があった。

周囲には多くの横断幕やのぼりが掲げられていて、それらには、

『皇帝在位50周年記念』

と書かれてある。

シンボルマークは重なるように書かれた三つの丸――つまりはただの三重丸だ。

「あれだよ！」

子どものひとりが指差したそのとき、うまい具合に人垣が割れて向こうが見えた。

金箔《きんぱく》を貼った屋根は夏の陽射しを反射してきらめいている。窓に施された装飾は細かく、思わず見る者が息を呑《の》むほど。大きな車輪には魔物の革が巻かれていて、他の馬車とは違って音も立てず静かに進んでいく。

馬車の扉に刻まれた紋章は、太陽と月、そのふたつをつなぐ剣《けん》。モチーフを囲むように三重の円だ。

この国、ユピテル帝国皇帝一族だけが使用することを許される紋章である。

「うわあっ、すげえ！」

「金ぴかだぁ！」

子どもたちは大喜びだったが、それを無作法だと咎《とが》める大人はいない。というより大人たち自身が「すっげえなあ」「どなた様が乗ってらっしゃるんだ」なんて言っているくらいなのだから。

「陛下が呼ばれた賓客だという話だぞ」

「ってぇことは、在位50周年記念式典に参加される？」

「そりゃあ、そうだろう」

「よその国の王様とかか？」

「バカ。王様なら自分とこの紋章を掲げてくるだろう」

「じゃあ誰なんだい」

「さぁなあ――」

そのころには馬車は、遠くへ去っていた。

馬車の向かう方角はこの国の中心である、皇城だった。


その金ぴかの馬車が停まると、ドアががちゃりと開いた――そんな豪勢な馬車を迎えるというのに、ほとんど人はおらず閑散とした駐留所である。

「あいたたたた……ちょっと乗っただけで腰が痛くなるってどういうことよ。帝国トップの馬車でもこの乗り心地かぁ」

腰に手を当てて伸びをしながら馬車から降りたのは、魔導士ふうの帽子の下に、真紅の髪をなびかせている少女――エミリだった。

「エミリはもっと身体《からだ》を鍛えたほうがいいのです。チィはなんともない」

その後にぴょんと馬車からジャンプして降りてきたのは小柄な少女で、頭からはぴょこんとふたつのオオカミの耳が立っており、両手もまたゆたかな毛並みがある――ティエンだった。

「そうだよエミリくん。冒険者なのに情けない」

そんなことを言いながら馬車から降りるときに足を滑らせて、ティエンに抱き止められたのは、長身で、発明家らしいツナギの服を着込んでいる――アストリッドだった。

「……ツッコミどころしかないわね」

「いやあ、失敗失敗。ティエンくんありがとう」

「アストリッドは一般人を目指すのです」

「言うようになったねぇ。そうは思わないかい、ニナくん」

最後に降りたのは、ティエンよりは大きいが、小柄で、メイド服を着こなした――どころかメイド服が肌の一部なのではないかというくらい板についている――ニナだった。

「あ、あはは……」

リアクションに困ったニナは苦笑いするしかない。

「それにしても――ここが皇城の内部なんですね。わたし、こういうところに来るの初めてです」

「あたしだってそうよ。ていうかみんなそうよ」

エミリが応える。

そう――皇城。

それはユピテル帝国皇帝のいる場所であり、「沈まぬ太陽の照らす都」、「千年都市」、「栄光の帝都」とも呼ばれる首都サンダーガードの中心地でもある。

巨大な濠《ほり》に囲まれ、巨大な壁がそそり立ち、出入りできるのはいくつかの限られた門だけとなっている。

ニナたちが降りたのは皇城を入ってすぐ――30分以上掛けて念入りな身分確認と持ち物確認が行われたのだけれど――の馬車用の駐留所だった。

城壁の陰になっていて、草も生えない空き地のような場所だった。

皇城内部には石造りの3階建ての建物が並んでおり、一般市民がうろうろしていることはなく、制服を着た兵士や官吏、皇城内で働く職人や使用人の姿だけが見えた。

「――あなたがニナ、ですか？」

4人のいる場所へ近づいてきたのはきまじめそうな顔の、長身メイドだった。紫紺《しこん》のメイド服を着ており、ニナのそれとはエプロンの形も含めて雰囲気が違う。

「こちらへいらっしゃい。メイドの宿舎に案内しますから。……はぁ、まったく記念式典でこうも忙しいときにどうして上の方々の酔狂に付き合わなきゃいけないのよ……」

面倒そうに言うと、ニナたちに背を向けてすたすたと歩き出した。

「…………」

「…………」

「…………」

「…………」

ニナたちが視線をかわしたあと、エミリから、

「……これ、帰っていいって意味よね？」

「……そうだねぇ、少なくともニナくんは歓迎されていないようだし」

「……チィは早くこの街を出たいのです。あのデカい騎士団長ももういないことですし」

３人が額を合わせて話していると、

「さ、さすがに皇帝陛下のご命令の内容を確認せずに行ってしまうのはどうかと……」

ニナが苦笑して言うので、渋々ついていくことにした。

振り返ってみると——ニナたちはこのユピテル帝国にやってきて、まず首都のサンダーガードを観光した。まあ、観光とは言っても魔道具を扱うゴールディング商会の商会長、クレアの悩みを解決したり、それからティエンと同じ月狼族《げつろう》が所属するという「凍《い》てつく闇夜の傭兵団《ようへい》」を調査してみたり、ろくに観光らしい観光もしなかったのだが。

その後、「リゾート地に行きたい！」というエミリの強い強い希望によって観光地サウスコーストへ移動、そこで地元の温泉が涸《か》れるという問題を聞き、温泉復活のために協力し、さらには貴族の息が掛かったリゾートホテルからの攻撃をはねのけたりもした。

首都のサンダーガードに戻ってみれば、今度はニナを欲しがる貴族と、世界でもトップクラスの実力と言われる「ルーステッド・メイド」であるキアラとのメイド勝負が繰り広げられ——勝利し

たものの、ニナの前に現れたこの国最強の男、騎士団長グリンチによって皇城へと送り出されたというわけである。

　こうして考えてみるとトラブル満載だったユピテル帝国である。ティエンが早く街を出たいと言うのもわかるというものだけれど、皇帝陛下から呼び出しを受け、それに背を向けるというのはかなりマズい。今後一生ユピテル帝国に入らないというのならいいかもしれないが、ユピテル帝国は大陸内部でも交通の要所を押さえている大国なので、ニナが観光の旅を続けるのならばユピテル帝国皇帝からにらまれるなんてあってはならない。これから先、ニナがどこかのお屋敷で働くことを考えても、ユピテル帝国と関係を持たないなんてこともあり得ないのである。

「はぁ……まあ、そうよね。こうやって権力をちらつかせて命令されるの、ほんとにストレスだわ〜」

　エミリが心底うんざりしたような顔で言った。

　ニナたちが先ほどのメイドについて歩いていくこと、20分。皇城というひとつのエリア内であってもとにかく広いが、そのすべてに人の住む建物があるというわけではなく、巨大な弩《いしゆみ》や投石器といった兵器、厩舎《きゆうしや》や鍛冶工房もあり、万が一戦争が起きたときのことも想定されていた。メイドの宿舎は奥まった場所にあり、男性使用人も含めて4棟の建物が並んでいた。建物の内部に入ると日光が遮られてひやりとした空気が流れている。宿舎とはいえさすがは皇城内部と言うべきか、床の汚れは最小限で、壁や窓ガラスも磨かれてあった——ニナからすると隅のホコリやかすかな窓ガラスの曇りが気になってうずうずするのだが。

日中なのでメイドたちは出払っており、非番の者、宿舎内の仕事を任されている者がわずかにいるきりで、内部は静まり返っていた。

「メイド長」

「――ああ、お帰りなさい」

3階建ての建物には百人を超えるメイドが寝起きしているのだろうと思われたが、メイド長と呼ばれた女性の部屋も他のメイドとほとんど変わらない狭さだった。書棚には多くの書類があるという点が大きく違うが。

きまじめな顔をした長身メイドが入っていくと、メイド長は書き物をしていた手を止めてこちらを見た。小太りながら、こちらもきまじめな顔をしていた。

「あなたがニナ？」

「はい」

「後ろの女性は？」

「はい。わたしのパーティーメンバーです」

ニナが答えると、「パーティー？　なんの話？」という顔をするので、

「その、わたしは今はどこのお屋敷からも雇われておりませんので、パーティーに加えていただいております」

言うと、メイド長はますます「わからない」という顔をし、

「加えていただいたって言うより、これはニナのパーティーだけどね」

エミリが言うと、メイド長はさらにわからなくなったようだが、とりあえずエミリが魔導士ふうの格好をしているので、彼女が冒険者であり、「パーティー」とは「冒険者パーティー」のことかと合点がいったようだ。

「……そう、そうなの。わかりました」

はぁ、と深いため息を吐《つ》いたメイド長は、

「であれば、あなたにお任せする仕事はありません」

きっぱりと言った。

「え？」

「冒険者のメイドに、栄えある皇城での仕事をお任せできないと言ったのです」

「——ちょっとアンタ、いい加減にしてよね。こっちは来たくもないのに呼び出されたっていうのに——」

「はいエミリくん、落ち着こうね～」

牙を剥《む》き出しにして噛《か》みつきそうなエミリを後ろから羽交い締めにしてアストリッドが引き下がると、メイド長は忌々《いまいま》しそうな顔で告げる。

「こちらとしても外務卿からの指示がなければあなたなどをこの宿舎に入れることすら拒絶したことでしょう。まして、がさつな冒険者が栄えある皇城にいるなんてこと……」

「それなら帰るっていうのよ！　アンタがここの長ならさっさとそう命令すればいい——もがもごっ」

「はいエミリくん、落ち着こうね～」

今度はアストリッドがエミリの口をハンカチで押さえた。

「外務卿のご指示の手前、皇城から出すわけにもいきません。私はこれから賓客のお出迎えがあるので迎賓館に行きますから、あなた方にはこの宿舎にいなさい。一室を与えるので、この建物からは出ないこと。いいですね？」

メイド長がそう言うと、面会は終了となった。


「あ～～～もうなんなのよっ。こっちは出て行っていいならさっさと出て行くっていうのに！」

「まあ、エミリくんの憤りもわかるけれどね、何日かここにいれば解放してもらえるのならいいじゃないか。皇城の敷地内にも興味があるし」

メイド宿舎の一室は、二段ベッドをふたつ置いたらそれだけで部屋はいっぱいというところであった。ニナたちはここに来るまで荷物をまとめることもできなかったので着の身着のままで来たのだが、いつの間にか、宿に置いておいたはずの荷物もここに届いていた。ニナたちの情報は調べ上げられ、手も回されているということか。

それだけでなく、ベッドの下にあった収納にはサイズがばらばらの、つまり4人分のメイド服もまた置かれてあった。

「じゃあなに？　アンタはこのメイド服を着てうろうろしたいわけ？　その発明家の格好じゃ浮いちゃうわよ」

「これも悪くないけどねぇ」

「きっとお似合いですよ！　あ、その……わたしと同じ服ではイヤかもしれませんが……」

「そんなことはないよ。ニナくんとおそろいなんてうれしいじゃないか」

「……アストリッド、マジで言ってる？　それにさ、ニナはどうなのよ？　あんなふうにむちゃくちゃ言われて」

「え？　わたしですか？」

　急に話を振られたニナは、

「その……エミリさんはがさつでもなんでもないですし、エミリさんの素敵さを理解できない人なんだなって思ってました！」

「…………」

　直球で、しかも不意打ち気味に褒められたエミリは顔を赤くして、ニナに背を向けると腕組みして、

「そういうことじゃないのよ！」

　なんて言うが、うれしそうだった。

「にやにやしてるエミリくんはさておき――」

「してないわよ！」

「――ティエンくんはなにも言わなかったね。エミリくんくらいなら私でも押さえられるけど、ティエンくんが暴れたら無理だったろうなぁと思ったんだけれど」

さっきからずっと黙っていたティエンは、ここに来てずっと難しそうな顔をしていた。

「……臭いのです」

「え？」

予想もしなかった言葉が出てきてアストリッドの顔にクエスチョンマークが浮かぶ。

「なんだかずっと変なニオイがしているのです。ぎりぎり我慢できますけど……ここにずっといなきゃいけないならチィは外で過ごしたい」

ティエンをのぞく3人は顔を見合わせた。

ティエンはかつて、ウォルテル公国にある鉱山街に暮らしていたが、そこでの料理を一切食べられなかった——それは、鉱山街に食材を運ぶ際に使われている特殊な保存料のせいだった。

月狼族であるティエンはすさまじく嗅覚が優れており、それは特殊な教育を受けてきたニナをしのぐ。

「ニオイ……気になりますね。行ってみましょうか」

ニナが言うと、エミリがごろんとベッドに倒れ込んだ。

「ええ……またなにかトラブルに首を突っ込むの？」

「あ、す、すみません……皆さんは休んでいただいて構いませんよ」

「いや、ヒマで死にそうだから私は行くよ。ティエンくんにはそのニオイの元に案内してもらわなきゃいけないとして、エミリくんはひとりでここにいるってことで……」

「わかったわよ、アストリッド！　そういう言い方はズルい！」

エミリが飛び起きた。

「ズルいってなんだい？」

「そのニヤニヤした顔が許せないのよ」

「あっはっはっは」

ふたりでやり合っているのを見たニナはティエンに、

「エミリさんとアストリッドさんは、仲良しですね」

「はいです」

そんなふうに言ったのだった。


「へー、意外と動きやすいのね」

「それはそうさ。汚れも目立ちにくいし、機能的なんだよ」

「チィはニナとおそろいでうれしいのです」

旅装ではさすがに目立つ——ということで、結局4人は用意されていたメイド服に着替えたのだった。

こうして、ニナたちは皇城に呼び出されたものの、結局仕事を与えられるでもなくメイドの宿舎をうろうろし始めたのである。

「お三方とも、なにを着てもとてもかわいらしいですね！」

ニナはうれしそうに手を叩《たた》いて喜んでいた。

これからこの皇城に――大陸屈指の大国、ユピテル帝国の皇城に訪れる嵐のことなど知るよしもなく――。

第1章　五賢人の集結

ユピテル帝国皇帝在位50周年記念式典――と書くと長いので、街中では帝国皇族を表す三重丸と「50」の数字がいたるところに見られた。

菓子にも「50」の数字が焼き込まれ、首都に運び込まれる食肉や野菜にも「50」の印が捺《お》されてあった。

この一か月はずっとお祭り騒ぎが続いているのだけれど、極めつきはこれから始まるパレードだ。

皇城の周囲は幹線道路と同じ広さの道路がぐるりと一周しているのだが、そこを帝国有力者がパレードをして練り歩く。

初日と2日目は有力商会による音楽隊とフロート《山車》が牽かれる。フロートと言っても、家具商会ならば人目を引く家具を載せ、果物商会なら山盛りの果物や作り物の巨大果物を載せる。

3日目からは貴族家が多大な金額を投じて作るフロートの登場だ。

フロートの豪華さに制限はないが、魔道具の一切の使用が禁止されている。ここでテロ活動でもされたらたまらないので、皇城周辺は魔術の一切が作動しないような魔術結界が張られているのだ。

警備態勢も厳重で、首都配備の兵士はもちろん、いつもなら出てこない騎士隊も常に巡回警備している。

それほどまでに魔道具というものは恐ろしく、兵器として機能するのである。

魔道具が使えないことの不便は実のところさほどなく、明かりを使えないのでパレードができるのは日中に限るというくらいだろう。

首都市民にとってはそんなこと関係なく、むしろ日が暮れたら家に帰っているので、日中のパレードを見学できればよかった。

今日も今日とて有力商会のフロートが登場しており、多くの市民が皇城周辺に詰めかけていた。

フロートがいない間は、そのルートを騎士隊が通っていく。

実のところこの騎士隊も、ふだんは市民の前に出ることがないエリートたちなので、市民からすると彼らも見物の対象だったりする。

騎士隊の先頭には、ひときわ大きな馬と、大きな体軀《たいく》の男がいた。

身長2メートルはありそうで、きらびやかな金糸の飾りがついた騎士服を着ており、胸には勲章がずらりとぶら下がっている。短く刈り込んだ深緑色の髪と、よく日に焼けた肌は、エリートとして屋内業務も多い騎士にしては珍しい風貌で、さらには顔には幾筋もの傷痕があった。

「おおっ、あの御方は……？」

「知らんのか？『帝国の剣』って呼ばれてる、最強の騎士様だぞ」

「騎士団長様だな」

市民がどよめいた。それを聞き流し、巨軀の男——騎士団長グリンチ伯爵は油断なく周囲を観察している。

　そこへ、後方から騎士を乗せた馬がやってきた。

「団長！　そろそろお時間ですので皇城にお戻りくださいませ」

「む、もうそんな時間か」

　団長が馬を反対方向に返すと、馬はこれまでとは打って変わって速度を上げて走り出す。今まで
ずっと我慢していたかのように。

　地響きを立てて走り去るその姿に市民はまたもどよめいた。

　グリンチ伯爵が皇城内に戻るとメイドが駆け寄ってホコリをはたき、儀式用の飾り剣を差し出し
た。それを腰に吊《つ》るすと、主城の前に集まっていた貴族たちと合流した。

「グリンチ騎士団長、ぎりぎりですな」

　好々爺《こうこうや》然とした老人が話しかけてくる。

「外務卿。今日はまた貴族の数が多いですな」

「左様。これからお越しになる賓客を思えば、一度は顔をつなごうと考えるのは貴族として当然」

「それは外務卿もですか」

「ほっほっ。この老体にはどんな栄達ももはや必要ありませぬよ」

　老人――この帝国の外交の一切を司《つかさど》る外務卿は笑うのだけれど、皇帝陛下がこの外務卿を信頼し、
長年にわたって重用していることは帝国貴族ならば誰でも知っている。

　賓客の出迎えに外務卿がいないということはあり得ない。

「――『剣』の馬車が正門を通過されました。まもなくこちらにいらっしゃいます」

通達があると貴族たちのざわめきは収まっていく。「剣」とは皇室を示す太陽、月、剣のモチーフのうちのひとつであり、年間でも数回しか使われないというレアなものだ。それ以外にも無印の皇室馬車があるが、それはニナたちが乗せられたものである。

やがて正門方面から馬車がやってくる。

それを率いるのは帝国の近衛騎士隊だ。近衛騎士は皇族を守るためにいるのだけれど、「剣」「太陽」「月」の馬車の警護にも当てられる。それほどの重要人物なのだ。

「五賢人がおひとり、トゥイリード＝ファル＝ヴィルヘルムスコット様のご入城――」

声が朗々と響くと、貴族たちは深々と頭を垂れ、外務卿だけが馬車に近寄った。

馬車のドアが開くと、この夏の盛りだというのに長いローブを羽織った男が姿を現した。

特徴的なのはすらりとした長身の頭にある長く美しい金髪、そして左右にぴょんと飛びだした先の尖《とが》った耳だろう。

見た目は20代の男性という感じではあるが、彼は数百年の時を生きるエルフ種族だった。

どこか神聖さを感じさせる怜悧《れいり》な面立ちと、長いまつげで覆われたグリーンの瞳はますます彼を浮世離れした存在のように見せている。

排他的なエルフ種族は大森林の奥で独自の文化と魔術を進化させているのだが、その一端を披露し、またエルフの特産品をもたらしてくれるトゥイリードは「エルフとヒト種族の架け橋」とか、底知れぬほど深い魔術知識を持っているがゆえに「大陸魔導士の頂点」とも言われる。

「お久しぶりです、外務卿。息災そうでなによりです」

「トゥイリード様、健康ではありますが、私はもうずいぶんもうろくしましたよ。今回のご滞在中に、次代を担う帝国の俊英を紹介いたしたく存じます」

「もうそんな時期ですか……時が経《た》つのは早い」

「初めてお目に掛かったのは、私が貴族のキの字も理解していなかった時分でございましたな。あのころ、確か陛下は——」

「——ふたりとも、思い出話に花を咲かせていないで、まずは中に入りなさいな」

柔らかいがよく響く女性の声——この声の持ち主を、この場にいる全員が知っている。

すでにグリンチ騎士団長はその女性の横に立っている。彼がここにいるのは賓客を守るためではなく、この人を守るためだった。

「陛下、わざわざこんなところまで来てくださるとは」

「トゥイリード様、我々にとってあなたはとても重要なお客様です」

「重要な『利益をもたらす客』ですか？」

「ほほほ。あなたにまでそのように言われてしまうと、余も悲しい」

「陛下は、即位前と即位後と、変わらず接してくださる数少ない御方ですね」

にこやかに言いながら、トゥイリードはユピテル帝国の頂点である皇帝陛下の隣へとやってくる。

ふたり並んで主城に入ると、その後ろに警護役の騎士団長が、そして外務卿を始めとする貴族たちがぞろぞろと入ってくる。

曇りひとつなく磨かれた床。大ホールには侍従、使用人たちが並んでおり、深々と頭を下げていた。使用人は男性従者より圧倒的にメイドが多いのがユピテル帝国の特徴かもしれない。それは皇帝陛下が女性であるからだとよく言われるが、先代皇帝陛下の御代《みよ》からそうだったのでただの伝統ではあった。

壁際に立つ騎士も直立不動で動かない。階段を上がって大きな扉が開かれると、弦楽の音が聞こえてくる。赤い絨毯《じゅうたん》の先には皇帝の玉座があったが、当然そこは空席だ——本人が歩いて向かっているのだから。

「五賢人の皆様がおそろいになってから、式典を始めましょう。今日はゆるりとおくつろぎください」

「ありがとうございます」

「さあさ、皆も今日はトゥイリード様をわずらわせないように」

ここは本来謁見の間となるのだが、謁見も略式とした。皇帝が「出て行け」と言えば貴族たちも引き下がらざるを得ない。貴族たちがいなくなると、残ったのは皇帝とトゥイリード、外務卿にグリンチ伯爵だけとなった。いつの間にか弦楽も止《や》んでいる。

「お気遣い、痛み入ります」

「ふふ……トゥイリード様はいつも難しい顔をしていますからね。明後日から始まる『賢人会議』を考えれば、今日くらいは休息が必要でしょう」

「あの連中と話すのはなかなか大変ですからね」

トゥイリードが苦笑した。

今回の、皇帝在位50周年記念式典の目玉は、街中に飾った横断幕や、皇城外のパレードではもちろんない。多くの貴族や騎士への受勲式でももちろんない。

「賢人会議」である。

これは五賢人が一堂に会し、それぞれの知見を披露し合うもので、その場で多くの魔術的な発明や、世界的な問題が解決される。

開催は不定期ではあったが、長くとも10年を空けることはなく、前回行われたのは8年前だった。

五賢人はそれぞれひとかどの人物であり、トゥイリード自身もそうだけれど、各国の王よりもその名を大陸に広く知られている。

ただ問題があるとすれば、会期は10日で設定されているのに、10日をフルで使い切ったことがないことだろう。

長くても5日、短いと3日で終わる。前回は4日だった。

議論が尽きるのではなく、それぞれ賢人同士の仲が悪すぎて議論を止めてしまうのだ。

10日いっぱいとは高望みだが、せめて5日は実施したい——この会議を長引かせるのが記念式典の成功と失敗を左右する。

「それにしても、トゥイリード様は今回の賢人会議には意欲的なのですね。予定の前日に来てくださるとは」

「ふふ、皇帝陛下もお人が悪い。もっと早くあのことを教えてくだされば、前日どころか3日も4

とは。陛下のご慧眼《けいがん》には驚きます」
「ニナさんのことです。クレセンテ王国にいた彼女が、よもやユピテル帝国の皇城で雇われている
「……え？」
日も早く来ましたのに」

「ニナ……あ、ああ、メイドのニナですね」

皇帝はハッとする。グリンチ伯爵にお願いしてメイドのニナを連れてこさせるところまでは手配したのだが、あくまでもトゥイリードの歓心を買うためだけで、自分自身がそこまでニナに興味を持ってはいなかった——それはまあ、一国の皇帝が一介のメイドに興味なんて持つわけはないので、彼女の反応は当然だと言える。

ゆえに、これほどまでトゥイリードが執心しているというのは意外だった。

トゥイリードにニナのことを知らせたら、すぐに皇城にやってきた、ということなのだろう。

いったいどれほどのメイドだというのか。

五賢人のひとり、トゥイリードがここまで執心しているのだ。

俄然《がぜん》、皇帝は興味が湧いてきた。

「実は、ニナというメイドは余も知らないのです。あくまでもトゥイリード様が気に入っていると聞いたので、まさに今日呼び寄せただけですから」

「ああ、そうなのですか。お気遣い痛み入ります。それなら迎賓館にニナさんがいるのかな」

「ともに参りましょうか」

皇帝陛下が迎賓館に行くのは問題ないが、その理由が「メイドに会うため」だというのは異例中の異例だった。外務卿とグリンチ伯爵がぎょっとした顔をする。

「陛下はお忙しいでしょう？　どうぞお気遣いなく」

「余も気になるので」

「そうですか？　それなら……いっしょに行きましょうか」

トゥイリードと皇帝陛下が歩き出したので、外務卿とグリンチ伯爵もそれについて行かざるを得ない。

謁見の間から出てきた4人に気づいた侍従長は、予定にない行動にあわて、スケジュールの変更を各所に伝達する。

皇帝たち一行は迎賓館へと向かった。


そのころニナたちは迎賓館——どころか、メイドの宿舎にいた。

「ニオイの原因はこちらでしたか……」

ティエンの案内で進んでいくと、途中からニナも気づくようになったが、エミリとアストリッドは最後まで気づかなかった。

そこはお手洗いだった。

芳香剤の香りが廊下にまで流れ出ていたのでそのニオイはエミリとアストリッドも感じ取れたが、ニナとティエンの鼻はその陰に隠れた汚臭を嗅ぎ取っていた。

メイドの宿舎なので女性用のお手洗いしかない。入口の横には紙が貼られてあった。

『魔道具故障のため使えません。記念式典が終わるまでは別のお手洗いを利用すること――メイド長』

と。

「なるほど？　記念式典を前に大忙しで、修理どころじゃないってことね？」

妙にこもった声がしたけれど、それはエミリが鼻を押さえているからだった。

「魔道具故障なら、ここにちょうどいい人間がいるわね」

「一般的なお手洗いでは浄水、排水、洗浄の魔道具が使われているんだけど、これはおそらく排水がうまくいっていないみたい。下水からのニオイがこっちに流れてきているんだ。皇城にお住まいのメイドの皆さんにはどんな魔道具が割り当てられているのかね。気になるね」

アストリッドは腕まくりしてやる気満々だった。

「ま……なにもない部屋にいてもヒマだし、あたしたちも使うことになりそうだから、掃除くらいしましょっかね。ニナもその気なんでしょ？　って……」

「はい？」

すでにニナはどこから持って来たのかデッキブラシと雑巾を手にしていた。

「愚問だったわね……この子は仕事があるとこなさずにはいられない仕事中毒《ワーカホリック》だったたし」

エミリは首を横に振った。

迎賓館を訪れたトゥイリードは満面の笑みだったが、その笑顔はたった数分で曇っていったのだった。

反対に、自分の受け答えのなにが悪かったのか、まったくわかっていないメイド長は顔を青ざめさせた。

「ニナさんを……待機させているですって……？　なにも仕事を与えず……？」

「そ、それはその、畏《おそ》れ多くも皇帝陛下がお迎えになるお客様のお世話をするにあたって、皇城、皇宮で働くメイドではない外部の者を受け入れるわけにはいかず……」

ちらっ、とメイド長は外務卿を見やった。彼の指示でニナというメイドを受け入れたのだが、トゥイリードが――自分が直接口を利くなんてことを想像だにしなかった雲上人《うんじょうびと》であるトゥイリードがニナを欲しているとは、伝言では聞いていたものの、これほどの執心っぷりだとは思わなかったのだ。そんな野良メイドを欲しているくらいなら、はるかに優れている自分たち皇宮メイドが奉仕すればもっとお喜びになるに違いないと思い込んでいたのだ。

外務卿は渋い顔で目を閉じていた。ちゃんと伝えたのに、メイド長の独断でニナを遊ばせたのだから、目も当てられない。

「陛下、私のワガママで申し訳ありませんが――」

「トゥイリード様、それ以上はおっしゃらないでください。メイドのニナをここに召喚しましょう。もちろん、トゥイリード様のお付きのメイドとします」

トゥイリードはちらりとメイド長を見やった。

「いえ、陛下。こうなれば私自身がニナさんのところに行きましょう。そうして彼女の意に染むのであれば私のそばで働いていただくということにしたい」

「トゥイリード様自ら、メイドの宿舎に行かれると？」

皇帝陛下は目を瞬《まばた》かせ、外務卿は目を剝き、グリンチ伯爵は眉をぐいと上げ、メイド長は真っ青な顔で脂汗をダラダラかいていた。

「なるほど……では余も同道しましょう。それほどの人物であれば興味があります」

「陛下も行かれるのですか」

「ええ」

これにはメイド長が卒倒しかけたが、背後から忍び寄ったメイド2名がそれを支えて、背中の中心をどんと突いて気付けをしたので息を吹き返した。皇宮メイドはよく訓練されているようである。

かくして、帝国きっての賓客と、帝国トップの皇帝とがメイドの宿舎を訪れるという前代未聞の珍事が起きたのである。

メイドの宿舎までは馬車を使って移動したのであっという間だった。日中はメイドたちが出払っているのでひっそりとした宿舎の前で、トゥイリードがまず降り立ち、彼が手を差し出して皇帝陛下をエスコートした。

「こんなところに宿舎があったなんて知らなかったわ」

「陛下もご存じなかったのですね。皇城は広い」

在位50周年となる皇帝陛下ですらここに足を運んだのは初めてだった。

興味深そうに周囲を見やっている賓客と皇帝だが、あまりの畏れ多さにメイド長の顔は青色を通り越して今や土気色になっていた。

玄関ホールに入ると休憩中らしいふたりのメイドが欠伸《あくび》をしながら歩いていたが、メイド長に気づき、次に皇帝陛下に気づくやその場に凍りついた。

「あなたたち！　メイドのニナ——さんの部屋に案内なさい！」

「ニ、ニナ？」

「今日一室を与えられたメイドです！」

それでわかったのだろう、ふたりはこのとんでもない訪問客を先導していく。だが、ニナに与えられた部屋をノックしても、返事はなかった。

「い、いないようですぅ」

「そんなことはわかっています！　ニナさんはどこに行ったか知らないのですか」

ふたりのメイドは顔を見合わせたが、知らないようだった。

「あっ、そう言えば見慣れないメイドがいたような……」

「どこですか」

「ええとあちらの、ほら、魔道具の壊れた、使用禁止の、ほら……」

「!?」

このメイドは機転を利かせて「お手洗い」「トイレ」といった言葉を使わなかった。畏れ多くも皇帝陛下の前で使っていい言葉かどうかわからなかったのだ。もちろんそれだけでメイド長には意味が通じたのだけれど、通じたがゆえにメイド長は事態がますますよろしくない方向に転がっていくことを知った。

皇帝陛下を、帝国の賓客を、まさかメイドのお手洗いに連れて行くわけにはいかない。ましてあそこは魔道具が壊れ、下水のニオイが立ち上っているのだ。香草を用意していたがすぐ近くまで行けばニオイには気づかれる。

「メイド長」

すると外務卿が低い声で言った。

「は、はいっ」

「……この宿舎にいるメイドの管理は、君の手には余るということだね？　君を見込んでニナさんを任せたというのに」

「ち、ちち、違います！　ニナさんがいる場所はわかりました！　今から呼んで参りますので、恐縮ですがお待ちいただきたく――ええと、食堂、いや、あんな場所にお通しするのは……」

するとは皇帝陛下が、

「構いません。ここまで来たのですから、いっしょに行きましょう。そのメイドが働いているのであれば働きぶりを見てみたいですし」

「えぇーっ!?」

メイド長はますます脂汗をかいたが、

「そうしましょう。陛下のお時間をこれ以上わずらわせるわけには……」

「あら、余にはトゥイリード様とともに過ごす以上の執務は、この式典中に限ってはありませんよ」

「なにをおっしゃる。陛下の手が1秒止まれば帝国の歩みが1秒止まってしまいましょう。少々心苦しくなってきましたよ」

手が止まるだけで国が止まるのならば、メイドのお手洗いに連れて行けば帝国の歩みは後退するのではないか。輝ける帝国の太陽は逆戻りして地に沈むのではないか。

今やメイド長の上半身は汗でびしょびしょになっていた。

「早く案内いたせ」

外務卿がせっつく。

ああ、もう知らないから。なにが起きても知らないから――。頭がぐるぐるしてやけっぱちになったメイド長はふらふらと宿舎内のお手洗いに向かって歩き出した。あっ、とか、えっ、とかいう声がふたりのメイドの口から出たが、君子危うきに近寄らずを地でいく彼女たちは早々に退散した。

かくしてメイド長はただひとりで、赫々《かっかく》たる権威の塊のような4人を引き連れて、故障中のトイレへと向かったのだった。

確かにトイレの方角からはなにやら人の気配があった。この角を曲がってすぐがトイレであり

——香草のニオイが廊下のこちらにも漂ってきていたが、それは残り香のようにかすかなものだった。多くの香草を置くように命じたはずなのに、なんでだろう、なんていう疑問を感じる余裕もメイド長にはなかった。

「こ、こ、こ、こちらにニナさんはいるはずです」

ガラガラの喉で声を絞り出すと、

「そうですか！」

とトゥイリードは先に廊下の角を曲がった。

なんでそんなところにニナがいるのかは知らないが、壊れた魔道具、下水のニオイ、数日放っておいたので掃除の行き届いていないトイレを貴人は目にしたはず——メイド長はその場にくずおれた。これで自分はクビだ。クビだけならまだいい。皇宮メイドとなるツテを持っていた実家——貴族の遠縁である実家にも迷惑が掛かる。迷惑、という言葉で済むならまだいい。皇族侮辱罪、賓客への無礼による国家規模の損害が出た場合などはお家取り潰しどころか全員処刑台送りだ。

——終わった……終わった……終わった……。

終わったという言葉が脳裏にリフレインしていると、

「おお、ニナさん！　お久しぶりですね！」

トゥイリードは歓喜の声を上げた。それは「賢人」らしからぬはしゃいだ感じさえした。

——どうして？　そこはメイドのお手洗い……。

わけがわからないメイドの前で、トゥイリードは、

「なにをしていたのですか？　ここは……メイドたちの、浴室でしょうに」

浴室？

メイド長は聞き間違えたのかと思った。下水のニオイが立ちこめるようなところが浴室だとトゥイリードは思っているのだろうか？　聞いてみたいが、こんな言葉を吐いたら確実に不敬罪である。

「っ」

すんすんとニオイを嗅ぐと、先ほどの香草の残り香は消え、周囲には爽やかな香りが漂っていた。

その香りはとても自然で、人工的なものは一切感じられない。

いったいなにが起きたというのか――メイド長は立ち上がり、廊下の角を曲がった。


「おお、ニナさん！　お久しぶりですね！」

という声を聞いたニナは、その人物が何者なのかすぐに気がついた。直後には手に持っていたバケツと雑巾、モップに洗剤を瞬時に隠し、掃除用具の入っている戸棚にしまった。ちらりとトゥイリードがトイレのほうを見た隙に行われたことなので、トゥイリード様は気づかなかっただろう。

「大変ご無沙汰しております、トゥイリード様。わたしのようなメイドの名を覚えていただき恐縮でございます」

「いいえ、ニナさんほどのメイドはそうはいないですよ。忘れるわけがないでしょう。なにをしていたのですか？　ここは……メイドたちの、浴室でしょうに」

「このような場所になぜトゥイリード様が……？」

「実はニナさんがいると聞いて、会いに来たのですよ」

「そんな、畏れ多いことです。――トゥイリード様、こちらは狭いので、トゥイリード様のご滞在先を教えていただければ後ほどうかがいます」

ニナはさりげなく誘導し、トゥイリードをトイレから引き離す。そのために自分が先に立って歩いていくと、角には呆然《ぼうぜん》としているメイド長、それに見たことのないきらびやかな衣服を羽織った老女、それに貴族ふうの老人と、グリンチ騎士団長とがいた。メイドであるニナは視線を合わせることなく、トゥイリードを先導し、彼らの横を通り抜ける――トゥイリードが自分に会いに来たということは、騎士団長や貴族たちはトゥイリードの意思を尊重するはずだと判断したのだった。

「……掃除をしていたのね？」

老女がぽつりと聞いたので、

「はい、メイドでございますので」

視線を合わせずそう答えたニナだったが、戸惑った――なぜ老女は、今の声音に疑問や失望を混ぜていたのかがわからなかったからだ。

ニナは、自分が「トゥイリードが執心しているメイド」とウワサされ、過度の期待を寄せられていたことを知らないから戸惑うのも当然だった。

いずれにせよニナがトゥイリードを先導してその場を離れると、老女、老人、騎士団長はそれについていく——。

「……行った？」

「行ったみたいだよ」

「ニナはひとりで大丈夫なのですか」

貴人がいなくなるとトイレからはひょっこりと、エミリ、アストリッド、ティエンの３人が顔を出した。

「あ、あ、あ、あなたたちは……なにをしたの？」

そこに残っていたのはただひとり、メイド長だった。ふらふらとやってきた彼女は、トイレの中をのぞき込んで——あんぐりと口を開けた。

トゥイリードが「浴室か」と聞いたのもうなずけた。

香りが変わっていたことは気づいていたが、トイレの内部も様変わりしていた。床のタイルはピカピカで、個室の扉は蝶番《ちようつがい》にいたるまで磨き上げられている。どうしても取れなかった染みまでも消え去っており、まるで新築のような赴きだった。

「そりゃ掃除でしょ」

「あと魔道具の修理だね」

エミリとアストリッドがこともなげに答えた。

腕利きである皇宮メイドたちが総出で時間を掛ければ、もちろんこれくらいキレイにはできるだろう。皇帝陛下は実のところ、ここがトイレだとすぐにピンときて、自分が住まう皇宮の清潔さと同レベルであることから、「同じメイドが掃除をしているのだから元々これくらいキレイだったのだろう」と思い込んだ。それゆえにニナに「掃除をしていたか」たずね、そうだと聞くと「皇宮メイドと変わらない」と思い、疑問と失望を覚えたのだった。

だけれど皇宮メイドは日々の仕事があり、自分たちの宿舎も汚れないようには使うが、皇宮や主城の手入れほどは力を入れない。さらにはたった2、3時間で、ここまで美しくもできないのである。

その「おかしさ」を正確に理解したのは他でもないメイド長だった。

「掃除はともかく……『魔道具の修理』とはどういうことかしら」

ようやくちゃんとしゃべれるようになったメイド長が聞く。掃除だって疑問たっぷりではあるのだが、それよりも魔道具のほうが気になった。

魔道具は大量生産するようなものではなく、ここのトイレで使われている魔道具はここでしか使えないように調整されているものがほとんどだった。そのため、魔道具を販売した商会に依頼しなければ修理できないというのがメイド長にとっての常識だった。

「ん？　浄水と洗浄の魔道具は問題なかったけれど、排水のところで回路が焼き切れていてね。私が直したの。それと、下水管の設計にいくつか改良すべき点があったから、また後日にでも工事をしたほうがいいと思う」

「あ、あなたが魔道具を直した？」

「開発者としてのライセンスは持っているから、安心して」

ちらりとアストリッドが、フレヤ王国の発明者証を見せるとメイド長は目を剝いた。

アストリッドに言わせればフレヤ王国の実体は、新規性のある論文発表なんて最近はとんとなく、停滞しているのだけれど、いささか常識の古いメイド長からするとフレヤ王国は魔道具開発でも世界最先端であり、そこでの発明者は魔道具開発のエリート中のエリートだ。

そんなわけで、

「そ、そういうことなの……あなたの魔道具でこんなにキレイにできたのね」

メイド長はそう結論づけた。

それこそが自分の「常識」に沿う結論だったからだ。

「え？」

「トゥイリード様がニナさんを重用するのは魔道具があったから……なるほど」

「い、いや、なにを勝手な勘違いを――」

「それでは、あなたが同席する場合に限り、ニナさんがトゥイリード様にお仕えすることを許可しましょう」

「いやいや、そうじゃなくてね？　私が担当したのは魔道具の修理だけで……」

「はあ、忙しい。忙しい。まったく目の回るような忙しさだわ」

メイド長は混乱から立ち直ると、そそくさと立ち去ってしまった。

「……え、えぇ……？」

困惑するのはアストリッドだったが、エミリが、

「なんかさー、ニナはとにかく勘違いされやすいってことはわかったわよね。肩書きばっかり気にするような人たちからは特にさ」

「う、うぅむ、そうなのかなぁ……でもエミリくん、君だって、肩書きくらい気にするでしょ？」

「あたし？　いやーないわー。冒険者のあたしが肩書きを気にするなんて」

「さっき廊下の角にいた老女は、皇帝陛下だよ」

「え!?」

ぎょっとしたエミリだったが、アストリッドはニヤニヤして、

「なんてね。こんなところに皇帝陛下がいるわけないだろう？」

「だ、騙《だま》したわね！」

「肩書きや身分を気にしないということは不可能なんだよ、エミリくん」

「ぐっ……」

とエミリが反論できずにいると、ティエンが言った。

「でも皇帝本人かは知らないけど、あのおばあさんが皇族なのは間違いないと思うのです。指輪が皇室の紋章だった」

「へ……」

「はい？」

エミリとアストリッドが凍りついた。

瓢簞《ひょうたん》から駒《こま》、冗談で言ったつもりが真理を突いていたのだ。

「チィはニナのところに行ってくるのです」

ティエンはすたすたと歩いていった。


ニナがトゥイリードの専属メイドとなったので、メイド長の命令でアストリッドもそれについていくことになった。一方、ヒマになったのはティエンとエミリであり、ふたりはメイドの宿舎をぶらぶらするのだが、もちろん宿舎内におもしろいものなどあるはずもないので、だんだん行動範囲を広げ、そのうち皇城から外に出てパレードのフロート見物に行ったりもした。

トゥイリードの滞在する迎賓館は広く巨大で豪勢だった。壁面は紫紺に塗られており、それだけならばシックで落ち着いた印象を与えるのだが、ところどころに金細工や美術品が置かれてある。ひとつ買うだけでもとんでもない量の金貨が羽を付けて飛び立つのだろうとアストリッドは容易に想像がついた。なるべく近寄らないようにしよう。

「ニナさん、ほんとうにお久しぶりですね」

トゥイリードの部屋は「黄珠《こうしゅ》の間」という名で、他にメイドも側仕《そばづか》えもいなかった。さっきは慌ただしくやってきて慌ただしく去っていった人物だけれど、こうしてみると、見た目には非の打ち所のないエルフ種族で、信じられない美男子だとアストリッドは思った。

（この人が「五賢人」のひとり……トゥイリード＝ファル＝ヴィルヘルムスコット様……）

手のひらにじとりと汗をかく。

魔道具の発明家であるアストリッドですら彼のことを知っている。というのも、トゥイリードのもたらすエルフの知識は、魔道具の基幹技術となる魔術にも大きな影響を与えているからだ。大陸屈指の有名人と言っていいだろう。

そんな人が、ニナを見るとぱぁっと顔を輝かせている——ニナは以前「トゥイリード様はお優しいので、メイドであるわたしにもお声がけくださいます」みたいなことを言っていた。つまり、「誰にでも優しいんだよ」という意味合いだ。

（絶対そうじゃないと思っていたけどねぇ！）

トゥイリードほどの人物が、メイドのひとりひとりを気にかけるはずがない。もちろん優しいのは事実かもしれなかったが、それでもメイドの名前を覚え、精霊や魔術について話をするなんてあり得ない。

彼の知識を求めて各国のお偉方が頭を垂れ、金塊を差し出すくらいだ。

「大変ご無沙汰しております、トゥイリード様」

「あなたの淹《い》れる茶が恋しくて夢にまで見ましたよ」

「そのようなもったいないお言葉……トゥイリード様はほんとうにお優しいですね」

「クレセンテ王国のマークウッド伯爵邸を辞めてしまったんですね？」

「あっ……それは、その……」

壺を割ったという濡れ衣を着せられたニナが、伯爵邸を追い出された件だ。言いにくい事情に、ニナが表情を曇らせたが、すでにその顚末《てんまつ》を知っているのだろう、トゥイリードはますます笑みを深くした。

「……ニナさんがいないとわかって、あちらのお屋敷には滞在しないことにしました。お庭は相変わらず見事でしたけれどね」

「そ、そうだったのですか。トムスさんはとても腕利きの庭師でいらっしゃるので――あ、お話が過ぎましたね。早速お茶を淹れましょう」

ニナがいそいそと動き出すが、その動作ひとつとっても物音が立たないのは相変わらずの手際だった。この部屋には段差もなく、床にはチリひとつ落ちていないが、それでもこの茶器の載せられたカートを運んできた皇宮メイドは、キィキィいわせながら押してきたのである――明らかに、貴人の接待を奪われたことに対する嫌がらせで古びたカートを寄越《よこ》したとしか思えなかった。すぐにアストリッドがポケットから機械油を取り出して修理したのだが――メイド服に着替えても工具一式は身につけているアストリッドである。

この広い「黄珠の間」をたったひとりでニナは担当する。ここにはトゥイリード、ニナ、アストリッド以外の誰もいない。トゥイリードは供を連れないようだとわかってアストリッドは驚いた。いくら多忙で各地を渡り歩いているトゥイリードとはいえ、いや、多忙であればこそ供の者のひとりやふたり、どころか二桁人数がいてもいいのではないかと思ってしまう。

お世話をする身からすれば、ひとりのほうがありがたいことはありがたいが。

淹れられるお茶を、ほんとうにうれしそうに見つめているトゥイリード。ニナがカップに注いだお茶は黄金色をしており、数メートル離れたアストリッドのところにも、爽やかで、深みのあるすばらしい香りが漂ってきた。

ティーテーブルで待ち受けていたトゥイリードは、差し出されたカップを受け取るやすぐに、カップを口元に運び、香りを鼻で吸い込んだ。その恍惚《こうこつ》とした表情は、ちょっと危ない薬でもキメているように見えなくもないのだが、もちろんニナがそんなものを出すわけもなく、正真正銘のお茶だった。

「……うん、美味《うま》い。これは美味《おい》しい、ではなく、美味い、と言いたくなる味です。ニナさん、また腕を上げましたね」

一口含んだトゥイリードが言うと、ニナは深々と頭を下げた。

「恐れ入ります」

それは——なぜだか、申し訳なさを含んでいるような声であることにアストリッドは気づいた。

「ニナさん。私の本心ですよ、とても美味しいです。——茶葉のコンディションが万全ではないのに、よくぞここまでの味を引き出しましたね」

「………………」

ニナは答えないが、アストリッドは驚いていた。

（えーっ、こんなにいい香りがするのに、茶葉が悪くなってたってこと!?）

実のところこの茶葉は管理が難しいものなのだ。マークウッド伯爵邸にいたときにニナは、日々

この茶葉の置き場所を変えてコンディションを保っていたが、この皇城においては魔道具による倉庫かなにかで一括管理しているのだろう。たった1種類の茶葉のために、それほどの労力を割けないという事情はよくわかるので、ニナもなにも言えない。

（トゥイリード様ってふだん、どんなお茶を飲んでるのよ……）

アストリッドはむしろすこし呆《あき》れたくらいだったが、これほど美味しいお茶を出せるのがニナしかいないのなら、ニナとの再会を喜ぶ気持ちもまたよくわかるのだった。日々、ニナの作る食事を食べているアストリッドだからこそわかるとも言えるけれど。

「ところでニナさん、そちらの方は？」

ちらりと、トゥイリードの切れ長の瞳がこちらを向いて、アストリッドは思わず背を伸ばした。メイド長の勘違いによる命令で、ニナに同行しなければならなくなったアストリッドは、空気と同化して誰にも気づかれないままここを去りたい気持ちでいっぱいだったが、残念ながら他のメイドより背が高いので十分目立っている。

「はい。アストリッドさんはわたしの——旅の仲間です」

このときはメイドとしての仮面が一瞬剝がれ、ニナはうれしそうにアストリッドを紹介した。

「旅の……仲間？」

予想した回答と違ったのかトゥイリードは目を瞬かせたが、

「……君は、何者ですか？」

にらむようにアストリッドを見据えるのだった。

その目の奥に潜んでいる感情をアストリッドは読み取ることができなかった。何百年と生きているトゥイリードが考えていることはわかるはずもないのだが、それでも、なにか――警戒するような、疑うような目に、アストリッドは射すくめられた。

（あ……）

瞬間、アストリッドはトゥイリードの考えがわかった。なぜかと言えば、相手が大陸屈指の頭脳であっても、何歳であっても、種族が違っても、アストリッドとトゥイリードの間には共通点があったからだ。

ニナを大切に思い、彼女を守りたいという心があるということ。

「私は、フレヤ王国の発明家で――」

「それはわかっています。君からは鉄のニオイがぷんぷんするからね」

「……なるほど、であれば申し上げることはひとつです」

アストリッドは胸を張った。

「私は、いいえ、私たち冒険者パーティー『メイドさん』のメンバーは、ニナくんと出会い、救われ、彼女の仲間として、家族として、行動をともにする者です」

「…………」

ふつうならば意味がわからないだろう。

トゥイリードは鼻が利くのか、アストリッドを「発明家」だと最初からわかっていたようだ。それなのにアストリッドは「冒険者パーティー」だと言い、そのパーティー名は「メイドさん」だと言う。

だが、トゥイリードは、

「……なるほど」

と一言口にしただけで納得したようだ。

「ニナさん、マークウッド伯爵邸を出て、良い出会いをしたようですね」

「え!? あ……は、はい」

「お屋敷に所属しなくなったと聞いて、私はあなたに是非ともついてきていただきたいと思ったのですが、一足遅かったようです」

「皆様とてもよくしてくださいます」

「そのようですね。ニナさんが楽しそうにしているのを見ればわかります。ですが、もし他に居場所を求めたければいつでも私を頼ってください」

「もったいないお言葉です」

慇懃《いんぎん》にニナは頭を下げるのだが——一方でアストリッドは混乱していた。

あの、トゥイリードが、ニナをメイドとして雇いたいと言っているのだ。「五賢人」が集まるという「賢人会議」が催されるこの場にも、お供をひとりも連れていないトゥイリードが、ニナをそばに置きたいと言っている！　もしこれを聞いたら大陸中のメイドだけでなく、魔導士や発明家が狂おしいまでにニナに嫉妬するだろう。

（まあ、どうせニナくんのことだ……「トゥイリード様はお優しいです。わたしみたいなメイドに

もそんなお声がけをしてくださいます」だなんて思っているんだろうけれどね）

実際、トゥイリードも頭を下げてニナがするりと申し出をかわしてしまうので、

「まあ、いいです。ニナさんが変わりなくて大変結構」

あきらめたように言った。

「それはそうと、さっきはなにをしていたのですか？　お手洗いにこもったりして」

アストリッドはハッとする。さっきトゥイリードは「ここは……メイドたちの、浴室でしょうに？」と言ったのだ。あまりにぴかぴかだからそう勘違いしたのだろうと思っていたが、実際にはトゥイリードはあの場所がお手洗いだと把握していた。

（……自分をトイレになど案内したことで、問題になるのを防いだのか）

気遣いをしてくれたようだ。確かに、これはニナが「優しい」と言うのもわかる。

ニナもアストリッドと同じ結論に至ったようで、すこし考えてから、「実は……」と話し出した。

ここで隠し事をしても意味がなく、トゥイリードが興味を持ってたずねたことに正直に答えることがメイドの務めだと判断したのだろう——もちろん、トゥイリードはトイレに連れて行かれたことなどこれっぽっちも気にしていない。

「ほう、下水への排水がうまくいっていなかったと」

些細《ささい》なトラブルであるにもかかわらず、トゥイリードは興味を惹《ひ》かれたようだ。

「魔道具についてはアストリッドさんが対応してくださいました」

「どのような問題があったんですか？」

アストリッドとしてはトゥイリードにはもっと大きな世界的問題を考えていて欲しいところだが、聞かれれば、しかもこっちに「大陸魔導士の頂点」の顔が向いていれば答えざるを得ない。

「排水と換気の魔術が別々に動作している魔道具だったのですが、片方が壊れるともう片方も動かなくなる仕組みになっていました。破損自体は経年劣化だったのですが、まあ、ちょっと古い仕組みですね。だから魔術回路を直しました」

「簡単に言うけれど、回路の修正は、書いた本人かその商会でなければ難しいでしょう」

「すみません、はしょって説明をしてしまいました。実は書き直しました」

「……それこそ簡単に言えることではないでしょう?」

「実は簡単なんです。フレヤ王国で2年前に発明された内容ですが、排水と換気については魔術でなく、下水管の構造自体を変えることでシンプルにできるんです。排水による水の流れを利用して……」

アストリッドが説明すると、うんうんとトゥイリードはうなずきながら、紙とペンを差し出すので、アストリッドは自然とそれを受け取ってさらさらと書いて説明した。

「……なるほど、水流の力学を利用して、魔術をシンプルにする。さらには下水管に弁の機構をつけて汚臭が上がってこない仕組みにすると」

「それくらいなら私の応急処置でもできるので。簡単に仕組みを書き記したので、あとは皇城に出入りする商会がなんとかするでしょう」

「実に面白いですね。フレヤ王国へはこの20年来訪れていませんでしたが、そろそろ行かなければと思いました」

「いやぁ、まぁ、私はこういう発明は面白いと思いますが、発明家界隈ではなかなか認められなくて……だからあまり諸外国に出て行かないのでしょう」

「ほう、どうして認められないのですか」

「使い方が地味ですから。汚臭の抑制なんて下水くらいにしか使い道がありません」

「……なるほど。フレヤ王国の発明は窮する市民を救い、生活水準を引き上げるためのものが多かったと記憶していますが……」

「それこそ20年も前の認識でしょう。今のフレヤ王国は――」

言いかけて、アストリッドはハッとした。

「も、申し訳ありません、トゥイリード様に、こんな……」

「いえいえ、大変興味深いお話をうかがえました。あなたがニナさんと旅をともにする仲間であるということはよくわかりました」

にこりと微笑《ほほえ》んだトゥイリードだったが、目は笑っていなかった。

（ああ、この人は……最初からそのつもりだったのか）

アストリッドは戦慄《せんりつ》する。

トゥイリードは今の会話もすべて、アストリッドという人物を推し量るために交わしたのだろう。

ニナのそばにいるにふさわしい人物かと。

そんなふうに試されたことに、ふだんなら腹も立っただろうが、アストリッドは不思議と悪い気はしなかった。このトゥイリードという人物は、今のすべてが「ニナのため」を思って行動しているのだ。

（この人もまた、私と同じなんだね。ニナくんと出会い、救われた……）

トゥイリードほどの人物ともなれば、やりとりのひとつをとっても「駆け引き」であり、「取引」であり、「欺《だま》し合い」にもなるのだろうことは、今のちょっとした会話でもわかる。気の置けない場所はほんとうに少なく、心を安らげてくれるニナがどれほどトゥイリードにとってかけがえのない存在か、アストリッドはその一端を知った気がした。気の毒だとすら思えた。

「ニナさん、今日から……何日になるかはわかりませんが、よろしくお願いします。会議は憂鬱で出たくはなかったのですが、あなたがいてくれて良かった」

さらりとトゥイリードが口にした言葉は、軽い挨拶にも、社交辞令にも聞こえたが、

「かしこまりました。精一杯お勤めいたします」

一礼したメイドは、どこまでその意味を理解しているのだろうか——アストリッドはふと思い、そしてその意味を説明する必要はないなとも思ったのだった。


ニナたちが皇城に入り、トゥイリードと出会った翌日——。

皇城内は朝からぴりぴりとした緊張に包まれていた。

「警備態勢は通常の倍にしてあるな！　気がついたことがあればすぐに言え！　これからお越しになる、星のごとく輝ける貴顕の方々を、帝国の威信を掛けてお守りするのだ!!」

グリンチ騎士団長が声を張り上げていた。

居並ぶ騎士の面々も表情に緊張をみなぎらせている。

「特に、皇城外周警邏《けいら》隊!!　反体制分子の動きが活発だ！　警戒せよ！」

「ハッ!!」

数十人が声を張り上げた。

ユピテル帝国は大陸屈指の大国ではあるが、それでも、いや、それだけに一枚岩ではなかった。光があれば影が生まれる。強すぎる貴族がいれば食い物にされる市民がいる。それはニナたちが先日訪れた観光地サウスコーストでもそうだった。

市民の不満が爆発するのは、記念式典なんていうわかりやすい「ハレの日」かもしれない――そう考えると騎士たちはますます気を引き締める。

そう、今日からだ。

今日から順に各国首脳が帝国首都へ入る。

なぜ今日なのかと言えば、

「午前中に五賢人の皆様がお越しになる！　城門へ行くぞ!!」

騎士たちは続々と城門へと向かった。

大陸において国王の名前よりも知られている有名人――それが五賢人。

トゥイリードは昨日来てしまったが、それは完全にイレギュラーケースだった。本来は彼も今日、登城する予定だった。

「前触れ——前触れ——賓客のご入来でございます」

使者が走っていくので、グリンチ騎士団長率いる騎士たちは城門へ急ぎ、一列に整列した。

プァーッ、とラッパが鳴る。

濠に架かる橋は掃き清められており、人っ子ひとりいない。

朝の働き時だというのに濠の向こうには市民が黒山の人だかりとなってこの行進を見物している。

そこを、きらびやかな騎馬数騎に導かれ、左右を式典用の派手な制服を着込んだ歩兵に守られやってくる、1台の馬車——昨日トゥイリードが使ったのが「剣」の馬車だとすると、こちらは「月」の馬車だった。

先頭の騎馬が声を張り上げた。

「『五賢人』のおひとり、鶴奇聖人《かつきせいじん》様ご入来——」

観衆が見守るなか、馬車は進みやがて城門を通り抜ける。

馬車の開いた小窓からしゃがれた声が聞こえてきた。

「騎士団長殿、ご苦労じゃの」

「ハッ！」

頭は見事なまでにつるりと禿《は》げ上がり、長い長い眉毛は白髪であり目元の半分を覆っている。

あごひげは長く見事な白で、この老人はそれを右手でしごいていた。

薄緑の着物を好んで羽織っており、腰の帯でぎゅっと結んでいる。

この老人こそが鶴奇聖人。齢《よわい》千歳を超えると言われ、大陸東方の歴史と情勢に極めて明るい。

トゥイリードも３００歳を超えるというが、その３倍である。鶴奇聖人の種族がなんなのかすら誰も知らない。

ちなみにグリンチ伯爵が子どものときから見た目は変わっていない。

「ときに……」

鶴奇聖人の目が、騎士団長を射抜く。

「ワシのお世話をしてくれる子はかわいこちゃんにしてくれたんじゃろうの？　ムチムチボインがワシの好みじゃよ！」

「……わ、私の管轄ではございませんのでそれはわかりかねます！」

「そんなんじゃ困るぞよ！」

真面目な顔でぷりぷりしている。

鶴奇聖人は「歩く史書」「生きた歴史を知る唯一無二」などとも呼ばれる賢人ではあるのだが
――特徴を聞かれて真っ先に挙がるのは、「若い女が大好き」だということだろう。

それならば娼館に手配でもすればいいのだけれど、好みの幅が狭すぎて、ストライクゾーンからちょっとでもズレてはいけない。しかも日々好みが変わるというのだから面倒極まりないのである。

「ちゃんと、いい子を呼ぶのじゃ！」

「は、はあ……」

鶴奇聖人を乗せた馬車が通り過ぎると、次の貴顕がやってきた。

「『五賢人』のおひとり、ヴィクトリア＝グランロード様ご入来——」

帝国が用意したものではない、この夏だというのに黒塗りの馬車だった。

小窓はぴっちりと閉じられているが、グリンチ伯爵の前へやってくると馬車から冷気が漏れ出てくるのが感じられた。夏だというのにこの涼しさをもたらすには、魔道具かと思ってしまうのだが、馬車内から漏れ出るのは冷気だけでなく魔力もまた含まれていた。

「グリンチ伯ぅ、元気だったぁ？」

ヴィクトリアの甘ったるい声が聞こえてくるが、それはどこまでも冷ややかだ。

「ハッ！　グランロード閣下もご健勝のようでなにより！」

「閣下なんて堅っ苦しい呼び方やめてよぉ。後でアタシの部屋に遊びにきてねぇ」

「『五賢人』の皆様のお部屋へは必ず警邏でうかがいます！」

「うふふ。楽しみだわぁ」

馬車は通り過ぎていく。

ヴィクトリアの見た目は20代で豊満な身体つきの女性であることをグリンチ伯爵は知っている。

そして体格のいい男——つまるところマッチョが大好きなのも知っている。

鶴奇聖人ほどではないが、彼女の年齢も相当行っているはずだ——ただ彼女の種族ははっきりしている。

吸血姫《ヴァンパイア》である。

そのため、日光が苦手なので窓を開けることはない。当たれば灰になるなんていうことはないのだけれど、ただ苦手らしい。

大陸西方の大国、プルート教皇国のれっきとした貴族位を持つヴァンパイア。教皇国が公式に認めるヴァンパイアというのもおかしな感じがするが、様々な歴史を背景に彼女はその地位に収まっている。

「『五賢人』のおひとり、マティアス13世教皇聖下ご入来――」

次の馬車は帝国が用意したものではなかった。白地に金箔を貼った、直視することがはばかられるようなまばゆい馬車だ。

その小窓は開いているけれど、うっすらとレースが掛かっていて中にいる貴顕の顔はシルエットくらいしかわからない。恰幅《かっぷく》のいい男の顔だ。

「聖下、ようこそおいでくださいました！」

「ああ、グリンチ伯、帝国はこんなに暑かったっけ？」

「この数年は暑くなっておりまして、帝国民も干ばつに困っております。今回の賢人会議においてもその議題がございます」

「なるほどね。それは我らが主神に対する信心が足りないからではないかな？　あの死人を招き入れているんだろう？」

「お戯れを……」

「あっはっはっは」

笑いを残して馬車は去っていく。

（少々、太られたか……？）

マティアス13世は教皇の名を持っているが、プルート教皇国の信じる「西方聖教」ではなく「古典正教」のトップにある。このふたつの違いを論じると長くなるが、簡単に言えば「古典正教」はもっとも古くてもっとも多くの信者を抱え、そして政治的な動きをなるべく排除した存在だった。

それゆえに特定の国家に肩入れをしない。

「西方聖教」は「古典正教」から分派した宗教で、その宗教自体が国を名乗るほどには政治的な動きをする。プルート教皇国の周辺では信仰が盛んなのだけれど、逆に言うとプルート教皇国から離れると途端に信徒は少なくなる。

そうなるとマティアス13世とヴィクトリアは仲が悪そうに思えるが、そもそもからして「古典正教」はヴァンパイアを敵と見なしているので仲がいい悪いの騒ぎではなかった。聖典通《きょうかしょ》りに解釈すると不倶戴天《ふぐたいてん》の仇敵《きゅうてき》である。マティアス13世の言う「死人」はヴィクトリアを指しているのだ。

そんなふたりがいて仲良しこよしで同じテーブルで議論などできるわけがない。

「『五賢人』のおひとり、『魔塔』の主《あるじ》ミリアド様ご入来――」

そこへ五賢人の最後のひとりであるミリアドの馬車がやってきた。

馬車の窓は開いており、むっつりとした横顔が見えた。

「…………」

フードに隠れた顔が見えた。

剝き出しの刃のように鋭い紫色の瞳は正面を見据えており、こちらには見向きもしない。黒のローブは使い込まれているがまったく色落ちしていない。魔物素材か、あるいはローブそのものがなんらかの魔道具なのだろう。

ミリアドがいる魔塔とは、魔導士の集まる塔であり、四六時中、年中無休で魔法を研究している場所だ。

ニナがかつていたクレセンテ王国が抱える魔法学校の外部機関のような立ち位置で、学校では学び足りないという意欲の高い魔導士――一般的には魔法マニアの奇人変人と思われているようだ――が集まる場所だ。

どんな魔法を研究しているかは徹底的に秘匿されているのだが、賢人会議の場で漏れ聞こえるその内容は非常に幅広く、戦術級の魔法もあったりするが一方でなにに使うのかわからない民間の伝承魔法も研究対象になっている。

「ミリアド様、遠路はるばるお越しいただき――」

「話しかけるな」

切り捨てるようにミリアドは言った。

「ここに来るだけでどれほどの時間を失ったと思っている。こんなくだらぬ会議はさっさと終わらせてやる」

「…………」

グリンチ騎士団長はなにも言えずに引き下がった。

ミリアドの首に掛かっている大きなネックレスは、魔塔のトップである証《あかし》だった。

奇人変人たちの集まる、そんな魔塔のトップである。彼は研究をしたくてしたくてたまらないタイプで――つまるところ奇人変人の仲間であり――賢人会議が1日でも、いや、1時間でも早く終わることを心から願っていて、もしそれが叶うのならばなんでもするだろう。

下手な刺激はしないに限る。

ミリアドの乗った馬車を見送ったグリンチ騎士団長は一息吐いた。

「無事に……まあ、一応、無事に全員おそろいになったな」

これから賢人会議が始まる。

1日、いや、それこそ1時間でも延びればそれだけすばらしい価値を生み出す賢人会議が。この世界にとってプラスになる価値を持つ会議が。

「……3日もつのか？」

先ほどの賢人たちの様子を振り返ると思わずそんな言葉も口を突いて出てしまう。

唯一、トゥイリードだけが常識人であり、賢人会議の招集者であり、議事進行者《ファシリテーター》だ。

たとえて言うなら抜くピースを間違えると全部崩れてしまうジェ●ガみたいなものだった。毎日、毎時間、毎分、ピースを抜いては上に積み上げていく。崩れたときが賢人会議終了の合図である。

ピースを抜く役割を担うのは会議を進行するトゥイリードであり、受け入れる皇帝陛下であり、侍従であり、メイドである。グリンチ伯爵も、ヴィクトリアから直々に呼び出されていることもあり、ピースを抜くことになるのだろう。

「1日もつかも危うい気がしてきたぞ……」

人一倍身体の大きなグリンチ伯がげっそりして身を縮ませるほどには憂鬱な日々が始まるのだった。

第2章　賢人は朝に詩を吟じ、昼にいびきをかき、夜に誘惑し、深夜に絶叫する

朝早くからニナがトゥイリードの部屋を訪れると、すでに彼は目を覚ましていた。むしろメイド服姿で連れられてきたアストリッドが寝ながら歩くという器用なことをやっていた。

「おはようございます、ニナさん」

「おはようございます、トゥイリード様。もうお目覚めでしたか。大変失礼いたしました」

お世話をする相手が目覚める前に部屋に来て、朝の身支度の準備を終えているのがメイドの心得なのだ。これまでトゥイリードの世話をしていたときにはこんなに早く目覚めてはいなかった——なんせ日の出からまだ30分程度しか経っていない時間である。アストリッドが眠っているのも無理はない。

「いや、いや、つい今し方起きたところですよ。ニナさんの早起きに比べればたいしたことではありません……実はね、ニナさんに朝のお茶を淹れてもらえるのが楽しみで目が覚めてしまったんです」

トゥイリードは純白のシルクで縫われたローブを羽織っており、これがナイトウェアなのだろう。話している間にもニナがカーテンと窓を開いて外から空気を入れる。

夏ではあるが早朝は涼しい。乾いた、土のニオイがした。

トゥイリードが広々としたバルコニーに出て、テーブルに着くころには茶器の載ったカートが音もなく運ばれてきてトゥイリードの前にお茶が差し出された。

ちなみにその間、アストリッドは部屋の入口にあるメイド用の腰掛けに座らされて眠っていた。

「これですよ、これ……」

ティーカップを口元に運び、香りを楽しむトゥイリード。

「馥郁《ふくいく》とした茶葉の香り……この茶葉の良さを完璧に引き出している」

一口含んで、うっとりと目を閉じる。

「飲むとまた香りに変化があり、まるで大森林の最奥にいるかのような心地がする……。また腕を上げたのではありませんか、ニナさん」

「恐れ入ります」

もちろんこの茶葉は、メイド仕事を仰せつかったニナが完璧なコンディションに戻した茶葉だった。

ニナは深々と礼をしたが、その間にもベッドメイクは終わり、トゥイリードの衣服は準備され、手には彼の髪を梳《くしけず》るためのブラシが用意されている。

「………………」

ちらりとトゥイリードが視線を投げたのは、バルコニーから見える迎賓館の庭だった。

ここは建物の3階なので広く見渡すことができる。ユピテル帝国流と言うべきか、はみ出す枝の

1本も許さない美しく剪定《せんてい》した植栽が特徴だ。

この大都市の中心に、これほど豊かな緑があるというのも驚きだが、夏が始まっているというのに木々がみずみずしく保たれているのも庭師がきちんと手を入れているからだろう。

（……でも、このお庭はトゥイリード様のお好きなものではありませんね……）

お茶を飲んだあとに目を開いたトゥイリードが、少々残念そうな表情を浮かべたのをニナは見逃さなかった。

トゥイリードが愛しているのは自然があるがままの自然であること。ここまで剪定されてしまうと「息苦しい」と感じるのだ。

もちろん、大自然に揉《も》まれてヒト種族やエルフが生きていくのは難しく、エルフだって自然を切り取って集落を作り、暮らしている。トゥイリードは自然原理主義者というわけではない。とはいえ、自然と人々が共存できればそれがいちばん良いはずで、これまでもトゥイリードはそう主張してきた。

残念そうな表情を浮かべたのは一瞬で、トゥイリードは話題を変えた。

「さて、ニナさん。朝食まですこし時間がありますね。お話を聞かせていただきましょうか」

「お話……ですか？」

「あなたがクレセンテ王国のマークウウッド伯爵邸をなぜ出ることになったのか。そしてここに至るまでのお話ですよ」

「それは——申し訳ありません。トゥイリード様が関心を持たれるような面白い話ではございませんので……」

　メイドが身の上話をするなど、ふつうならばあり得ないことだ。

「ニナさん、私が聞きたいのですよ」

「わたしはメイドでございますので」

「ふー……なるほど」

　今のニナは、久しぶりに完全メイドモードなのだ。「メイドさん」パーティーのニナ、ではないのである。なのでトゥイリードに再度求められたがニナはメイドとしての自分を通した。

「ニナさん、もしかしたらと思いましたが、やはりそうでしたか」

「なんのことでございましょう」

「私が冗談や社交辞令で、部屋のお世話に来てくれたメイドの身の上話を聞こうとすると思いますか？」

「それは……」

「これでも、多少は忙しい身なのです。私のスケジュールは5年先まで埋まっています」

「はい。この世界にとって貴重な存在でいらっしゃるトゥイリード様ですから」

「その私があなたのお茶を楽しみにして、朝食の前に時間を作った。すべてあなたの話を聞くためです」

「！」

　これほど多忙を極める人を、ニナは他に知らない。リラクゼーションタイムが必要だからニナを必要としているのはわかるが、そのとき、「ニナの話を聞く」なんていうスケジュールを挟み込む必要はないのだ。

トゥイリードは本気なのだ。

その1分が金の延べ棒にも相当するようなトゥイリードが、ニナのために本気で、時間を割こうとしているのだ。

「な、なぜそこまで……」

「とても重要なことだからですよ。これまで私は、あなたから受けるお世話を心地よく受け入れ、その代価……というつもりはまったくありませんでしたが……私から一方的にあなたに話しかけてきましたね」

「きっと、お考えを整理されているのだろうと推察しておりました」

「気持ちよく話せるというのは、想像以上の快楽なのですよ。ま、それはともかく——あなたがマークウッド伯爵邸からいなくなって、気づかされたのです」

トゥイリードは髪をまとめるために自分の背後にいるニナを振り返った。

「わたしはあなたのことをなにも知らなかった」

「は……はい」

あまりに真剣な表情で、しかもエルフという美貌の青年に——年齢は300歳を超えているが、見た目は青年——見つめられてさすがのニナも一瞬動揺した。

「座ってください、ニナさん」

「……申し訳ありません、トゥイリード様。わたしはメイドですので」

「あなたが立ったままだと、ちょっとお茶を飲んでいる隙にいなくなってしまうような気がしてならないのですよ」

マークウッド伯爵邸からニナがいなくなり、杳《よう》として行方が知れなかったことはトゥイリードの心にショックを与え、だからこそこの国の外務卿から「ニナというメイドを用意する」と連絡があったときには飛んできたのだが、そんなことニナはもちろん知らないし、想像だにしなかった。ただそれでも今のトゥイリードはほんとうに不安そうな顔だった。

「お願いです。この部屋の主人の頼みを聞くと思って」

「しょ、承知しました」

すがるように言われると、さすがにこれ以上断るのは相手に失礼になる。ニナはトゥイリードの向かいに座った。

「それでは、聞かせてくれますね？」

「は、はい……つまらないお話ですが――」

こうしてニナは話し出した。

話が終わるまでに掛かる時間はそう長くなかった。ニナは主人の求めに応じて端的に返答することもできるので、これまでの経緯を事実ベースで――ニナの主観が入っているので、エミリたちが感じている内容とは全然違ったが、それでも通過した町や国、関わった人の名前は正しい――話し終えた。

「………」

トゥイリードは頭を抱えていた。

「ど、どうされましたか、トゥイリード様。やはりわたしのつまらないお話などするべきではなかったですよね。大変失礼しました！」

「いえ、いえ、違います……私が頭を抱えたのは、まずマークウッド伯爵のこと、次にあなたの非凡な仲間たちについて、最後にこの国によるニナさんへの仕打ちについてです」

「？」

心底よくわかっていない、という顔のニナにトゥイリードが深いため息を吐く。

マークウッド伯爵がニナを追い出した事情を初めて聞いたが、まさかこのニナが壺を割るはずがない。彼女の仕事ぶりを見ていればわかる。それにもし仮に、万が一割ったとしても彼女は正直に自分から名乗り出るだろう。

次に彼女の仲間たちだ。

ひとりめは、凄腕の魔導士。

（おそらく第4位階の魔法を使えるのでしょう。短縮詠唱までできるとなれば……まさか第5位階や無詠唱はできないでしょうが、それでも冒険者としては図抜けた実力者です）

トゥイリードはここでも実力を小さく見積もってしまい——実際エミリは第5位階で無詠唱もお手の物なのだが——それはさておき、次にフレヤ王国の発明家アストリッド。

（あちらの彼女が発明家だとは聞いていましたが、まさか彼女がマホガニー家の当代商会長だったとは）

長命のトゥイリードはアストリッドの両親だけでなく、祖父母、曽祖父母についても知っている。それほどまでに高名な発明家だったのだ。フレヤ王国だけに留まらず、マホガニーの名は周辺国の発明家たちの知るところであり、招聘《しょうへい》されて各国を回ったこともあったはずだ。

トゥイリードは直接会ったことはなかったにせよ、マホガニーという名は好ましいものとして聞こえていた――報酬のいい悪いではなく、発明内容の難しさこそが彼らを惹きつけるのだ、とか、裕福な者が一点ものの魔道具を頼むよりも多くの人々の利益になるような魔道具を進んで開発している、とかそういうウワサとともに。

ここでこうして、マホガニー家の当代商会長であるアストリッドに出会えたことはトゥイリードにとってはうれしいことだった。

そんなアストリッドも、エミリも、自分の実力を発揮できずくすぶっており、ニナは――とても恐縮した顔で、「トゥイリード様に教えていただいた知識を活かして」ふたりの才能を開花させた、と言った。

それはいい。全然いい。トゥイリードは自分の知識を披露する相手を選んでいる。それは長年生きて磨いてきた観察眼によって選んでいるから、ニナが間違ったことをするはずはないと信頼している。実際に、実力のある魔導士と名門の発明家を覚醒させたというのはすばらしいことだ。

（問題があるとすれば、ニナさんの周りにそういった人々が集まっているということ……）

魔導士と発明家がニナと旅をともにしたいと申し出たのは理解できる。彼女たちはニナを心配してのことなのだろう。ニナは見ていて危ういのだ。「自分などたいしたことはない」と心の底から思っているし。

（このまま行くとニナさんの周囲には数十人の才能が集結するのでは……？）

そう考えてしまうのも無理はなかった。

なぜかと言えば、月狼族の少女と出会ったイズミ鉱山の話をトゥイリードも知っているからだ。

幸いながら死者は出ておらず、その後、たった1か月で奇跡のような復活を遂げたのだが——そこにまさかニナが関与していたとは知らなかった。

（腕利きの魔導士と発明家、怪力の月狼族が組んで、鉱山労働者と協力して復旧に当たった……そう聞けばあり得ない話ではないように聞こえますが……実際にはあり得ない、ない、ない）

その日暮らしの鉱山労働者は鉱山が閉山すれば町を離れるのがふつうだ。それをまとめ上げ——鉄鉱石が産出されなければ売上も出ないので、おそらく薄給しか支払われなかったはずだ——協力して鉱山を復旧させるなんて。

トゥイリードは確信している。

その中心にいたのはニナに違いないと。

少女が率先して動けば、大の大人は触発される。

彼女が気を利かせて多くの人々のために食事を提供し、快適に作業に当たれるように動いたなら、鉱山労働者たちが「負けてられるか」と発奮しただろうことは想像に難くない。

（ニナさんは、自分の影響力を理解していません。お屋敷内にいれば、目立ちたがりの他のメイドによって目立たなくなりますが、彼女は旅に出た。外の世界で、お屋敷の外の人たちに出会い、そうしてついに見つかった）

ユピテル帝国の皇帝がニナを見つけることができたのは彼女が目立ち始めたからだろう。

皇帝はニナの実力に全然気づいていないようだったが、やがて気がつくかもしれない。

そうすれば、ニナはどうなる？

（ここで雇われる……それはニナさんにとっては幸せな結末かもしれませんが、ですが、皇帝陛下のやり方もよくはありませんね）

自由を奪った上で脅迫するように連れてこられたという話である。それこそがこの帝国の、ニナに対する仕打ちなのだと思うと憤りを感じる。

だけれど自分がなすべきは、帝国に意趣返しをすることではない――手っ取り早いのは賢人会議を取りやめることだが、それをしてしまえば多くの人たちにとって不利益がもたらされる。それならば、自分はニナのために行動してあげようと心に誓うトゥイリードだった。

「あの、トゥイリード様……差し出がましいのですがひとつうかがってもよろしいでしょうか？」

「なんでしょう。ニナさん、私にはそのようにかしこまらずなんでも聞いてください。もちろん、答えられない内容については答えませんから」

「あっ、ありがとうございます！　――仲間のティエンさんが月狼族のご両親を捜していらっしゃるのですが、なにかご存じありませんか？」

「…………」

ようやく自分から口を開いたと思ったら仲間のことである。

(どこまでいい子なのでしょうね、ニナさんは……)

そう思いつつ、トゥイリードは首を横に振った。

「わかりませんね……。月狼族は旅をする種族です。それも大きな集団とはならず、多くとも50人くらいで、それより増えると分割して別々に行動をします。一所に留まらないのです」

「そうだったのですか……」

「希少な種族なので、ほとんど知られていない情報ですから、これはニナさんのお仲間以外にはナイショですよ？」

ウインクして人差し指を自分の唇の前で立てたトゥイリードは、この仕草を見せてときめかない女性はいないというほどに絵になる仕草だったが、

「もちろんです！　ありがとうございます！」

ニナは無邪気に喜ぶだけだった。

徹底している。女性としての自分を消して、メイドとしての自分しかいない。

なぜだかすこし、がっかりしている自分がいることにトゥイリードは気づいていなかった——いや長年の経験が積み重なったことによる老獪《ろうかい》さが、自身に気づかせないようにしたのかもしれなかった。

「……ニナさんが旅を続けていればいつか出会えると思います。私も、月狼族の情報を耳にしたら

『メイドさん』パーティーに連絡が行くように冒険者ギルドに通達するようにしましょう」

「そこまでしていただくわけには……」

「いいえ、私がそうしたいのです」

　ニナは深々と頭を下げた。

「ありがとうございます。このご恩はけして忘れません」

「気が早いですね、まだ見つかったわけではありませんよ」

「あっ……」

　照れながら顔を上げたニナに、トゥイリードは微笑んだ。

「ともかく、ニナさんのこれまでのことはよくわかりました。あなたの身を自由にすることについては私からも皇帝陛下によく伝えましょう」

「そ、そんな、トゥイリード様にご迷惑をおかけするわけには……」

「なにを言うのです。私のためにあなたはここに連れてこられたのですよ？　……そんな状況であなたにお願いをするのは大変心苦しいのですが、私の願いをひとつ聞いてくださいませんか」

「願い……ですか？　トゥイリード様の」

「私は今日から始まる会議の議事進行をしなければなりません。私以外の参加者は4人いるのですが、彼らがなかなかのくせ者でしてね……神経を使わなければならないことが多いのです。今日の夕方には私はくたくたになってしまいます。そのとき、ニナさんに1杯のお茶を淹れてもらえれば、それは私の活力となるでしょう」

「わたしのお茶などでよろしければいくらでもお淹れします」

「もちろん、メイドとしての正当な報酬を支払うことを約束します。これはユピテル帝国から支払われるものとは別に、私個人から支払いましょう」

「そ、それは……」

「受け取ったほうがいいよ、ニナくん」

バルコニーの入口ではアストリッドが眠そうに目をこすりながら立っていた。

「正直、私は帝国のこの扱いは不当極まりないと思っているし、トゥイリード様はそこを理解してくださった上で、報酬という形で報いたいとおっしゃっているのよ」

「そのとおりです、アストリッドさん。お目覚めでしたか——あなたのひいお祖父様やひいお祖母様のことはかねがね聞き及んでおります」

不意に曾祖父母の話が出て、アストリッドは目をぱちくりさせ、

「そ、そうですか……トゥイリード様みたいな偉い方もご存じだというのは、なんだか不思議ですね」

曾祖父母の名前を笠《かさ》に着るような人ではないとは思っていたが、アストリッドの殊勝な様子にトゥイリードはますます好感を持った。

「それで話を戻しますが、アストリッドさんが言ったとおり本来ならばこの場でニナさんたちを解放するのが筋なのですが……そうはいかずに申し訳なく思います」

「それほどまでに、賢人会議はハードなものだということでしょう？」

「ええ……」

トゥイリードはひっそりと眉根を寄せた。

「私も発明家ですから、個人の意見としては賢人会議が行われることで発展する魔術の未来にとても興味があります。だから、ニナくんがイヤでなければトゥイリード様のお世話をするために残ることに反対はしません」

「アストリッドさんはそう言ってくれていますが、ニナさん、いかがですか？」

「わ、わたしは大丈夫です！　トゥイリード様と久しぶりにお会いできたのもうれしかったですし、エミリさんとアストリッドさんのことでもお礼を申し上げたかったので！」

ふたりを救った知識はトゥイリードからもたらされたものだ。

「ありがとうございます、ふたりとも。とても心強いです」

トゥイリードが微笑んだ——そのときだった。

部屋の扉がノックされて、メイド長が入ってきた。

「あ、朝から失礼いたします。トゥイリード様、ぜひともお助けいただけませんか」

「なんでしょうか？」

トゥイリードの口調は変わらなかったが、どこかトゲのある感じがしたのは、ゆったりとした朝の時間を邪魔されたくなかったからだろうか。

だけれどメイド長はそれに気づかず——いや、ふだんなら気づいたのかもしれなかったが、今彼女は他のことで頭がいっぱいであるというのがありありと見て取れた。

「つい今し方、賢人の皆様がこちらの迎賓館に到着されたのですが、鶴奇聖人様が『帰る』と突然おっしゃいまして……！　鶴奇聖人様のお気に召すように美女をそろえたのですがお気に召さなかったようなのです。どうか、どうかお知恵を貸してくださいませんでしょうか！」

その場で這《は》いつくばりそうな勢いでメイド長は頭を下げたのだった。

ほらね、という感じでトゥイリードはニナとアストリッドを見た後に、こう言った。

「これはまだ序の口なんですよ」

と。


メイド長の話によるとこうだった。

4人の賢人のうち、いちばん最初に到着したのが鶴奇聖人であり、皇帝陛下との略式謁見が終わると迎賓館に移動した。

案内をしたのはメイド長だ。静まり返る迎賓館のエントランスで、場違いな鶴奇聖人の鼻歌が聞こえていた。鶴奇聖人は供を持たないのでたったひとりでぶらぶらと歩いている。

総白髪は長く、ひげも長い。手には老木の杖を一本持ち、着流しのような服を着ていた。腰に巾着袋をひとつぶら下げただけで荷物はそれきり、というのが鶴奇聖人のいつものスタイルだという。

『メイド長、女子《おなご》はとりそろえておろうな？　ん？』

突然言い出した鶴奇聖人に、メイド長は恭《うやうや》しくうなずいた。そうして鶴奇聖人を案内した部屋には、ずらり居並ぶ美女——帝国でもトップの娼館から呼び寄せた女たちがいた。

豊満な身体つきのセクシー美女。獣人種の女。小さくも愛くるしい（ちゃんと本人の意思で娼婦をしている）少女。

髪の色や肌の色、体形もばらばらで、全員が全員女性としての魅力あふれる美女ばかりで、女性であるメイド長ですらうっとりとしたものだ。

彼女たちをじっと見た鶴奇老人は、

『……ワシャ帰る』

と言いだしたのだという——。

「あまりの心変わりに驚きました……。なんとかお部屋にお待ちいただいたのですが、鶴奇聖人様は待っても1時間だと仰せでして……私としてはなにをどうしていいのかもわからず……」

メイド長は困惑のあまりに泣きそうな顔ですらあった。

それもそうだろう。賢人会議が今回の皇帝陛下在位50周年記念式典の目玉、特大の目玉であるにもかかわらず、始まる前からその賢人が「帰る」と言い出したのだから。

「鶴奇聖人様のお好みはスタイルの良い女性だと聞いております。ふくよかであってもいいくらいだと……そのため、そういう女性を多めに集めたのですが……」

「ふむ、その認識は合っていますね」

トゥイリードがうなずいた。彼は手にしていた書類を眺めていたが、それは娼館から呼び寄せた女性たちのプロフィール一覧だった。

「や、やはり鶴奇聖人様は賢人会議に参加されたくなく、難癖をつけてお帰りになりたいということなのでしょうか!?」

メイド長が言ったが、そのとき初めて涼しげな顔をしていたトゥイリードが表情を消した。

「……そのようなことを、間違っても口にしてはいけません」

「ひっ」

「皇宮メイドの名が泣きますよ」

冷え冷えとするような視線を向けられ、メイド長は震え上がった。

嘆かわしそうに首を横に振ったトゥイリードは、ぽん、と書類をテーブルに置いた。

「ニナさん、わかりますか？　鶴奇聖人がなぜ帰ると言いだしたのか」

トゥイリードが話を振ると、メイド長は初めてそこにニナがいたことに気づいたかのようだった。

そして、なぜこのメイドに賢人トゥイリードが質問をするのかまったく理解できないという顔をする。

「……わたしのような者が口を出すことではございません」

「そのとおりです、トゥイリード様。これはまさに皇宮メイドの所管でして……」

「やれやれ。その皇宮メイドの長であるあなたが音を上げたのではありませんか？　それに私はニナさんに聞いているのです」

「うっ……」

「ニナさん、どうですか？」

困ったように眉をハの字にしたニナだったが、

「きっと……お好みの女性がいらっしゃらなかったのでしょう」

「それはありません。首都でも最高の娼館を1か月も前から押さえておいたのです。帝国でも名高い『傾城』とまで言われる――」

「メイド長」

ぴしゃりとトゥイリードが制する。

「……ではニナさんなら、どう対応しますか？」

「娼館に協力を頼むことは間違っていないと思います。問題は、鶴奇聖人様の好みに合う女性を手配できるかということ」

「どんな女性が良かったと思いますか？」

ちらりとトゥイリードは室内を見やった――そこには時計があり、メイド長が言ったタイムリミットまでは残り30分を切っている。

「…………」

ニナは考え込むようにあごに手を当ててから、

「――鼻歌」

と、言った。

「正解です」

トゥイリードは微笑んだが、

「は？」

とメイド長は目を瞬かせ、アストリッドはイスに座ってまたもうとうとしていた。

「メイド長、鶴奇聖人がどんな鼻歌を歌っていたか教えてください。まさか覚えていないなんてことはありませんね？」

「は、はい！　あれは最近の歌劇で流行《はや》っている歌でございました。鶴奇聖人様は10日ほど前に首都に入られ、いくつかの劇場に通っておいででした」

「……ほう、10日も前に」

ぎりぎりのスケジュールでユピテル帝国にやってきて、ニナがいると聞いてさらに1日前倒しで皇城に飛んできたトゥイリードは、10日もぶらぶらしていた鶴奇聖人に思うところがあるらしいが、その怒りが自分に向いたのかと思ったメイド長は「ひっ」と再度泣きそうな声を上げた。

「それで、その歌はどのようなものですか」

「は、はい。古典をベースに、現代風にアレンジしたものだと聞いております。歌の内容は……」

メイド長は、さすが皇宮メイドを束ねる立場ではあった。

賓客がどのような好みかを知るために文化流行の最先端にもキャッチアップ、さらには賓客の漏らした言葉を忘れない。

鶴奇聖人の鼻歌は、このようなものだった。

――縷々《るる》と紡がれる語り部の話も
常なら大酔《たいすい》す、まばゆき金屈卮《きんくつし》も
貴女の黒瞳《こくとう》の前には
耀《かかや》きを喪《うしな》ってしまう

そう長くはないフレーズだが、ヒロインである女性と出会った主人公が、恋に落ちるシーンで使われるので印象的であるらしい。

「ほう、確かに古典を使っていますね。面白い」

トゥイリードはなぞなぞを前にした子どものように喜びつつ、

「この歌は……いや、詩と言ったほうがいいでしょうね。『とこしえに分かたれし者』という題がつけられた悲恋の詩なのですが、もともとは題名もついていなかった、さる詩人が酒場の壁に書き残したものだと言われています」

「は、はあ……」

メイド長はその話がなににつながるのか、そもそも鶴奇聖人から言われた残り時間は刻々と減っているというのにこんなことをしていていいのか、やきもきしている。

「ニナさんはご存じでしょうね？」

「あ……はい」

ニナがうなずくと「え、知ってるの？」とメイド長がぎょっとした顔をする。

「ですが、トゥイリード様。この詩を歌劇にするのは少々無理があるのではないでしょうか？　特に帝国の文化ならばなおさら……」

「私もそう思いますが、そこに現代風アレンジが加わったということでしょうね。――メイド長。その歌劇はハッピーエンドなのでしょう？」

「もちろんです！　我らが帝国の太陽であらせられる皇帝陛下はことのほか幸せな結末をお喜びになりますので……」

　言いかけたメイド長は、ハッとした。

「……『悲恋の詩』とトゥイリード様はおっしゃいましたね？」

「そのとおりです。悲恋の結末を歌劇場の脚本家がハッピーエンドに変えてしまったのでしょう。ニナさん、詩の続きを教えてください」

　促され、ニナが――いつもの可愛らしい声とは打って変わって、染み入るような声で読み上げた。

――春宵《しゅんしょう》、玉霰《たまあられ》
似つかわしくない空模様と、われらふたり
美姫たる君と、千篇一律たるわが非才
とこしえに分かつ大河に架けうる橋は
非才を珠玉に変える神の御手のみ

ティーカップを片手に、瞳を閉じて聞き入っていたトゥイリードは満足げにうなずいたが、メイド長はワケがわからないままだった。

「あのぅ……トゥイリード様、この詩がなんだというのでしょうか……」

「わかりませんか？　まあ、そうでしょうね。詠み人知らずの古典では有名な詩ではあるのですが、皇宮で働くメイド長にそこまで知れというのは無理な注文かもしれません」

ちくりとした嫌みが含まれていたが、メイド長は気づかずトゥイリードの話の先を待つだけだった。皇宮メイドのメイド長がわからないのに、ニナが理解しているという事実まで、考える余裕がないのだろう。

「『千篇一律』『非才』『珠玉』という言葉があるように、この詩人は自分がただの詩人であり、才能がないから成功せず、目の前にいる愛する女性と結ばれないと嘆いているように感じられます。もともとのこの詩の評価はきっとそうだったのでしょう……各地の伝承や詩を蒐集《しゅうしゅう》する好事家の手に、詩の写しが渡ってから長い間、書庫に眠ったままでしたから。しかし、後世にその資料を見直していた学者がこの詩を再発見した」

メイド長は話を聞きながらもちらりと室内の壁掛け時計を見やる。残り時間は20分を切っている。自分がこの皇宮で働き続けられる時間も、もしかしたら20分を切ったのかもしれない。

「ニナさん、新たな解釈によってこの詩がどう理解されたか知っていますか？」

「はい……わたしのような浅学なメイドが申し上げていいのかどうかわかりませんが」

と前置きした上でニナは言った。

「『とこしえに分かつ』『神の御手』という表現は、それがたんに詩人と美姫の身分差を言っているだけだとしたら大仰な表現ではないかという解釈が入りました。さらに『われ』の部分ですが、実際の古語では『妾《わらわ》』……つまり女性の一人称であったということが判明しました。つまり、詩人は女性であり、女性同士が結ばれることが認められない状況下の詩ではないかと言われています」

「そのとおり。数百年もの昔では女性同士が結ばれることはかなわなかった。ゆえにこれは悲恋の詩として成立したわけです。そんな内容を、そのまま劇として上映するわけにはいきませんね。なぜなら今の皇帝陛下は女性が女性と結ばれること、男性が男性と結ばれることを許していますから、体制批判になりかねない。そういうエッセンスを封印し、ハッピーエンドに仕立てたと。——さて、メイド長」

「はい……？」

だからなんなのか、という顔でいるメイド長にトゥイリードは言った。

「あなたのことですから、きっと黒瞳の女性も手配したのでしょうね？」

「あ……そ、そうです！　もちろんです！　ですが鶴奇聖人様はそれを気に入らず……」

「当然でしょう。この詩の本質は美姫にはないのですから」

メイド長はハッとした。

鶴奇聖人は古典の詩をアレンジされた歌劇を見た。

その後なにを思ったかはわからないが、批判なのか、あるいはただの気まぐれなのか、アレンジされる前の本来の悲恋の詩を思い出した。

単に黒瞳の美姫に相手をしてもらいたかった、という可能性はすでにない。

「となればどんな女性に来て欲しかったのか、答えはひとつですね」

トゥイリードは言った。

「詩人です。そして当時、その地方の詩人の職はすべて男性が担っていたそうです。詩人は男装した女性であり、もしかしたら美姫は詩人が男性であると信じ込んでいたのかもしれない……そこまで考えるとなおさらこの悲しさが際立ちます」

「ということは……『男装の麗人』に来て欲しかったということですか!?」

トゥイリードはうなずいたが、メイド長は青ざめてその場にくずおれた。

「む、無理です……今からそういった女性に来てもらうには時間が足りません……」

女性としての魅力を磨いてきた娼館の女性たちは、男装の麗人として鶴奇聖人の前に立つことは難しいだろう――というのも、プライドや娼館の方針というわけではなく、方向性が違いすぎて明らかに向いていないのだ。

「ではメイド長、あなたが男装をしますか？」

「それは……」

「無理でしょうね。この詩を書いた詩人はもっと若い。さらに言うと鶴奇聖人が望むタイプの女性は皇宮メイドには務まらない……影に徹するのではなく、もっと自分に自信があり、自分を主張するタイプでなければならない」

「そ、それ以前に、皇宮メイドに、メイド以外の役割を与えるのは難しいと思われます」

「――ということだけれど、ニナさん、あなたならどう対応しますか?」

トゥイリードが話を振ると、ニナは、

「……ひとつだけ、方法があります」

と言った。

彼女の目は、あるひとりを向いていた――その人はイスで居眠りしていたが、「ふぁっ」と妙な声を上げると目を瞬かせて大きな欠伸をした。


鶴奇聖人はエロじじいである。

自他共に認めるエロじじいである。

だからグリンチ騎士団長に「ムチムチボインがワシの好み」だなんて言ったのだが、これは間違っていない。

ただ――この老人の気難しいことには、時々、エロじじいをお休みしたくなるのである。

老人だから年がら年中エロくいられないというのもあるかもしれないが、理由はさておき、そのお休みの時期は唐突に訪れる。今回はたまたま、賢人会議初日の朝にやってきたというわけだ。

「……会議もそのまま休んじゃおうかの」

誰もいないがらんとした部屋で老人はつぶやいた。

この凪《なぎ》のようなお休みの時間は老人を冷静にさせる。悠久の年月を過ごしてきた老人の記憶は澄み渡り、歴史書でしか知ることのできない事件や戦争も、老人は自ら経験し、知識として蓄えており、それらがよみがえる。

『とこしえに分かたれし者』についてもそうだった。老人はその詩が酒場の壁に書かれてあったのを直接目にしていた。荒々しい筆致ながら、どこか自分が女性であることを忘れられないような丁寧さが見え隠れする文字。

目を閉じると、当時の酒場の喧噪《けんそう》すら聞こえるようだった。

「——あなたかい、鶴奇聖人というのは」

いつ、入ってきたのか、人の気配を身近に感じて老人が目を開けると、ドン、と葡萄酒《ぶどうしゅ》の入った瓶がテーブルに置かれた。

ワイシャツにジャケットを羽織っているが、その服はこの迎賓館にはあるまじき庶民的なものだった。それをふだんから着慣れているのであろうことは、着ている人物の肘や膝に沿ってきれいにシワができていることからもわかる。

すらりとした体躯に、金髪を後ろになでつけている。はらりと落ちた一房の髪の向こうにはアメシストのような輝く紫色の瞳があった。

「あ、ああ……」

彼——いや、彼女はすでに一杯飲《や》ってきたようで、頬には朱が差している。

聞こえていたざわめきが、幻聴ではなかったかのように感じられて老人は目を瞬かせる。

「朝から酒場の詩人を喩えるとはいい身分じゃあないか。一杯やるかい?」

「――いや、ワシは水しか飲まんのだ」

「酒だって水みたいなもんじゃないか」

ぐい、と瓶を引き寄せて飲む姿は、この帝国ならばどこの酒場にも見られるような光景かもしれない。座る彼女の背景が迎賓館の客間であるという違和感さえのぞけば、彼女はまさに酒場に現れた男装の麗人だった。

「そうか……そうか。あの詩を解する者がおったか」

ちらりと老人が時計を見やると、タイムリミットで設定した1時間の、3分前だった。ぎりぎりではあったが、メイド長は鶴奇聖人のオーダーに応えたということになる。

「お主の名はなんという?」

「名前なんてなんでもいいじゃないか」

「じゃが、呼ぶのに困ろう?」

「ふーん、確かにね。私はアストリッド」

「そうか……アストリッドよ。喜ばしいことじゃ。あの詩が忘れられてはならぬ……」

「詩? なんのこと?」

「お主は無から有を作り出す者ではないのか?」

「無から有を……」

ふむ、と宙を見つめたアストリッドは、

「まあ、そうだね」

と応えた。

「では問おう。この世界の真理を表現するならなんと言う？」

鶴奇聖人は詩吟の世界の話をした。

「真理、ね……おもしろいことを言うじゃないか。真理とは闇さ。そこになにが隠れているかもわからない。それを見つけ出すのが私の仕事さ」

彼女は発明の世界の話をした。

「闇、とは？」

「可能性さ」

「可能性とは？」

「人を幸せにし、人を平等にし、時に人を傷つけるもの……」

「ふぅむ」

鶴奇聖人はそれを「愛」だと受け取ったが、もちろん彼女はそれを「発明」のつもりで回答していた。

「お主の服装もまた、可能性ということか……」

男装の麗人である詩人、それは、内に秘めたる身体は女性ながら、心は女性に惹かれているという未知なるものなのだ。

「もちろん、そうさ。見てわかるだろう？」

彼女は発明家（男装バージョン）の服装で来ているのだから、可能性を体現する発明家であるのは当然だった。

「なかなか面白い趣向であった」

鶴奇聖人は言うと、満足そうに立ち上がった。

「あれ……もう行くのかい？　この酒、ほんとうに飲まないの？　めちゃくちゃいい酒だよ」

「かっかっか。老人と飲んでも面白くもなかろう。それにワシの好みはムチムチボインじゃ」

「…………」

ムッ、と彼女がイラ立った表情を見せたので、ますます老人は笑って部屋を出て行った。

鶴奇聖人が出て行くと、メイドや侍従、帝国高官たちが廊下で待っていたのかあわただしい気配があった。

「……なんだこれ、もう終わり？」

彼女――アストリッドは誰もいなくなった客間にひとり残ったが、すぐにドアが開くとニナが現れた。

「お疲れ様です、アストリッドさん」

「いやー疲れるもなにも、私は男に化けるときの服を着て、酒を引っかけてからここに来ただけだよ。あれで良かったの……？」

「完璧です」

「まったくわけがわからない」

アストリッドは肩をすくめた。

ニナから依頼されたのは、いつも持っている服――旅に出るときにたまに使う男装用の服を着て、鶴奇聖人に酒を勧めて欲しいということ。

鶴奇聖人に酒を勧めて欲しいということ。


うとうとしていたところを、まさかの五賢人との面会を依頼され、アストリッドは「さすがにお酒でも飲まないとやってられないよ……」と思わず言ったところ「それは名案ですね」となぜかトゥイリードが喜ぶ始末。「あの、トゥイリード様。アストリッドさんの安全は……」「もちろん大丈夫ですよ。鶴奇聖人は救いようのないエロじじいですが、相手にするのはもっとずっと肉付きのいい女性ばかりですから。今回はほんとうにプラトニックな……いや、なんらかの意趣返しのようなものではないでしょうか」なんていう、聞き捨てならない言葉が聞こえたような気がしたけれど、気にすれば気にするほど五賢人とまともに話せそうもないので、アストリッドはメイド長が持って来た葡萄酒の瓶を一気に呷《あお》ったのだった。

早朝から、空きっ腹に酒はよく効いた。

「さぁて、それじゃ仕事と参りますかぁ――おっとととと……」

立ち上がったアストリッドはすでにいい具合に酔っ払っていたのでふらつき、それをニナが支えた。

「アストリッドさんはすばらしいお仕事をなさいました」

「えー？　いまだによくわかってないんだけど……」

「お部屋に戻って休んでいただいて大丈夫ですよ」

にこりとニナは微笑んだ。

「ここからは、わたしの仕事です」


賢人会議の行われる会議室は、皇城の大会議場が使われることとなっていた。

広々とした会議場は帝国貴族が国政を議論するのに使うものだが、今回はたった5人が座るための円卓が中央に置かれ、それぞれの距離が5メートルほどは確保されている。

円卓に置かれてあるのは大陸全土を網羅した詳細なる地図、白紙の束、色とりどりのインク壺に羽根ペン、それに手を拭くための白い布。

ワゴンに載せられているのは各国の地誌や論文各種、帝国の歴史が記された分厚い書物といった、資料集だった。

皇帝陛下の席は離れた場所にあって、背後に帝国旗を掲げていた。

「――準備は？」

「――滞りなく。先ほどまで廊下が騒がしかったようですが……」

「――賢人会議に臨席したいと貴族が殺到してな」

「――あれほど参加は禁止、どころか五賢人様への接近も禁止されているというのに、ですか。なんとも欲深な」

「――欲だけではないようだ。中央の政治には不干渉を貫いていた貴族も見えてな……」

高官たちはささやきあったが、その声さえも目立つほどに大会議場内は静まり返っていた。

カラン、カラン、カラン……と乾いた鐘の音が響いた。

「おのおの方、定刻まであと５分である。持ち場につけ」

ひとりが声を上げると、高官たちは己がいるべき場所へと移った。

各賢人のサポートを行う者が５名ずつ。

書記は、書き漏らしがないように３名。

カートを動かす者。

その他雑用のために走る者。

彼らは帝国内でも相当の地位にある高官だ。「百年にひとりの天才」としてもてはやされた者。

有力貴族の後継者の地位を蹴って官僚の道を邁進《まいしん》した者。中には徴税官として清廉潔白の道を歩み続け、便宜を図るよう貴族に言われてもはねのけ、そのせいで左遷され、血を吐くような思いで実績を積み上げて中央に戻ってきた者もいる。

つまるところ50歳以上の男女が圧倒的に多い。

そんな彼らに「雑用のために走る」役割を任せるなんてことはあり得ない。あり得ないのだが、
彼らは自ら手を挙げてその役割を求めた。なんならその役を得るために役所間の綱引きや暗闘まで繰り広げられた。今まで清廉潔白の旗印の下にいたくせに、いきなり搦《から》め手を使ってライバルの度肝を抜いた女もいた。

それほどまでに「賢人会議」を、その目で見たかったのである。

物音ひとつ立てず直立不動の彼らが思うのはどんなことだろうか。

過去の賢人会議によって決議された、大国間の停戦協定だろうか。「半世紀戦争」とも呼ばれたその戦争は当事国だけでなく周辺各国を巻き込んで多くの人々が不幸になった。それを終わらせるための、エルフの森に眠る秘宝の提供、さらには鶴奇聖人の持っていた「古典正教」で失伝したと言われていた聖典提供、それを受けての教会の働きかけが大きかったと言われているが、真相は当時の賢人会議に参加した者しか知らない。

あるいは「鉱病毒《こうびょうどく》」と名のついていた伝染病の治療か。何百人という患者を診察したトゥイリードの知見と、ヴィクトリアによるヴァンパイアの伝承、それに魔塔の知識が合わさって治療薬の開発アイディアが生まれたと言われている。

あるいは大昔の下水道敷設に関するエピソードかもしれない。

あるいはさらに昔の、名もなきヴァイオリニストが見いだされ、時代の寵児《ちょうじ》にまでのし上がったエピソードかもしれない。

あるいは、あるいは、あるいは——いずれにせよ彼らは、歴史的瞬間を目にするべくこの場にいるのだった。

「ご入場！」

扉を開ける係——これもまた50代の女性ふたりだ——によって扉が開かれると、

「ほっほっ」

鶴奇聖人が最初のひとりとして入ってきた。機嫌が良さそうな鶴奇聖人を見て数人が内心で胸をなで下ろす——彼らは到着したばかりの鶴奇聖人がなんらかのトラブルを引き起こしたと聞いていたのだ。

ややあって魔塔の主であるミリアドがふたりの魔導士を引き連れて入ってくる。手ぶらだった鶴奇聖人とは違い、彼らはカートに山積みの魔導書を積んできた。

相変わらず、つまらなそうな顔をしている。「なにかあればその場で席を立って魔塔に帰るからな」という雰囲気がにじみ出ている。

次は「古典正教」トップのマティアス13世で、その次がヴィクトリアだ。ふたりとも5人の供を連れていたがマティアスは男女混合であるのに対し、ヴィクトリアは男だけ——しかもがっしりとした体軀の男だけだった。その全員がヴァンパイア種族であることは、彼らの肌の、異様なまでの白さからわかる。

ヴィクトリアの服装は派手だった——胸元のぱっくりと開いた漆黒のドレスに、ふんだんにレースが使われ、煌《きら》めく小さな宝石が大量にあしらわれていて、それは夜空の星のようだった。

だけれどそんな派手な服装も、ヴィクトリア自身の肉体の前では霞《かす》む。

たゆんと揺れる大きな胸に、透き通るほどに白い肌。

なびく真紅の髪は豊かで滑らかだった。

長いまつげに覆われた目は髪と同じ色で、わずかに潤んでいる——この目に見つめられたらどんな堅物の男でも心がぐらりと揺れるだろう。

だが、堅物の集団であり、なおかつ宗教上の理由から彼女を憎んでいるマティアス13世のお供たちは——いやマティアス13世本人も——ヴィクトリアをにらみつけていた。

「お久しぶりですね、皆さん」

そんな険悪な雰囲気などまったく気づいていないような声が聞こえてきた。

最後に、入口ではなく奥から——皇帝陛下とともに登場したのがトゥイリードだった。

「前回開催から8年が経ちましたが、お変わりないようでなによりです」

にこやかに彼が言うと、

「皆様もお忙しい身でしょう、堅苦しい挨拶は抜きにして、始めましょうか」

皇帝陛下がその後を引き取った。

「では、会議を始めましょうか。議事進行は、これまで同様この私、トゥイリード＝ファル＝ヴィルヘルムスコットが務めます。まずは議案の確認をしましょう。ユピテル帝国発案の議案が7件、他国発案が38件、私からの提案が2件ありますが、皆さんからの議案提案が何件ずつあるか確認ののち、優先順位をつけていきます——」

さきほどまで満ちていた緊張感とは裏腹に、会議自体はするりと始まった。

カートから、すでに印字された議事用紙が引っ張り出され、配られていく。

時刻は朝の9時。

戦いは始まった。

戦いが始まったのは会議場だけではなかった。

「――おい、この味じゃ帝国料理のなんたるかもわからないだろうが！」

「――オーブン空けろ！　醍角牛《だいかくぎゅう》のロースト始めるぞ！」

「――食肉貯蔵室《ミート・ラーダー》行ってきます！　そこどいて！」

厨房《ちゆうぼう》ではランチのためにコックたちが戦い、

「――お湯の温度が上がりすぎですよ！」

「――ヴィクトリア様はお菓子を召し上がらないでしょう！　カートからどけなさい！」

「――カップが足りないですって!?　マティアス様のお供の方のぶんも必要だとあれほど……」

隣のセカンドキッチンでは皇宮メイドたちが会議中に提供するお茶の準備をしていた。

「…………」

ニナはすでにトゥイリードに提供するティーセットの準備を終えており、皇宮メイドたちの働きぶりを横目に見ていた。

全員が全員、よく訓練されている。知識も豊富で、茶器の扱いも上手だ。

でも――浮き足立っている。自分たちが関わる賢人会議の重要性を知っているからこそ、「失敗してはならない」という重圧で些細なミスが起きる。ミスがひとつ起きると他のミスを誘発する。そうして今、ただ「お茶をお出しする」という簡単なミッションですらてんてこまいになっているのだった。

ニナは先にカートを押してセカンドキッチンを出た。侍従に案内されて会議場へと移動する。扉を開くと、そこもまた戦場となっていた。

「――なるほどぉ？　古くさい宗教の人たちは、信徒の利益のために自分たちの議案を最優先にしろって言ってるわけねぇ？」

「古くさい？　なるほど、『西方聖教』は新しい……つまり底が浅いと自ら言っているわけだよねえ？」

「ウチの宗教をいくらバカにしても構わないわよぉ。アタシはどうせ信じてないしぃ」

「そんな人材に爵位を与えているのだから、やはり『西方聖教』は信用ならないな」

吸血姫ヴィクトリアと、彼女の存在を公的には許していない「古典正教」の教皇マティアス13世とがつばぜり合いを演じていた。

「――ああ、ニナさん。お茶をありがとう」

音もなくカートを押し、音もなくお茶を淹れたニナだったが、トゥイリードはその香りで気がついた。

会議中にわざわざ「お茶をありがとう」なんて言葉を発したことで、ヴィクトリアとマティアス13世はそちらを見た。

「皆さんも一度クールダウンされたほうがよろしい。議案の順序を決めるだけでもう1時間半が経っていますよ」

トゥイリードはふたりのバトルを遮るためにわざわざ言わずとも良い言葉を発したのだろうとニナは気づき、トゥイリードもまたニナに微笑んで見せた――「ナイスタイミング」とでも言っているかのように。

そのタイミングで皇宮メイドたちもカートを押して入ってきた。さすがに、先ほどのあわてた様子はすっかりなりを潜めている。

「…………」

ただニナは、ひとりのメイドが気になった。ちょうどトゥイリードの右隣、魔塔の主であるミリアドにお茶を提供しようとしているメイドがいた。ミリアドが好んでいるのは豆をローストして挽いた粉に、お湯を注いで作る——つまるところ「コーヒー」だった。帝国ではほとんど飲まれていないものではあったが、ある場所にはある。ニナのいるところにまで香ばしい香りが漂ってきた。

メイドの手が震えていた。かすかな震えではあったが、慣れないコーヒーを淹れるという仕事に緊張しているのか、あるいは表情がまったくうかがいしれないミリアドに恐怖しているのか——いずれにせよ、ニナは危険だと感じた。

「……毎度、くだらぬ会議だ」

「……議案の進行順を決めるだけで1日費やすのではないでしょうか？」

「……魔塔の問題は我らで解決しますしな」

ミリアドとふたりの従者がひっそりと話している。彼らがこの話の進み方に不満を持っていることは明らかで、ぴりぴりとした空気が漂っていた。ニナはまだ知らないことだが、魔塔は持ち込みの議案がひとつもない。これは魔導士たちの頂点であるという自負がある彼らは、問題があれば自分たちで解決すべきであり、それこそが魔導士のなすべきことだと考えているからだった。なんなら魔塔内での協力関係もあまりなかったりする。

そんな空気に当てられたのかもしれない。皇宮メイドがこぽこぽとコーヒーを注いでいると、その手を滑らせた――。

「あ――」

恐怖に染まる彼女の表情は、次の瞬間、驚きのそれへと変化した。

手からポットが滑り落ちる直前、小さな手がその下に差し込まれてポットは落ちずに済んだのだった。

「…………」

「!?」

無言でポットを持ち上げてコーヒーを注いだのは――ニナだった。

誰も気づかなかった。

彼女が数メートルの距離を一瞬で縮め、音どころか風すら立てず、ポットをすくいあげた。すぐ横で話している魔塔の3人も、他の会議参加者も、誰もニナが動いたことに気づかなかった――いや、トゥイリードだけは気がついていて、満足そうにお茶を楽しんでいる。

ミリアドのために割り当てられた皇宮メイドは目を瞬かせる。

「……お出ししてください」

「あ、は、はいっ」

ニナに促され、彼女はコーヒーの入ったカップとソーサーをテーブルに差し出した。なにが起きたのかわからなすぎて、震えは止まっていた。

「！」

ハッとして振り返る。

コーヒーポットはつい先ほどまで温められており、高温だった。取っ手のない場所を持つには熱すぎるはずだ。だけれどニナは熱さに、痛みに、声ひとつ漏らさなかった。

今は濡れた布巾を手のひらに当てて——火傷《やけど》したのだ——しずしずとトゥイリードのそばへと戻っていく。

「……ニナさん、あとでよく効く塗り薬を差し上げましょう」

「そんな、トゥイリード様にご迷惑はおかけできません。メイドなら当然の仕事をしているまでですから」

「ふふ。私が贈りたいのです」

「恐れ入ります」

自分がそうしたいのだと言われれば、ニナとて頭を垂れるしかない。

「？」

その様子を眺めていた皇帝陛下は、相変わらずトゥイリードはニナと接するときには柔らかい表情をする——なるほど、「執心している」と言われるわけだと納得するだけだった。トゥイリードの背後から、一部始終が見えたはずの皇帝すらニナがなにをしたのかわかっていなかった。それほどにニナの動きはさりげなかったのと、また多くの人々はメイドの動きになど気を配っていないということだろう。

（……心配ですね）

今の一連の流れで、ニナはそう思った。

（気をつけないと、お客様の不興を買いそうです）

その悪い予感は、当たることになる。

昼時になり、食事の時間となると一度会議場を出ることになる。小規模の宴会場があり、皇帝陛下は別の場所で食事を摂《と》り、五賢人とそのお供だけに昼食が提供される。

ニナは厨房の一画を借りて――コックたちは不満そうな顔をしたが、トゥイリードたっての希望ともなれば許可せざるを得ない――トゥイリードのための軽食を用意する。マークウッド伯爵邸で働いていたときに、ニナはトゥイリードの好みを知り尽くしていたし、帝国の厨房には最高の食材もそろっているので問題はなかった。

森の住人であるエルフは菜食主義者が多く、トゥイリードのためにと大量の野菜が用意されていたが、実のところトゥイリードは魚が好きだった。それも海のものだ。ニナは冷燻《れいくん》にしたサーモンのサンドイッチと、たっぷりのハチミツを使ったパンケーキを用意した。

「やあ、これは美味しそうですね」

トゥイリードは喜んでサンドイッチを頬張った。難しい会議をした後は甘いものを欲するので、パンケーキにも喜んでいる。

一方、

「……なによぉ、この味は」

ヴィクトリアがぽつりとつぶやいた。

それはほんとうに小さな声だったのですぐ隣に座って食事をしているお供の男も聞き取れなかったほどだ。

だけれどニナは——10メートル以上離れた場所でトゥイリードの担当をしていたニナは聞き取った。

（ご不満がある——料理の腕はさすがの皇宮コックさんですが）

ニナも味見をさせてもらっていたので、ここのコックがすばらしい腕の持ち主だということはよくわかっていた。それこそ、マークウッド伯爵邸にいたコックのロイと同じくらいには。いや、包丁さばきや火の扱い、食材の目利きなどそれぞれの技能に特化したコックがたくさんいるぶんだけ総合力はここのコックたちのほうが当然上だ。

だけれど、ヴィクトリアはなにか不満があるようだ。

先ほど一言言葉を発した後はなにも言わないが、口元を白布で拭った後は、クリスタルグラスに注がれたワインを飲んでいる。

「ニナさん、ヴィクトリアさんが気になりますか」

トゥイリードがめざとく話しかけてきた。ふたりの会話は、周囲に人がいないので誰にも聞こえていないはずだ。

「は、はい……ヴィクトリア様はお食事に満足されていないようで」

「とはいえ、ここの料理はすばらしいものである……違いますか？」

「そのとおりです。どうしておわかりになるのですか？」

「以前にも同じことがありましたからね――」

トゥイリードは前回の賢人会議で起きたことを話してくれた。

そのときの料理もすばらしいもので、自分で食べたいものを言う形式だったのでトゥイリードも好きなものを注文して食べた。

けれどもヴィクトリアは、一口食べると黙りこくってワインを飲んでいた。夜になると街に繰り出していたらしいが、その行動は誰からも把握されず、やがて癇癪《かんしゃく》を起こしてマティアス13世と激しく衝突して賢人会議は閉会となった――。

つまるところヴィクトリアという賢人会議破壊爆弾の導火線に火が点《つ》いた状態であることは間違いない。だというのにメイドたちは、ヴィクトリアが無言でワインを飲んでいるので特に問題はないと判断しているふうだった。

「トゥイリード様は、ヴィクトリア様が食事にご不満があるとは思われませんか？」

「わかりませんね。彼女は我々の中でもあまり食事を摂らないのですよ。吸血姫ですからね、食事よりも血が美味であると常日頃から言っています」

「えっ」

ヴィクトリアに出された料理のメインは血の滴るようなステーキだ。それを一口食べただけで終わっている。

（まさかヒト種族の血でなければならないとか？　いえ、そんなはずは……）

そのときニナは、はたと気がついた。

周囲の者はみんな美味しいと言っている料理も、たったひとり嫌がる人がいたではないか。

同じだ。

ティエンのときと。

「トゥイリード様、少々失礼いたします」

ニナが頭を垂れて退室するのを、トゥイリードはにこやかに見守っていた――彼女ならなんとかしてくれると、完璧な信頼を寄せている顔だった。

ニナが大急ぎで向かったのは厨房――ではなく、メイドの宿舎だった。

「――ニナ？　どこにいくのですか」

「ティエンさん!?」

だけれど迎賓館の裏口から出たところで木の上から声が掛かった。

「ど、どうしてここにティエンさんが？」

「ニナになにかあったときにすぐに突入できるようにここにいたのです。でももっと近づきたかったのですが、あの騎士団長ってヤツがずっと警戒しているので中には入れなかったのです。これほど距離が離れていてもビリビリ気配を感じる……アイツ強いのです……！」

「それは騎士団長様ですから、当然お強いに決まって――じゃなかった！　ティエンさん、お願いがあるのでこちらに来ていただけますか？」

「でもあの騎士団長の警戒をかいくぐって行くのは難しいのです。ううん、でもチィはニナのためならやってみせるのです！」

「警戒なんて関係ないですよ!?　お仕事で入るんですから！」

「お仕事？」

木から飛び降りたティエンは空中で一回転して、見事に着地した。

「ティエンさんの力を借りたいんです。実は――」

厨房に向かいながら話をする。

ニナだってプロの料理人に負けないほどの嗅覚と舌を持っているが、ティエンはさらにその上を行く。ニナが気づけなかったヒントがあるかもしれない――ヴィクトリアが、食事に満足していないことの。

「チィは確かに鼻がいいかもしれないけど、チィにわかるのかな？」

首をかしげるティエンだったが、ニナとしても確信があるわけではなかった。ティエンは料理に関する知識がないのだ。

厨房に到着するとすでにコックたちは自分たちの仕事を終えており、最低限の人数しか残っていなかったが、むしろ好都合だった。ニナはティエンと、ソースや鍋に残っている料理の味見をしていく。

「ん。どれもおいしいのです」

「！」

ティエンが言うのだから間違いないだろう。ヴィクトリアが食べ残した食事が戻ってきたが、そのニオイを嗅いでもティエンは「おかしなところはないのです」と言った。

「…………」

考え込むニナをよそに、それを運んできたメイドたちは気味が悪そうに離れていく——食べ残しをあさろうとしているとでも思われたのかもしれない。

「どうしたのですか、ニナ」

ティエンにたずねられるが、ニナには答えられなかった。

なにかがおかしいはずだ。

でも、料理には問題がない。

ヴィクトリアに問題があるというのか？

であればトゥイリードは知っていそうなものだ。

（なんでしょう、なにか見落としが……）

考え込んでいると、皇宮メイドたちの話し声が聞こえてきた。

「——このワインって1本いくらするか知ってる？」

「——そりゃ、お高いんでしょ？　知りたくもないわ」

「——それをさ、かっぱかっぱ飲んじゃうんだからすごいわよね」

ヴィクトリアが飲み干したワインの瓶だった。

「そうです……それです！」

ニナがメイドたちのところに急接近してきたので彼女たちはぎょっとする。

「な、なによ」

「申し訳ありませんが、そちらの瓶を貸していただけますか」

「はぁ？　この空瓶だって売れば高いのよ。アンタ、これを横流しでもしようと――」

「すぐにお返しします。お約束します。今だけです」

「うっ……」

ぐいぐいと迫るニナに、メイドはうろたえ、

「は、はい……」

瓶を差し出した。

ニナはそれを受け取るとティエンの鼻先に差し出した。

「ティエンさん、このニオイはどうですか？」

「お酒のニオイは好きじゃないのです」

「あ、えっと、その……そうだ！　アストリッドさんやエミリさんがふだん召し上がっているお酒と比べてニオイの違いはありませんか!?」

ティエンは鼻の頭にシワを寄せながら、すん、とニオイを嗅いで考え込む。

（ここにヒントがあるはずです……！）

ニナはずっと、「料理に問題がある」と考えていた。だけれど逆なのではないかと思ったのだ。

ヴィクトリアはワインだけは飲んでいた。ヴィクトリアが好きなものがなにか——そこから考えれば、「問題」ではなくて「足りないもの」がわかるのではないか。

「……ニオイはおかしくないのです」

「えっ」

耳を疑った。

「おかしくない……というのは、どういう意味でしょうか……？」

「エミリたちが飲んでいるお酒よりも、なんて言っていいかわからないのですけど、複雑なニオイがするのです。でもそれくらいです」

「そんな……」

「——ほら、もう終わったでしょ。返しなさい」

メイドがニナから瓶を取り上げた。

ここにヒントがあるのではと思ったのに——。

「…………？」

ふと手を見ると、滴ったらしいワインがニナの指についていた。

すん、とニオイを嗅ぐ。

おそろしいほど深く、複雑な香り。高価なワインであることがすぐにわかる。

（でも、おかしなところはない……。どういうことでしょうか。ヴィクトリア様の好みがわかりません……もしかしたら、ほんとうに人の血がないといけないとか……？）

なんとはなしに、ぺろりと舐めた――。

「……え？」

そのとき、ニナの表情は固まった。

ヴィクトリアはつまらなそうな顔でぼんやりとしていた。

吸血姫である彼女は、酒をいくら飲んでも酔わない。食事も、実のところ、1か月ほど摂らなくとも生きていける。

だけれど彼女は知っている――長い、長い年月を生きてきた吸血姫にとって、食事は超重要なのだと。

たとえばエルフは長寿命だが、彼らは他種族と交わることをせずに森の奥でひっそりと暮らしている。あれは日々の生活が変わり映えしないものとすることによって、体感での年月経過を「あっという間」にするためのものだ。毎日あくせく働いていると心が摩耗してしまうことをエルフはよくわかっている。

たとえば鶴奇聖人のような仙人の類《たぐい》は、己の強烈な欲望を持っている。それが「女好き」であったり「魔法研究好き」であったり「芸術好き」であったり。なんでも良いのだが、そこに気持ちを集中することで心の摩耗を防いでいる。鶴奇聖人は達筆であり書家としても非常に有名である。

たとえば一般的なヴァンパイアは、たいてい眠っている。1年の大半を眠って過ごす。これはエルフのやり方と似ているかもしれない。

ではヴィクトリアはどうか。

彼女は鶴奇聖人に近い。筋骨隆々の男が好きで、今もこうして男たちを侍《はべ》らせている。野蛮でマッチョな彼らを教育し、こういう公の場でもテーブルマナーを守れるように育てるのは彼女の趣味であり生きがいだった。

そんな日々の中で、気に入る男が見つからなかったり、こういうつまらない会議に出席したりと、彼女の心を摩耗するようなイベントは必ずやってくる。そのときに重要なのが食事だ。食事は日々に彩りを与え、摩耗した心を癒してくれる。

実のところトゥイリードもヴィクトリアに近い考え方をしているために、ニナを大事に大事にしているのだが、それはさておき――今のヴィクトリアはぼんやりしていた。

食事に満足できなかったからだ。

だけれどそれを口にするわけにはいかない――。

「――ヴィクトリア様、食後のスープを召し上がりませんか？」

もうすぐ昼食の時間が終わり、会議が再開するというところで不意にひとりのメイドがヴィクトリアに声を掛けた。

「はぁ？　スープなんて要らないわよぉ」

「ヴィクトリア様のために特別に作ったものです」

そう来たか、とヴィクトリアは思う。自分が食事をほとんどしていないことに気がついたコックが、手を変え品を変え新しい料理を出してくるのはこれまでにも何度もあった。

「要らないわぁ」

だけれど一度もそれで「美味しかった」ことはない。その理由はヴィクトリアにもよくわかっている。

しっしっ、と手をひらりとさせて追い払おうとしたのだが、

「これは確実にヴィクトリア様のお口に合うと思いますので是非」

「しつこいわよぉ」

ちらりとヴィクトリアがお供の大男を見やると、男はのしのしとやってきてニナとヴィクトリアの間に入ろうとした。

「――塩豚を煮込んで出汁を取ったスープです。気分がさっぱりとしますよ」

塩豚――保存食であるベーコンを煮込む。

そんなのはスープでもなんでもない。貴人に出すスープと言えば、何時間も骨を煮たり魚貝を煮たり野菜を煮たりして作るのがふつうだ。

だが、塩豚とは――。

「おい、お前。ヴィクトリア様が要らないと仰せだ」

「ちょっと待ってぇ……すこし飲んでみようかしら」

きょとんとする大男をよそに、ヴィクトリアの視線はニナへ向いていた。その目はこう語ってい

る――お前、知っているのか、と。

だけれどニナは恭しく顔を伏せて皿をヴィクトリアに差し出し、銀のクロッシュを取っただけだった。ふわりと立ち上る湯気と、そこにあるのは――確かにただのスープ。薄い黄色のスープだった。脂は浮いているが、透き通って美しい。

「…………」

ヴィクトリアはスプーンでそれをすくって口に運び、

「！」

目を見開いた。

「……アンタ、どうしてこれをぉ？」

「お好きかと思いまして。もしお口に合うようでしたら、夜のお食事もわたしが味を調えさせていただきます」

「…………」

じっ、とヴィクトリアはニナを見つめ、それから、

「……お願いするわぁ」

と言った。

その数分後、会議再開の報せがやってくるころには、ヴィクトリアのスープ皿は空になっており、彼女は意気揚々と会議場へと入っていったのだった――。

ニナがヴィクトリアの食事まで担当すると聞いたコックたちは納得できないと言い、彼女が好んだ味付けについて聞いてきた。それを聞けば自分たちもできるだろうと思っているのだ。

「申し訳ありませんが、これについてはお教えできません」

ニナはきっぱりと断った。

コックたちは怒り狂った。中には、「血を混ぜたのだろう」などと言い出す者もいて、それを聞きつけた侍従が皇宮管理庁の長官にまで一報を入れ、大騒ぎになったが——ニナは誰になにを聞かれても答えなかった。

結局はトゥイリードが仲裁に入り、問題は終わった。ヴィクトリア本人の望みを叶えるべし、というのが皇帝陛下の意向でもあった。「血を混ぜた」という言葉を口にしたコックは謹慎を言い渡され、厨房内には険悪な空気が流れたが、それでもニナは自分の手でヴィクトリアの食事を作る道を選んだ。そして誰にも見られたくない——誰かに見られるわけにはいかないので、メイドの宿舎の厨房を借り、そこから運ぶことになった。

彼女の作る料理は皇宮のコックと比べると、ふつうだった。もちろん一般家庭や町のレストランで食べるものよりは豪華だったが、コックたちのそれと比べると明らかに見劣りする。

「これよぉ、これこれ！」

それでも大喜びでヴィクトリアは食事を平らげ、お供の男たちにすら分け与えることはなかったのだった。

その様子を見て、「ヴィクトリア様は庶民的な料理をご所望なのだ」と勘違いしたコックが翌朝の朝食に、ニナが作ったような料理を持って来た――が、一口食べたヴィクトリアがその皿を退け、ニナの食事だけを選んだ。

「あんなに上機嫌のヴィクトリアさんは見たことがありませんね。どんな魔法を使ったのですか」

とトゥイリードに聞かれたニナだったが、彼女はこう答えた。

「メイドなら当然です」

秘密は秘密だ。守らなければならない。

ニナは、ヴィクトリアの秘密を知ってしまった。

ヴィクトリアが飲んでいたワインは、彼女が好んで飲む銘柄だとわかっていたので帝国はあらかじめ仕入れておいたらしい。目玉が飛び出るような金額かもしれないが、国家予算の規模で考えれば誤差にすらならない。

それをペロリと舐めたときに――舌先に、ある味わいを感じ取った。

塩分である。

ワインには本来あるはずのない味なのだが、そのワインは海岸沿いの村で作っているきわめて特殊なものだった。

それをパッカパッカ飲んでいるヴィクトリアとを考え合わせて、ニナはピンと来たのだ。

味が薄いのではないか——と。

ユピテル帝国の料理は特別薄味というわけではないのだけれど、それでも彼女は満足しなかった。つまり、人よりずっと……ずっとずっとずっと濃い味をヴィクトリアは好んでいるのだとニナは思い当たった。

前回会議の際に夜な夜な街へ繰り出していた、というエピソードも、彼女が塩辛い味を求めていた結果ではないか。庶民の利用する酒場などでは、口が曲がるほどしょっぱいジャーキーを出すところもある。

だけれどそれらを好むのは、「貧相な舌」であると、上流階級では考えられている。だから彼女はそれを表に出すことはできない、政治家にとって「貧相な舌」であることは強烈な欠点となるからだ。まして賢人会議の場には、天敵である「古典正教」のトップ、マティアス13世がいるのだ——。

ニナは秘密を守る決意をした。

守るためには、ニナがヴィクトリアの食事を——塩辛い、味の濃い食事を作っているところを他の誰にも見せるわけにいかなかった。

「——ニナ、今日はどうだった?」

メイドの宿舎に戻るとエミリがいた。

夜もだいぶ更けており、トゥイリードに就寝前のお茶を淹れてから戻ってきた。

「はい、皆さん大変そうにされていました」

会議の内容は議事録がまとめられて諸国にも公開される。議案によっては完全秘匿のケースもあるけれど、今日は問題ない内容だったのでニナがエミリたちにも話す。

アストリッドはさっさと寝てしまっている。

「へぇ……ニナがトゥイリード様だけじゃなくてヴィクトリア様のお世話まですることになったんだ。大丈夫？」

「はい。ヴィクトリア様はとてもお優しいですよ」

「……あたしが聞いたウワサだと、ヴィクトリア様って『西の果てにいる鬼魔女』とか『男狂いの吸血姫』とか、散々な内容なんだけどな」

「ウワサはわからないものですねぇ……」

「でも賢人会議にいるってことはとんでもなく頭のいい人なんでしょ？」

「それはもう」

午後からの会議では早速、議論が始まっていた。大陸最北端、永久凍土が広がるエリアに、新たな竜が誕生し、これを討伐するべきかどうかという内容だった。冒険者を派遣するには報酬を誰が出すのかということになるし、軍を動かすモチベーションもない。歴史を見ると竜は人々と交流を持ったこともあり、判断が難しい――そういった内容を真剣に議論する。

結論からすると、魔塔が調査を行い、3年以内に調査結果を共有するということでまとまった。

お茶を出すために会議場に入ったニナだったが、漏れ聞こえた議論はすさまじく高度な内容だった。全員が全員、竜の生態に関する基礎知識はもちろん、歴史的な知識を持っている。さらには周辺エリアの地理や各国のパワーバランスに文化風土まで知り尽くしているのだ。

だから、議論が早い。

——お互いの足を引っ張り合わなければすぐにも話は終わるのですよ。

とトゥイリードは満足げに言っていたが、ニナが見えていた範囲だけでも、険悪だったという午前に比べて午後はスムーズに議論が進んでいたようだ。

(お話がまとまって良かったですねぇ。竜の問題も、大きくならなければいいのですが)

なんてニナはのんびり考えていたけれど、実のところ「足の引っ張り合い」がなかったのはヴィクトリアの機嫌が良かったことがいちばん大きかったりする。それに気づいているのは毎度「足の引っ張り合い」をし、あるいは目の当たりにしている賢人たちだけだった——。


翌朝のニナは、昨日よりも早く起きることになった。日も出ておらず暗い時分だった。というのもトゥイリードだけでなくヴィクトリアのお世話もしなければならなくなったからである。

「よし、今日もがんばりましょう!」

賢人会議2日目は順調な滑り出しを見せ、これには皇帝陛下も大満足だった。

だけれど、「好事魔多し」と言うが、そう簡単に進まないのが賢人会議だ。

「ぐ〜〜〜〜〜」

昼食を摂ったマティアス13世が居眠りを始めるや、起きなくなってしまったのである。

宴会場にいびきが響くと、他の賢人たちもなんだなんだとそちらを見やる。

「聖下、聖下、お目覚めください。もう少しで午後の会議が始まります」

「ぐ〜〜〜〜〜」

お供の者に――教会組織内では高位である司祭職――揺すぶられてもマティアス13世は目覚めなかった。

ニナはちょうどトゥイリードに食後のお茶を出していたが、トゥイリードが、

「ふむ……事前に聞いてはいましたが、マティアス13世の居眠りは深刻な問題のようですね」

「居眠り、ですか……？」

「ええ。食後に、気を失うようにして眠ってしまうのだとか」

離れた席ではヴィクトリアが舌打ちをしている。

「見てよぉ、あの顔。だらしないったらないわぁ」

同じように忌々しげにしているのは魔塔のミリアドだ。

「……知性の欠片《かけら》も感じられんな」

鶴奇聖人だけは娼館の女性を侍らせてニタニタしているが、これはこれで知性の欠片もないと言える。

ヴィクトリアとミリアドの声が聞こえたのだろう、マティアス13世のお供がキッとした視線を返す。

「――あなたが夜中まで乱痴気騒ぎをしているから、聖下の眠りが浅くなったのでしょう！　恥を知りなさい！」

夜中？　乱痴気騒ぎ？　とニナが顔にクエスチョンマークを貼り付けていると、トゥイリードが教えてくれた。

昨晩、ご機嫌だったヴィクトリアはお供の男たちとともに夜中までパーティー状態だったようで、その嬌声《きょうせい》はトゥイリードの寝室にまで聞こえていたという。さらに、それがようやく収まってきたなという夜中の2時過ぎ、とんでもない叫び声が聞こえた。ミリアドたちの部屋からで、何事かと駆けつけた兵士たちが見たのは、魔術研究をしている姿だったという。思い通りに研究が進まず叫んだのだとか。

「……え、ええと、つまり皆さんは寝不足だと……」

「そういうことでしょうね。私くらいですよ、いつになく心穏やかでいられるのは」

トゥイリードが「ニナさんのおかげで」と言う前に、

「あらぁ？　それならアタシも最高に絶好調よぉ。今回の賢人会議じゃぁちゃぁんとご飯も食べられるしねぇ？　次回もそのメイドに来てもらいましょうよぉ」

ヴィクトリアが上機嫌で言う。

「……お前の上機嫌がそこのメイドのせいだと……？」

ミリアドがぎろりとニナをにらんできた。

「ちょっとぉ、アタシが目をつけたんだから余計なこと言わないでよぉ？」

「……余計なことなど言わん。むしろ余計なことをされたと文句を言いたい。なんだ昨晩のあの声は？　窓を閉めても聞こえてくるお前の甲高い声で、実験に集中できなかったではないか。盛った犬だってもう少しはマシな声で鳴く。それが、そのメイドのおかげだと言うのなら文句も言いたくなろうが」

「は、はぁぁ？　犬ですってぇ!?　なに人の声にいちゃもんつけてるワケぇ？　アンタんとこの実験が失敗したのは前提条件から間違っているからでしょうが」

「ふん。長く生きているだけの吸血姫にはなにもわかるまい。『魔導は深淵にして素、素にして漠、漠にして深淵たり』というのは初代魔塔主である――」

「魔塔のうんちくなんて聞き飽きたのよ。察するに昨晩の実験は『中和魔力残存時における中和結晶産出』を偶然に頼らずやろうとしたってことでしょぉ？」

「………………」

「どうしてわかったのか、って顔だけどさぁ、あんなに『貴鶩螺《きどら》の爪』のニオイをぷんぷんさせてりゃぁ気づくってものよぉ」

「触媒から論文を推測したということか、ふん、なるほどな」

「そうよぉ。あの論文を見ればわかるけど、前提条件が――」

「魔塔では新たな研究が出てきており、あの論文の欠点は克服できている」

「っ……なんですってぇ？」

「それを知らぬから偉そうな顔をして、のんきに酒など飲んで夜更けまで遊んでおるのだろうが」

「魔塔はまぁた自分たちの秘密主義を貫いて、論文を発表しないわけぇ？　了見が狭いったらないわぁ。結局他国の研究成果にタダ乗りしているだけじゃないのぉ」

「なんだとっ！　魔導の深淵も知ろうとしない、悠久を生きる種族になにがわかる！」

「少なくともアンタよりは魔導を知ってるわよぉ」

ミリアドとヴィクトリアの口論がヒートアップしているが、トゥイリードはなにも言わずただお茶で喉を潤していた。

「あ、あのっ、トゥイリード様、よろしいのでしょうか？　おふたりのいさかいが……」

「構いませんよ。ミリアドさんは誰にでも食ってかかりますし、ヴィクトリアさんが夜更けまで騒いでいたことは事実。ここまで会議は順調に進んでいますが、裏を返すと彼らもフラストレーションを溜《た》めているのです。発散させるにもちょうどいいでしょう」

「は、発散……？」

ニナからすると売り言葉に買い言葉を続けるふたりを見ているとはらはらしてしまうし、メイドごときが割って入ることもできない——それこそ間に入れるのは他の賢人だけだろう。

「ですが……私も、心配は心配ですね」

ひっそりと眉根を寄せ、トゥイリードが見たのは口論するふたりではなく、居眠りしているマティアス13世だった。

「聖下のご意見は貴重なのですが……このまま眠っていて不参加となると、まさに画竜点睛《がりょうてんせい》を欠くと言ったところでしょうか」

「ええ。聖下が発言し、賛同した議案というだけで教会組織は納得しますからね。このように深い眠りに落ちて目覚めないというのは、ウワサには聞いていましたが……困ったものです」

あちらではお供の者がマティアス13世を起こそうとしているが、目を覚ますような気配はなかった。

突然の眠気。

なかなか起きない症状。

それらを合わせて考えると……。

「……あの、トゥイリード様」

「わかっていますよ、ニナさん。なにか思いついたことがあるんでしょう?」

イタズラを見破ったような微笑みでトゥイリードに言われ、

「ええと、そのぅ……はい」

「であれば試してみたらよろしいと思います。もちろん、なにかあれば私がサポートしますから」

「あ、ありがとうございます！」

ニナは頭を下げてマティアス13世のほうへと向かった——その背中をトゥイリードは見つめながら、またしても眉根を寄せた。

「……ニナさん、あなたという人はどこまでできるのでしょうね……そこに興味はありますが、仕事を抱えすぎるのもまた心配です……」

「それほど……」

ニナはトゥイリードの「お墨付き」ということもあってマティアス13世のお供に受け入れられた――疑念たっぷりではあったけれど。彼らと協力して、刺激を与える指先のマッサージや、香りの強いお茶を準備したり、最後は冷たいタオルで顔を拭くなどをするとマティアス13世は目を覚ました。

「くぁ……また寝てしまったか」

たぷたぷと脂肪の溜まったアゴをさすりながら言ったマティアス13世は、午後の会議はすでに始まっていると聞いてムスッとした顔をした。

「ふん……どうせ余がおらぬでも話を進めておろうに。教会の追認が欲しいだけの会議など不愉快だ」

「聖下……お言葉が過ぎるのでは」

「わかっているよ」

宴会場を出て行くときにはいつものにこやかな表情を浮かべたマティアス13世だったが、今見せた姿はニナにはちょっとした衝撃だった。教会組織のトップにあって、太陽のような存在で信徒を照らすのがマティアス13世だ。ヴィクトリアと言い争うときにはカッとすることもあるけれど、それはヴァンパイアが教会にとって敵だからだと思っていた。

でも今の彼は賢人会議に不満を持っていて、と言うより彼自身の扱われ方に不満を持っているように見え、教皇という立場を考えるとずいぶん人間くさく見えた。

「――ニナさん、ありがとうございました」

宴会場にひとり残っていたマティアス13世のお供が声を掛けてきた。

すらりとした青年で、ふわりとした金髪の上にビレッタ帽に似た形状の帽子が載っており、切れ長の目元は青年の聡明さを表しているかのようだ。少々痩せすぎではあるがそれもまた青年の幸薄そうな雰囲気を増しており、見る女性が見れば胸がきゅんとして保護したくなるようなタイプである。

ニナの目からは、「教会のとても偉い方」以外の何者でもないのだけれど。

「い、いえいえ！　会議を成功に導くためにわたしのようなメイドがお役に立てるのであれば望外のことです」

「教会にはメイドという立場の方はいないのですが、ニナさんのようにかゆいところに手が届き、我々と同じ目標……今回の賢人会議を成功させる目標のために行動できる方であれば、教会にもいるべきではないかと思いました。とはいえ、ニナさんは突出したスキルをお持ちなのでしょうね？」

「いいえ。メイドなら当然です」

「そうですか……？」

青年は若いので、教皇について各地を回る経験も少なく、一般的なメイドのレベルについて知らないのが不幸であった。ニナの返答があまりにも自然なので「当然か。そうなのか」と思ってしまったのである。

「ところで、教皇聖下の症状についてうかがいたいのですが……」

「はい、これは教会組織でもトップシークレットですが、賢人会議にいらっしゃるニナさんならば知っても問題ないと判断します。聖下のあの症状は、日中に強烈な睡魔に襲われるというもので、原因がわかっておりません」

その症状が出るようになったのはここ数年であるという。頻発するわけではないし、マティアス13世の周りにはお供が常にいるので、今のところは大きな問題にはなっていない。

「教会内部では、聖下は『刻夜病《こくやびょう》』に罹患《りかん》していらっしゃるのではないかと診察されています」

「刻夜病……強い睡魔に襲われる症状ですね。脱力症状や幻覚を見たり、肉体の麻痺《まひ》を併発することもあるという」

「よくご存じですね」

「メイドなら当然です」

「なるほど……皇宮メイドのレベルは高い」

青年はニナが皇宮に勤めるメイドだと勘違いしているが、これは青年が悪いのではなく、皇宮メイドと同じメイド服で働いているメイドがいれば誰だってそう思うだろう。さらには、もちろん皇宮メイドとは言っても医学知識は持ち合わせていない。勘違いは加速するが、残念なことにそれを正す人はここにはいなかった。

「あのっ、わたしの知っている範囲では、刻夜病は年齢の若いときに発症するものだということですが」

「ほんとうによくご存じですね。おっしゃるとおりではありますが、何事にも例外はあるものでしょう？　問題があるとすれば、この症状への治療薬がないということでして……聖下のご子息が次の教皇として擁立されるにはあと10年ほどは掛かるので、それまでは我らがサポートしなければなりません」

「なるほど……」

「先ほど聖下のお目を覚まさせた手法についてお聞きしたいのですが、メモを取っても？」

「もちろんです」

ニナはマッサージやお茶の淹れ方について青年に教えると、青年は、

「聖下は……ここ数年で急速に太られたのですが、食事も問題があるのでしょうか？」

「とおっしゃいますと？」

「甘いものを非常に好んで召し上がるのです。それもかなりの量を……」

「それはよくありませんね」

「やはりそう思いますか」

「はい……。過剰な摂取はどんなものであれ毒ですから」

「毒……毒、そうですよね」

青年は納得するようにうんうんとうなずいた。

「ありがとうございました、ニナさん」

そして青年は丁寧に謝意を告げて去っていった——。

彼が去っていったのを見届けたニナは、ぽつりとつぶやいた。

「……ほんとうに、刻夜病なのでしょうか」

「なにが？」

「あの、今の方がおっしゃっていた刻夜病が……って、わぁ!? エミリさん!? どうしてここに!?」

横にいたのはなんとエミリだった。

「ティエンがニナを見守りに行くって言うからさ、あたしもひとりで街に出てもつまらないじゃない？」

「え、で、でも……アストリッドさんは？」

「寝てる」

「なんと」

どうやらエミリは皇宮メイドのフリをしてこの宴会場までやってきたらしい。大胆にもほどがある。なにか問題が起きたら大変なことになるのに。

「それよりニナ、いいの？ ここで時間つぶしてて」

「あっ」

ニナはすぐに動き出す。会議が始まったのなら、会議中に飲むお茶と、それに合わせるお菓子を用意しなければならない。トゥイリードだけでなく今はヴィクトリアのぶんもだ。さらには、

「……聖下の眠気が覚めるようなものもお持ちしてもいいかもしれませんね」

断られるかもしれないが準備だけはしておこうと思い、迎賓館の厨房へと向かいつつ、お昼になにがあったのかをエミリに話す。

「へえー、ナルコレプシーなんてこっちにもあるのねぇ」

「ナルコ……？　こっち？」

「あー、いや、うん、気にしないで」

エミリは「こっちの世界」という意味で言ったのだが、まだ自分が転生者であることはニナたちには話していないので適当に誤魔化している。

今ニナが話した教皇聖下の症状は、エミリの記憶に照らし合わせると日本ではナルコレプシーと呼ばれていた症状とそっくりだった。

「でもニナはなにか引っかかりを感じているのね？」

「えっと……はい」

その引っかかりの正体がなんなのかはわからないが。

「ナル——じゃなかった、刻夜病ねぇ……全ッ然心当たりないわ」

そんなことをエミリは言ったが、それでもいろいろと考えているらしく、ニナがお茶の準備をしている間も黙り込んでいた。

「よし、では会議場に行って参ります」

「あー、ねぇ、ニナ」

「なんでしょう？」

「ちょっとした思いつきなんだけど……あー、いや、でもさすがにないかな、これは……」

「なにか気がついたことがあるんですか？　是非教えてください！」

「うーん……あんまり可能性は高そうにないんだけど、一応言うだけ言ってみるよ？　あのね……」

　エミリは言った。

　至極、真面目な顔で。

「……『ドカ食い気絶部』って言葉があってね」

　と。


　青年は真剣に憂えていた。自身は信仰の道をひた進む敬虔《けいけん》なる教会信者ではあるのだが、彼の信じる神だけでなく、尊敬する教皇マティアス13世を憂えていた。なにを憂えているのかと言えば、マティアス13世の健康を、である。

「ふぅぅ……ようやく終わったな、今日の会議も。これで2日目だから恐れ入る」

　夕日の射し込むそこは迎賓館の一室だった。お供たちは今日の賢人会議で話された内容をまとめ、議事録を確認し、資料を更新したりと大忙しだ。

　そのなかでも青年は、マティアス13世の世話係のようなものである。

「お疲れ様でございました。お茶をお持ちしましょう」

「おお。あるだけ白糖も持って参れ」

白い砂糖は高級品ではあったが、雑味のない甘味料としては最高のものだった。もちろんマティアス13世ほどの地位にあればいくらでも手に入れることができる。

青年は憂えていた。

その白糖が敬愛すべき教皇聖下を肥え太らせていることは間違いなく、ふぅふぅと脂汗をかく聖下が額をふきふきしているのを見て、これ以上、糖分を与えていいのだろうかと考えてしまう。

それでもいつもならば「かしこまりました」と言って、壺いっぱいの白糖を持ってくるのだが、今日は違った。

あのメイドが、目を瞠《みは》るほどの働きを見せたメイドが、さっきやってきて青年に教えてくれたのだ——ある、可能性を。

「聖下、お身体を労《いたわ》りませんと」

「……なんだって？」

当然、白糖が運ばれてきて、甘い甘いお茶でゆっくり休めると思っていたマティアス13世は、想像もしなかった青年の言葉にきょとんとする。

「聖下のお身体はこの世界の至宝でございます。大量の白糖はお身体に障りますので、どうぞお控えいただきたく……」

「おい、誰かメイドを呼んでくれないか？　お茶を用意させてくれ。白糖もたっぷりとな」

マティアス13世は青年を完璧に無視して他のお供に声を掛ける。

「せ、聖下、お願いでございます。白糖をお控えになっていただきたく……」

「――余の供であるということで、自らも特別であると勘違いしたのか？　増長する者は要らないよ。お前はクビだ」

「え……」

マティアス13世は、ふぁーあと欠伸をしながら青年から離れていき、何事かとそのやりとりを見ていた周囲の者も、何事もなかったかのように自分たちの仕事を始めてしまった。

あまりにもあっけなかった。

クビ――という事実を受け入れられなかった青年だが、気づけば迎賓館の衛兵に腕をつかまれ部屋から連れ出されたのだった。


メイドの宿舎にいたのはニナたち4人である。夕食を終えた彼女たちが今日起きたことを話していると、流れでエミリが「ドカ食い気絶部」について話をすることになった。

「えーっと……まぁ、つまりアレよ。一気に大量の炭水化物を摂取すると、血糖値が異常に上がるのね」

「たんすいかぶつ、とか、けっとうち、とはなんなのですか、エミリ」

「あー、うーん、なんて説明したら伝わるかな……まあ、パンとかパスタのような小麦製品ね、カロリーが豊富なヤツ。それらを消化すると糖分に変わるんだけど……」

「かろりー？」

「うーん、説明って難しいわね！　とりあえず、ご飯をドカ食いすると頭に糖分が回らなくなって――気絶するように寝ちゃうのよ！」

「なるほど……？」

「よくエミリくんはそんなことを知っているねえ」

「エミリさんはすごい魔導士様ですからね」

よくわからないなりにティエンが納得し、アストリッドが驚き、なぜかニナが胸を張っている。

「食後にいきなり眠ってしまうという症状、それにご年齢を考えると刻夜病ではないかもしれない、となるとそれしかあたしは思いつかなかったってだけよ。真偽は不明」

「でも教皇聖下のお供の方は、マティアス13世聖下は近年お太りになったとおっしゃっていて、唐突な睡眠とタイミングも合うようです。つまり原因は、パン、それに甘いものや油分の過剰摂取ということですかね……」

「それにしてもさ、なんで教皇聖下ともあろう方がいきなり太りだしたのかしらねえ……教会のトップなんて贅沢し放題でしょうに」

「そりゃ、エミリくんや私たちには想像もつかないようなストレスがあるってことなんじゃないかなあ？」

スッ、とアストリッドが酒瓶を差し出すと、自然な手つきでエミリもグラスを差し出す。ワインが注がれていく。

「あたしやあんたがお酒を飲んでいるみたいにストレス解消しているってこと?」

「悩みやストレスのスケールは違うと思うけれどね。いや、というか今の私は悩みもストレスもないから単にお酒を楽しんでいるだけだけど」

と、そんなことを話していたときだった。

部屋の扉がノックされ、メイド長が現れた。

「……あなたにお客様ですよ」

「え?」

真夜中というわけではないが、夕食も終わったような時間だ。常識的に考えれば人を訪問するには失礼になるような時間でもある。

「いつもならお断りするのですよ。大体、メイド長である私がお取り次ぎをすることもありません」

「はい。いったいどなたでしょうか?」

「——マティアス13世聖下の、お供の青年です」

「!」

こんな時間にどうして——いや、なにかが起きたのだと直感してニナたち4人が宿舎の外へと出ると、そこにははたして青年が立っていた。

思わず息を呑んだ。着ている服こそこれまでと同じ、教会でも高位であることを意味する上質な修道服で立派なものだったけれど、青年自身が打ちひしがれていた。その服の権威に負けてしまったかのように。

「ニナさん……夜遅くに申し訳ありません……」

たった数時間でここまで、人は衰弱するものなのかと思ってしまうほどに、顔は土気色で、身体は震え、声はしゃがれていた。

「ま、まずは中にお入りください。立っているのもやっとではありませんか」

ニナが彼を支えて宿舎内に連れて行こうとすると、入口にはメイド長が立っていた。

「この宿舎はメイドのためのもの。無関係の者、しかも男性を入れるわけにはいきません。メイド長としてけっして看過できないことです」

するとエミリが、

「なに言ってるのよ！　決まりはそうかもしれないけど、こんなに憔悴《しょうすい》しきった人を表に放り出そうってわけ？　大体メイドならお客様のもてなしをするものでしょ。この人が、教皇聖下のお供ならなおさら放っておけないわ」

「そちらの方はもう、教皇聖下とは無関係であると通達がありました」

「は？」

事情をなにも知らないニナたちにとっては意味不明だった。

「この皇城から出て行っていただくよう、あなたには案内をして欲しいからこそ、こうしてお取り次ぎをしたのですよ。勘違いしないように」

メイド長は、ニナたち4人と青年を置いて、ばたんと扉を閉めてしまった。

「メ、メイド長！　どういうことでしょうか!?」

「いや……いいのです、ニナさん。メイド長が言ったことは事実ですから」

「事実、とはいったい……」

ニナが支えていなければ倒れてしまいそうな青年は、それまでの彼の行動、そして教皇聖下から不興を買ってクビになったことを話した。

教皇聖下への接近を禁じられ、迎賓館の隅で呆然としていたのだが、警備兵から退出するよう言われた。気づけばもうこんな時間になっていた——。

「わ、わたし、トゥイリード様にお話しして、なんとか教皇聖下に考え直していただくようお願いします！」

甘いものの過剰摂取は毒だ。そんな話を青年としたのは他ならぬニナだ。青年がその後、教皇聖下に進言したせいでクビになったのならば責任の一端は自分にある。

「いえ……いいのです」

「で、ですが」

「そうよ。あなた、そのためにここに来たんでしょ？　なんとかしてとりなしてもらうために」

エミリもまた言った。

「私がここに参りましたのは、ニナさん、あなたに教皇聖下のことをお願いしたくて……。私がクビになったことで、他のお供の者も、先輩方も、教皇聖下に進言することをためらうはずです。私の目から見ても、教皇聖下の食事事情はよろしくありません……なんとか、教皇聖下のご健康を守っていただけませんか？」

支えられてやっと立っていたような青年は、がばりと両手を地に突いて頭を下げた。

「あ、頭をお上げください！　わたしのようなメイドにそのようなことを……！」

「いいえ、今の自分にできることは、ニナさんのご厚情にすがることしかありません。このような頭でよければ何度でも下げます」

それからニナと青年の、頭を上げる、上げない、という問答が繰り返されたが、最後は見るに見かねてアストリッドの指示でティエンがひょいと青年を持ち上げたのだった。

ニナが、できる限り教皇聖下の健康にも気を配ると約束すると、青年は何度も何度も感謝の言葉を口にしながら去っていった——「慈愛の神イローダはきっとニナさんのすばらしい行いを見守っています」と、信じる神一柱の名まで添えて。

宿舎に戻ったニナは、遠くからこちらを監視するように見ていたメイド長に気がついたが、メイド長はニナたち4人だけだと確認すると自室へと戻ってしまった。

「……感じ悪っ」

腹立たしそうにエミリは言うと、アストリッドが、

「彼女の立場ではああすることしかできないんだろうけれどね。この時間にメイドの宿舎を男が訪れたりすれば、ふつうなら大騒ぎだし、衛兵に通報されてもおかしくない。けれど通報しなかったし、他のメイドの姿が見えないのもメイド長が手を回したのだと考えると……まあ、メイド長としてはできる限りの手は尽くしたということじゃないかな」

「でもあたしは気にくわないわ。『クビになったらもうお客様じゃない』みたいなやり方」

「エミリくんは雇われる者の悲哀がわからないんだろうねえ……」

「まるであんたはわかってるみたいな言い方じゃない？　マホガニー商会の商会長のくせに」

「ちょっと、いつ私が商会長であることを自慢げに言った？」

「自慢げなんて一言も言ってませんけどぉ？」

「君ねぇ……」

「なによ」

「――エミリとアストリッドのじゃれ合いはよそでやって欲しいのです」

呆れたようにティエンが言うと、

「じゃれ合ってなんてないわよ！」

「じゃれ合ってない！」

ふたり声をそろえて言った。

「――ニナ、あの人は教皇をどうにかして欲しいみたいでした。どうするのがいいですか」

「どうにか……しましょう」

ぐっ、とニナは握る手に力を込めた。

「賢人会議の議題はまだまだたくさんあります……教皇聖下の健康は賢人会議のために必要なのでしたら、力を尽くさないと」

「わかったのです。チィにできることがあれば手伝うからね」

「あたしもやるわよ！　まあ、魔法の出番はなさそうだけど」

ニナとティエン、エミリの3人は決意を新たにするのだが、

「…………」

アストリッドはひとり、その様子を——どこか心配そうに見ていたのだった。


マティアス13世のためになにができるか、どうしたら彼はニナの助言を聞いてくれるのか、そんなことを検討したので睡眠時間がごっそりと削られた翌日——だったのだが、事態は急に動いた。

早朝、ニナがトゥイリードのお茶と朝食を準備して迎賓館に向かうと——ヴィクトリアとは起床時間が大きくズレているのでいっぺんにふたりのお世話をしなくていいのは幸運だった——迎賓館内が騒がしかったのだ。

「——ニナさん！」

「トゥイリード様!?　なにがあったのですか」

すでにトゥイリードは服を着替えており、髪を無造作にひとつに縛っていた。慌ただしく衛兵たちが走っているところを見るに、その騒がしさでトゥイリードも目が覚めたということだろう。

「ニナさん、マティアス13世聖下になにか一大事が起きたようです」

「！」

「私たちも行きましょう」

マティアス13世の部屋の前には多くの人たちが集まっていた。衛兵はもちろん、騎士までいる。

それに皇宮メイドに、医者もだ。

彼らを相手にしているのはマティアス13世のお供である司祭だ。

「――我らは問題を大きくしたくはない。医者以外の者は去っていただきたい」

医者を先に室内に通しながら言う司祭に、騎士や侍従が食い下がる。

「しかし、なにかあったときに皇帝陛下に報告をしなければならず……」

「報告？　我らが教皇聖下の不調を事細かに報告したいのかね？」

「そうではありません。本日の賢人会議をどうするかも検討しなければ――」

「賢人会議は中止だ。教皇聖下が出席されない会議などに意味はあるまい」

「そんな!?」

「――その発言はあまりに横暴ではありませんかな？」

そこへトゥイリードが入っていくと、司祭はぎょっとした。

「こ、これはトゥイリード様……」

「教皇聖下の体調はいかがか？　私であればなにか力になれるかもしれない」

「お心遣いはありがたいのですが、医者がおりますゆえ」

「医者でどうにもならないかもしれないから、これほどの騒ぎになっているのでは？」

「ぐっ……」

図星を指されたらしい。いったい教皇聖下になにが起きたのか――来たばかりのニナにはまったく見当もつかない。

「このトゥイリード＝ファル＝ヴィルヘルムスコット、一度として教会に対して敵対したことはないばかりか、毎年まとまった額の献金も行っております」

「そ、それは……存じ上げております。トゥイリード様の、『古典正教』に対する献身は高く評価されており……」

「であれば教皇聖下に危害を加える者でないことはわかりましょう。入りますよ――ニナさん」

「は、はいっ」

「ちょっと！　お待ちください、トゥイリード様はともかくメイドは必要ございません」

「彼女はメイドの服装ではありますが私の助手です」

「そ、そうなのですか？」

「そうなのですか？」

司祭だけでなくニナもきょとんとしたが、

「そうなのですよ」

トゥイリードは「助手」で押し切ってニナとともに室内へと入った。

明るい室内はトゥイリードの部屋と同じレベルの豪華な作りではあったが、こちらは黒をベースに、黄金で彩られていた。少々悪趣味とも捉えられるかもしれない派手派手しさがあった。

ベッドにはマティアス13世が横たわり、医師が診察している。

この世界に魔法はあるが、瞬く間に傷が治るような回復魔法のようなものは存在しない。

「――だいぶ長いこと呼吸をしていなかったようですな」

医師が言うと別の司祭のひとりが、

「は、はい……メイドがやってきたときには呼吸をされておらず……」

と答えている。

察するに、マティアス13世を起こしに来た皇宮メイドが、彼が息をしていないことに気づいたようだ。それで大騒ぎになった。

ただ息をしていないだけで、心臓が止まったわけではなく、今は呼吸をしているが意識が戻らない状況――だという。

司祭が医師にたずねている。

「これは昨日、昼食後に起きた状況と同じでしょうか」

「うむ、うむ、そうかもしれませんな。眠っているところへ刻夜病の症状が現れ、呼吸することもあたわず、こうしてお眠りになっている……」

ニナはトゥイリードに囁《ささや》いた。

「……お医者様のお見立ては刻夜病ということですね」

「……ええ。ですがニナさんの考えは違う」

「……はい」

高カロリーのものを一気に摂取すると、血糖値が急激に上がることで気絶のような睡眠が起きることをニナはトゥイリードに話す。

「……ですが今の症状は違うようです。これもエミリさんから聞いたことですが、太った方は眠りが浅くなることがあり、それは太ったせいで気道を塞いでしまい、無呼吸の時間が生まれるからだそうです」

睡眠時無呼吸症候群についてもまた、エミリはニナに教えていた。

「……なるほど、聖下の症状に一致しますね。そんなことまで知っているエミリさんはいったい何者なんですか」

ニナは少しだけ胸を張った。

「……凄腕《すごうで》の魔導士様です！」

ああ、そうだった。ニナはこういう人だった。

とトゥイリードは納得して、ベッドのそばへと近寄った。

「私も聖下のお身体を拝見しても？」

いきなり現れたエルフに医師は目をぱちくりさせるが、それが賢人のひとりトゥイリードであるとわかると、はっ、と頭を下げた。

それをよしとしなかったのは司祭だ。

「これは……トゥイリード様。ご意見ありがとうございます。しかし我らは医師に相談をしております」

「ヒト種族を診療する医師免許は持っていますよ」

「そ、そのとおりです、トゥイリード様の医学論文は私もよく存じております！　私よりもはるかに優れた医師でいらっしゃいます！」

医師は目を輝かせ、まるで憧れのアイドルを見るかのような目でトゥイリードを見ている。このままサインでも求めそうな勢いだ。いや、手帳とペンを取り出してサインを求めた。

「……しかし、聖下はきっとトゥイリード様に診てもらうことを望まないでしょう」

忌々しそうな顔をしているのは司祭だ。

（この方は、どうして……）

ニナは内心、不思議に思う。トゥイリードは同じ賢人であり、マティアス13世と同じ立場のはずだ。ヴィクトリアと険悪なのは知っているが、トゥイリードともなにかあるのだろうか？　いや、わだかまりがあるならトゥイリードもなにかニナに言うはずだ。

（もしかして……トゥイリード様が気づいていらっしゃらないだけで、教皇聖下がトゥイリード様に思うところがあるのでしょうか）

医師からペンと手帳を受け取ったトゥイリードは流麗な筆致でサインをする。そのサインを恭しく受け取った医師は、「家宝にします」などと言ったので司祭ににらまれていた。

「このまま聖下が眠ったままでいいと思うのであれば、それもいいでしょう。ですが、ほんとうに聖下のご健康を願うのならば、あらゆる手を尽くすべきでは？」

「……………」

渋々、という感じで司祭はトゥイリードが教皇聖下に接近することを許可した。

「これ、そのメイドは離れよ。聖下の御前だ」

「いいえ、ニナさんは私の助手ですよ」

「助手……？」

司祭が「信じられない」という顔をし、医師はニナをうらやましそうに見たが、

「ニナさんは私の知らない知識まで披露してくださいますからね」

とまでトゥイリードが言えば、さすがにニナを妨害しようという者はいなかった。

「では、ニナさん……まずは聖下を起こしましょう。秘薬の調合をしたいので手伝いをお願いします」

「かしこまりました」

エルフの秘薬の調合が始まるとわかるや、室内はざわめき、医師は喜びのあまり踊り出した。

秘密主義のエルフだが、その秘薬については効果が知れ渡っている。

知れ渡りすぎて、「薄毛が治った」「戦争で失った足が生えてきた」「死んだ祖父が生き返った」などなど信憑性《しんぴょうせい》に欠ける情報まで広がっているほどだ。

魔法による病気や傷の治療はできないのだが、医学に魔法を利用することはある。そのせいで医学の発展は地球とは違う方向に進んでいる。誰の手でも再現可能な科学による医学ではなく、魔法という不思議な力にいくらか頼った再現性はあまりないが奇跡を起こすこともある秘薬や、特殊な治療法へと。

薬草をすでに用意してきたらしいトゥイリードが、懐から小袋をいくつも取り出す。ニナはテー

ブルにそれらを広げ、分量を量り、湯を沸かし、調合の手伝いをする。お茶によっては複雑な手順を経て淹れるものもあったが、それに似ているとニナは感じた。ただ扱うのが茶葉ではなく魔術触媒やら乾燥した虫の触角みたいなものもあるところが違うが――司祭は間近で見ていないのでそれがなんなのかはよくわかっていないだろう。虫の触角を入れるとなったら文句が出るかもしれない。

「――うん、すばらしい手際ですね。ニナさんのおかげでだいぶ楽ができました」

「メイドなら当然です」

できあがったのはティーカップの半分ほどの、黄緑色の液体だった――濁っていて、うっすら発光すらしている。

司祭が、それは毒ではない保証はないとか物申し、医師が毒味役で立候補し、舐《な》めた直後に苦みでのたうち回り、その後には持病の腰痛が治ったと室内を飛び跳ねるなどのやりとりはあったが――最終的に、秘薬は無事にマティアス13世の口に運ばれた。

マティアス13世は目が覚めた。

直後にトイレへと駈け込み、出てきたときにはびっしょりと汗をかいていた。トゥイリードが言うには、エルフの秘薬とは身体の回復能力を飛躍的に高めるもので、マティアス13世は体内に毒素が溜まっていたからそれを出し切るためにトイレへと駈け込んだのだろうということだった――後でエミリが聞いたときに「なにそのチートアイテム？」と言ったのだが。

「うむ……身体の調子はすこぶる良い。ここのところ霞んでいた頭の中が一気に澄み渡り、今ならどのような難題も解けそうな気分だ……」

「おお、聖下……」

司祭たちが集まって跪《ひざまず》いているが、それはマティアス13世がすごいのではなくあくまでもエルフの秘薬のおかげではある。

「……トゥイリード殿、世話になりました」

マティアス13世は小さく頭を下げた。教会組織のトップが頭を下げるということは相当に重いことではあるのだけれど、してもらったこと——エルフの秘薬をもらったことを思えば、当然とも言えることで、司祭たちも彼にならって深々と頭を下げた。

マティアス13世の表情はやはり曇っているのだが、ニナには理由がわからないのだった。

「——ところで、聖下。秘薬の効果はせいぜい2日か3日といったところです。これ以上はさしでがましいこととは思いますが、今後の治療について話を聞いていただけませんか？」

「今後の治療……トゥイリード殿は余のためにまだなにかしてくださるというのですか」

「はい。症状がこの数年で出てきたことを察するに、聖下はもう少し体重を落とされるとよろしいでしょう」

睡眠時無呼吸症候群が引き起こされる原因は様々あるが、マティアス13世の場合は、この数年で一気に太ったことによるのだろうと思われた。太りだした時期と、発症が同時期だからだ。また違った名前ではあるが、トゥイリードはニナから教わらなくともその症状を知っていた。肥満が原因で発症することもまたわかっていた。

マティアス13世はこの症状によって眠りが浅くなり、そこに血糖値スパイクが加わるのだから、その肉体は相当危険なことになっているはずだった。

「こちらを、寝る前におつけください」

トゥイリードが差し出したのは、青色の光を放つ宝玉があしらわれたネックレスだった。

「これは、魔道具……ですか？」

「ええ、発明品ではなく天然のものなのでマジックアイテムと言ったほうがいいかもしれませんが。これは風の精霊を呼び寄せる風幻輝石《ふうげんきせき》を使っていましてね、鼻からの息の通りを助けてくれます」

「ほう、それはありがたい。もし金銭で対価をお支払いできるのでしたら……」

「とんでもない。他ならぬ聖下のご健康に関わることです。差し上げましょう」

「いや、いや、高価であることはわかっております。是非なにかお渡ししたい」

高価なものではあったけれど、教会の予算を扱う教皇にとってはたいした金額ではないのだろう。

「わかりました。では、後日お送りください」

と、最後はトゥイリードが折れた。

「重ね重ね感謝します、トゥイリード殿。このネックレスを使えば熟睡できそうですな」

「聖下、もうひとつよろしいですか？」

「なんでしょう。まだマジックアイテムがありますか」

「いえ、そうではありません。賢人会議の期間中は、食事の管理などをさせていただけませんか？」

「食事……ですか」

「はい。司祭の皆様にも、聖下の健康に配慮した食事がどういうものかを見ていただいたほうがいいでしょう」

「それはそうかもしれませんが、食事は帝国が提供しているでしょう？」

聞かれ、トゥイリードはにこりと微笑んだ。

「ここにいるニナさんが準備します。司祭の方々は、彼女の食事指導を受けていただきたい」

「食事……」

「指導……」

司祭たちがニナを見た――それは教会組織でエリート街道を歩んできた彼らが、たかだかメイドごときに「指導」を受けなければならないのかという、困惑と、ショックと、屈辱にまみれた顔だった。

「――聖下」

するとトゥイリードが静かに――、

「どうやら司祭たちは、聖下のご健康より自らのプライドのほうが大事らしい」

怒りに満ちた声で言った。

「そ、そんなことは……」

「もちろん、指導を受けさせていただきます」

「聖下のご健康の前に我らの感情など無価値です」

司祭たちは次々に頭を下げるが、ニナは複雑な気持ちだった。

（トゥイリード様のご提案とほぼ同じことをあの方もおっしゃったのに……）

クビになったお供の青年。

エルフの秘薬によって実際に教皇聖下を救ったトゥイリードとは比べられないのかもしれないが、あの青年が言ったことはトゥイリードと変わらないのだ。

だというのに青年はあっけなくクビになり、トゥイリードには頭を垂れた。

（……今は、お仕事に集中しましょう）

ニナはその思いを振り払った。


時間がだいぶ遅れてしまったが、トゥイリードの朝の支度を済ませ、起き出したヴィクトリアとマティアス13世の食事の準備もする。マティアス13世の場合は司祭たちに食事内容の説明をしながらの提供になるが、最初はふてくされた顔で聞いていた彼らも、ニナの説明にすべて理由があり、内容に一貫性があるとわかると少しずつ真面目に聞くようになった。給仕の手際があまりにも早く、美しいから目を瞠ったというのもあるかもしれない。

いずれにせよニナの仕事は膨大に増え続けている。

そうしてめまぐるしい朝が終わると、午前の賢人会議が始まった——。

「――ニナ、大丈夫？」

「はい？」

昼食の準備のためにメイドの宿舎に戻ってきたニナに、エミリは声を掛けた。

いそいそと仕事に取りかかるニナに話を聞いてみると、また仕事が増えている。一般のメイドならばたったひとりでも気後れするような超大物を、３人もお世話しなければならないなんて。

「さすがに無理でしょ？」

「いいえ、メイドなら当然こなすべき仕事です」

「絶対それ一般的なメイドの話じゃないよねぇ……」

「そう言えばアストリッドさんは？」

ここにいるのはニナとエミリ、それにニナの手伝いで荷物を運んでいるティエンだけだった。

「そう、それよ！　アストリッドったら、二度寝してずいぶん寝坊したと思ったら『用事がある』とか言っていなくなっちゃったんだから……」

発明家としての働きを期待されていたアストリッドだったが、まったく仕事がないのでニナについて来なくても特に支障はない。とはいえ、大手を振ってニナに同行できるのがアストリッドだけなので、エミリからするとニナのそばにいてあげてよと思っている。

「あっ、そろそろお時間なのでいきますね」

「う、うん――ティエン、付き添いよろしく」

「わかっているのです」

3人分の昼食なのでさすがにニナひとりでは運べず――往復すればもちろん問題ないが、時間が掛かるので、ティエンがニナとともに行動することになっていた。

賢人たちが昼食を摂る会場へとやってくると、多くのメイドたちが働き、食事の準備を行っていた。

とはいえ、5人の賢人のうち3人をニナが対応することになり、メインのテーブル5つのうち3つにはなにも載っていなかった。

お供の方々への昼食は相変わらず皇宮のコックが対応するので物量はさほどではないけれど、昼食に合わせて3人それぞれ、まったく違う食事を提供するのはかなりの難しさだった。

「…………」

「…………」

「…………」

「…………」

皇宮メイドたちの視線がニナへと向いている。好意的なものではまったくなかった――なにせニナは、ヨソ者でありながら彼女たちの仕事を奪った張本人だからだ。

理屈で言えば、ニナだって好きで仕事を増やしたわけではなかったけれど、トゥイリードからは「どうしても」とお願いされ、ヴィクトリアの秘密は他言するわけにはいかず、マティアス13世もまた彼の健康状態は教会組織のトップシークレットなのでこれまたニナがやるしかない。

そんな事情を皇宮メイドたちが知ることはなく、ただひたすらニナをにらんでいた。

ちょっとした嫌がらせなのか、トゥイリードたちのテーブルにはクロスすら張られていなかった。これは誰がやっても同じだというのに、である。もちろん食器類《カトラリー》の準備もないが、ティエンが押してきたカートには載せられている。

とげとげしい沈黙が支配するなか、ニナは黙々と準備を始める。彼女が動けば瞬く間にテーブルの準備は完了する。これから食事のセットだが、まだ時間は十分あるぞ——とニナが思っていると、

「ニナ。そろそろみんな来るのです」

「えっ、もうですか?」

予定より15分は早い。

「はい。騎士団長とかいう男がこっちに向かってきてますから……」

ティエンが宴会場の外を見ている。どうやら動物的な本能で強者の接近には気がつくらしい——いや、騎士団長がわざと威圧的な気配を放っているとかなんとか。くせ者の反応を確認しているらしい。そういうのは同じ部屋にいるとかならニナでもわかるのだが、さすがに距離があるとわからない。

急がないと——とニナが考えたときだった。

「あ……」

「どうしたのです?」

「触媒が切れてしまいました……」

ヒーターの魔道具が使えなくなってしまうと食事が冷めてしまうし、お茶のお代わりも淹れられなくなってしまう。

「チィが取ってくるのです。なにを持ってくればいいですか」

「あ、ありがとうございます」

ティエンがいてくれてよかった――とニナは思った。そこへぞろぞろと賢人ご一行が入ってくる。

「――ニナさん、申し訳ありませんが、昼食は抜きにしたいと思っています」

トゥイリードは入ってくるなりニナに言った。午前の会議で難しい議題が出たので昼食中も考えたいようだ。

（お昼抜きはよくありませんね……でしたら少しでも口に入れられるよう、お菓子の用意を――）

と思っていると今度はヴィクトリアが、

「ねぇ～、魚ってある？　なんか無性に魚が食べたい気分なのよねぇ」

と言い、マティアス13世までもが、

「余の食事と同じものを司祭たちも食べたいという。用意してくれるな？」

などと食事の増量――しかも数倍の――を要求してきた。

「かしこまりました」

と頭を下げたものの、ニナの頭はフル回転していた。優先順位を決め、行動順序を考える。料理をするにはメイド宿舎に戻らないといけないが、往復で掛かる時間は――。

このお昼休憩に、すべてを用意するのは不可能かもしれない……。

ひとりのお世話ならまだしも、３人同時はやはり不可能なのだ。

（いえ、それをどうにかするのがメイドです！）

ニナは動き出した。まずは時間稼ぎのお茶を淹れて（ヴィクトリアは酒だが）、自分は宴会場を出て行った。

こうなるとティエンに触媒を取りにいってもらったことがミスだったかもしれないと思うが、どのみち触媒は触媒で必要だ。気持ちを切り替えよう。

（ヴィクトリア様はなぜ急にお魚を……）

これまでの彼女の趣味からすると魚を食べたいと言い出すことはほとんどあり得ないはずだった。だけれどほんとうはヴィクトリアもなんらかのシグナルを出していたかもしれない。今日は朝からマティアス13世のどたばたがあり、自分は百パーセント、全身全霊でもってヴィクトリアのお世話をできていなかった。

（わたしは、まだまだ未熟ですね……！）

悔しさが込み上げてくる。もし朝食時にヴィクトリアの感じがいつもと違うとわかっていれば、魚の準備をしていたかもしれないのに。

メイドの宿舎に飛び込むと、同時にティエンもやってきた。

「ティエンさん!?　どうしてここに」

「ニナのニオイをたどってきた」

わたしはそんなに臭《にお》いますか!?　と一瞬ぎょっとしたニナだったが、月狼族であるティエンの並々ならぬ嗅覚のおかげだろう。

でも、これで助かったと思った。さすがにマティアス13世の望む、司祭たちにも同じ食事をというのはかなりの量を運ぶことになるからだ。

だけれどメイド宿舎の厨房に入ったニナは——凍りついた。

「え……？」

ひどい有様だった。

調理器具はひっくり返り、調味料や食材はぶちまけられ、皿も割られている。

「——ニナ！　どうして戻ってきたの!?」

開け放たれた勝手口の向こうからエミリが現れた。

「エ、エミリさん……これは……」

「犯人はこいつよ」

エミリが縄で縛った皇宮メイドを突き飛ばすと、ぎゃっ、という声とともに彼女は転がった。

「わ、私になにをするの！　私はヒットボルト男爵家の遠縁に当たるメイドなのよ!?　アンタたちみたいなヨソ者で、教育もされてないバカどもが栄えある賢人会議のメイドを務めるなんてあっちゃいけないことで——ぎゃっ!?」

わめく彼女の頭にエミリがチョップした。

「というわけで、どうやら逆恨みみたい。あたしたちだってさっさとこんなとこ出ていきたいっていうのにさあ。っていうか、ごめんね。あたしこの宿舎に残ってたから、荒らされる前につかまえられたら良かったんだけど……」

呆然とするニナに、さすがにエミリもおかしいと思ったようで、

「で、でもさ！　お昼の準備が終わった後で良かったよね!?　あたしも片づけ手伝うから！」

明るい声で言ったのだが。

「……ま、間に合わないです……」

「え？」

この状況ではさすがにもう、昼食時に間に合わせることはできない。

なにかをあきらめる必要がある。

トゥイリードに出す軽食か、ヴィクトリアの魚か、マティアス13世の司祭たちの食事か――あるいはその全部か。

事情を話せばわかってくれるかもしれないが、それは――メイドとして期待に応えられなかったことを帳消しにするものではなかった。

(どうしましょう……どうしましょう……こんなとき師匠ならどうするのでしょうか……)

足音が背後に聞こえ――この時間、宿舎に残っている皇宮メイドはいないはずだったが――ニナは振り向いて呆然とした。

「………！」

そこにいたのは、

「あらあら、とんでもない惨状ね。……それで？　あなたはあきらめてしまうの？」

ニナと同じほどの背丈しかない、少女だった。

皇宮メイドの服を身につけているが、彼女はここの所属ではなく、帝国でも名門であるドンキース侯爵家に雇われているはずだ。

「ど、どうしてここに……？」

勝ち気な瞳も、広く見せているおでこも、数日前に会ったときと変わりない――着ているメイド服が違うだけで。

「私たちはメイド。決まっているでしょう、仕事をしに来たのよ」

彼女は言った。

「世界に冠たる『ルーステッド・メイド』の一員である、このキアラ＝ルーステッドが来たのよ！　メイドがひとりでできないことも、ふたりいたらできるかもしれないわ」


賢人会議に合わせて皇帝陛下への謁見を求める貴人たちの長い長い行列ができており、皇城内の人口密度はやたらと高くなり、あちこちでざわざわしていた。

その皇帝陛下は賢人会議が気になりつつも、彼らへの対応をしなければならなかったので賢人会議には不在だった。

謁見希望者リストはとんでもなく長くなっている。

晩餐会などで一気に数十人を消化したりもしているが、それでも全然足りず、毎夜の晩餐会は2会場で行われるようになり、皇宮メイドはもちろん、コックたちも総動員で対応している。

「ふー……さすがに身体に堪えますね」

謁見の合間に、小部屋で休憩する皇帝陛下だったが、侍従が近づいてきて耳打ちする。

「ええ……？　この忙しいのになんの用ですか」

イヤそうな顔をしたものの、彼女は、突然の訪問者の入室を許可した。

やってきたのはずんぐりむっくりした小太りの貴族で、「生まれてこの方まったく苦労などしたことがない」と言われてもおかしくないほどに、のんきな顔をした男だった。

「陛下、ご機嫌麗しく存じます」

「ドンキース侯爵……どういうつもりですか。中央政治になんの興味関心も示さなかったあなたが来るだなんて。しかも公式謁見ではなく」

「我らが帝国の太陽であり月である陛下のご多忙とご心労は、まさしく憂慮すべき事柄でありまして……」

「そんなつまらぬ建前は止しなさい。在位40周年のときも30周年のときも式典になど顔を出さなかったでしょうが」

「ボクは20周年のときも、来てませんけどね」

まったく悪びれることなくドンキース侯爵は言った。

「実はですね、これほど多くの目がありますと、ボクが皇城に入ったことは他の貴族に知られちゃうんです。そうなると痛くもない腹を探られますでしょ？　だからこうして陛下に用があったフリをですね……」

「フリ!?　余に会うのが侯爵の個人的な都合というのですか!?」

「おっと、しまった。執事からはそれは絶対に言っちゃダメと言われていたのに……もう、陛下もお人が悪いなあ」

「………」

皇帝陛下は長々とため息を吐くとテーブルに肘を突いた。ちなみに、狭い部屋には侍従長だけが控えていたが、このドンキース侯爵の無礼な振る舞いに額に青筋を立てている。

「まあ、良いでしょう。余の顔色をうかがい、おべんちゃらを言って、賢人会議で話されている内容をちょっとでも引き出そうとしている貴族《タヌキ》やら、隙あらば利権を狙ってくるウーロンテイル伯爵みたいな人々に比べれば、余のことなどまったく興味がないと言い切る侯爵のほうがマシです」

「陛下も歯に衣を着せなくなりましたね。いいんですか？　ウーロンテイル伯爵は今や隠然たる勢力をお持ちですよ。パレードも張り切っているとか」

皇城の周囲を回るフロートのことを指している。貴族家のフロートはまさに贅沢の競い合いだ。裏の側面を言うと、露骨に経済力やデザインセンスがバレてしまうイベントでもあるのでウーロンテイル伯爵のような貴族は中央貴族たちへのアピールの場として利用する気満々なのである。

「そうですね……。賢人会議開催中にフロートをお披露目していたとなれば何十年も自慢のタネになるでしょうからねえ」

「今年の賢人会議は調子がいいみたいですね。解決された議案はすでに20を数え、歴代最高ペースだとか？」

賢人会議の評価は、開催日数もさることながら、解決された議案数によるところも大きい。

前回は4日の開催で、24件の議案が解決された。今回はまだ3日目のお昼だが、これまでに20件が解決されている――前回超えはほぼ間違いないし、このハイペースはすばらしい。

賢人たちが前向きに会議に取り組んでいる。

特にヴィクトリアとマティアス13世の醜い足の引っ張り合いがない。

これは幸運だと皇帝陛下は考えていた――そこにメイドの活躍があることに気づいていない。

「ええ……ほんとうに耳の早いことですね」

しかし皇帝陛下の表情が浮かないのは、彼女は、今朝方マティアス13世教皇聖下の呼吸が止まったことを知っているからだ。この情報はさすがに隠し通せているようだが、今日3日目の進行は薄氷の上に成立していると皇帝陛下は考えている。

「それではこのすばらしい会議にあやかって、あなたも張り切ってフロートを出すのですか？　ドンキース侯爵」

「ご冗談を。ボクは出しませんよ。それよりウーロンテイル伯爵です。彼のおかげで、ボクは彼女を見いだしたのですが……」

そのウーロンテイル伯爵は、帝国南部のリゾート地、サウスコーストの開発事業でさらなる権力拡大を狙っていたのだけれど、偶然居合わせた「メイドさん」一行に足踏みさせられているところであり、そこについてはドンキース侯爵が、皇家顔負けの情報収集能力で知ったことでもある。

「彼女？　いったいなんの話ですか？」

どうやら皇帝陛下はサウスコーストの情報をまだ耳にしていないようだ。

ドンキース侯爵はそれがわかると――つまり、皇城にニナを召喚した皇帝陛下はニナの実力について完璧には把握できていないらしいとわかると――満足げにうなずいた。

「ボクはもう退散しますよ。これくらいここに滞在すれば十分でしょう」

「退散!?　いったいあなたはなんのためにここに来たのですか」

「ん？」

「わざわざ皇城に来た理由です。余に会うためではないことくらいわかっています。なにかのっぴきならない理由があるのでしょう？」

「もちろんですよ！」

ドンキース侯爵は不意に、遠い目をして壁のほうを見やった。

「陛下……恋は、良いものですね」

「…………」

「…………」

皇帝陛下と侍従は黙りこくった。ちなみに視線の先の壁にはなにもない。

「とある女性に恋をしましてね……ボクはメイドの彼女を追ってきたんです」

「メイド？　あなたのところにはルーステッド・メイドがいるでしょう。皇城に献上なさいと言ってもけっして譲らないメイドが」

やはり皇帝陛下は、ニナの価値をわかっていない。

「ああ、いますね。生意気なメイドなんですけど、今は皇宮メイドの服を着てますよ」

「……は？」

「これで貸しを作れるなら安いもんだなって」

「いや、え？　どういうことですか？」

わけがわからない皇帝陛下にドンキース侯爵は告げる。

「おっと、さすがにこれ以上長居するとまた別の意味で騒がれそうですね。それじゃ、ボクは帰りますね！」

シュタッ、と手を上げるとその体形からは想像できない軽やかな動きでドンキース侯爵は出て行った。

「……侍従長」

「はい」

「……あれは、なんですか？」

「………………」

しばらくの沈黙の後、侍従長は言った。

「新しいお茶をお出しします……」

「ええ……とびっきり熱いやつをお願いしますね。その後はまた謁見が始まりますから……」

休憩に入ったはずが、よりいっそう疲れた声で皇帝陛下は言ったのだった。

事情を聞いたキアラの判断は早かった。

「わかったわ。トゥイリード様の軽食は私が作っても問題なく、ヴィクトリア様とマティアス13世聖下のオーダーについてはあなたが対応しなければならない。でも下ごしらえや給仕は私が関与することができる」

秘密については隠したままだったのに、必要な事実だけをくみ取った判断だ。

「つまり——アレの出番ということ」

「アレってなんですか？」

「さあ、見なさい！」

宿舎の前に停められていたのは巨大サイズの馬車——いや、馬車と呼んでいいのか、木製の小屋を4頭の巨馬が牽く移動式の建物があった。

「ま、まさか……」

屋根の上には煙突までついていた。

ドアを開けると、そこには、

「そうよ！　これは厨房馬車よ！」

フルセットの調理器具に流し場、キッチンテーブル。ずらりと並ぶ調味料にお酒。冷蔵庫らしき銀色の魔道具の隣は食器棚で、色とりどりの食器が収納されていた。

　魔道具で加熱するので火の心配は要らず、コンパクトながらそろえられた道具の品質は超がつくほどの一級品であることは明らか。

「ドンキース侯爵家のものよ。さあ、これを使って間に合わせるわよ――移動もできるからちょうどいいでしょう？」

「で、ですが、これは……」

「なに？　揺れる車内じゃ調理なんかできないとでも言うの？」

　ふるふると首を横に振ったニナの背を、キアラは押した。

「話は、手を動かしながらでもできるでしょう――今は、とにかくやるのよ。使えるものをすべて使って！　それがメイドとしてやるべきことでしょう」

「はい！」

　ふたりが厨房馬車に入ってからの動きは速かった。いや、速いでは済ませられない速度だった。お互いがなにをしているのか、あらかじめ打ち合わせをしていたかのように立ち回る。冷蔵庫を開けたと思えば、それが閉まるタイミングを計っていたかのように通り抜け、自分の使う皿と、使わない皿を出したと思うと、相手がそれを持っていく。

　その一部始終を見ていたのはティエンだった――エミリは妨害工作をしたメイドを捕らえて兵士に引き渡しに行っている――のだけれど、信じられなかった。

ニナが「隠したい」と思っている秘密についてはキアラは敏感に察知して、味付けのタイミングでニナに背中を向けた。あわててティエンも背中を向けた。

「——ドンキース侯爵については心配しなくてもいいわ。侯爵閣下は今、皇帝陛下との謁見中だから。それに私は自由に振る舞えるくらいの力を持っているのよ」

「どうしてキアラさんがここに……？」

「アストリッドさんって言ったかしら？　あなたのお仲間の」

「！」

エミリが言うには「二度寝してずいぶん寝坊したと思ったら『用事がある』とか言っていなくなっちゃった」アストリッドの名を、どうしてキアラが口にするのか。

「彼女が来たのよ——ドンキース侯爵家の紋章旗を見つけたらしいわ。それで、あなたを助けて欲しいって頭を下げた」

「アストリッドさんが……!?」

「笑っちゃうわ。似合いもしないメイド服着てね。事情を聞いたら——あなたが賢人様3人分のお世話をしてるっていうじゃない？」

きろり、とキアラがニナをにらんだ。

「——できるわけないでしょう。どれほど実力のあるメイドであっても、3人は不可能。それは実力の問題ではなく時間的な問題よ」

「…………」

「あなたの時間を三等分してお世話することになるんだから。それでご満足いただけると思っているの？」

「……そ、それは……」

任された以上はやるしかない、それこそがトゥイリードの期待に応えることだからと思っていた。

ふぅ、とキアラは息を吐いた——手は動かしながらだが。

「あなたの力量は知っているし認めているわ。でも、トラブルが起きたときに復旧《リカバリー》できない状況で動くのは賢いとは言えない。あなたよりも、周囲の人間のほうがそれを知っていたということね。少なくともアストリッドさんは、いずれあなたの仕事があふれるだろうと見越して、私に頭を下げに来たのだから」

「……はい、そうですね。ありがとうございます、キアラさん」

自分の未熟さを呪ったことは何度もある。だけれど今日ほどのものはなかった——アストリッドに迷惑をかけてしまった。

でもそれだけでなく、ニナの心はぽかぽかと温かくもあった。アストリッドがこんなにも自分を気にかけてくれる、心配してくれる、そして行動してくれることのうれしさを知った。

「その『ありがとう』はアストリッドさんに言うべきよ。まあ、他にも用があるとかでどっか行っちゃったけど」

「はい！　後で必ずお伝えします！」

「ええ。頼れるときは他人を頼るのよ。勉強になったでしょう？」

「は、はい！」

「……あなた今、侯爵家で孤立していた私のことを思い出して『どの口でそんなこと言ってるの』とか思ったでしょ」

「お、思ってません！」

「チィは思ったのです」

「ティエンさん!?」

「私は過ちを認めたのよ！　そうして学んだの！　その結果、もっともっと優れたメイドになったんだから。今回のことだって、私が侯爵家から抜けたらお屋敷のメイドたちは困るはずだけど『ぜひ行ってきてください』って言われたんだからね！」

「それは体よく追い出されたのです」

「ティエンさん!?」

「う……う、薄々そうじゃないかなって思ってたけど、そんなふうに言わなくてもいいじゃない!?」

涙目のキアラにティエンは言った。

「でも、おかげでニナは助かったのです。ありがとう」

ティエンもまたキアラに深々と頭を下げた。

「……複雑な気持ちよ」

キアラはムスッとして言った——ちなみにこの間、メイドたちは手を動かし続け、トゥイリードに出す軽食と、ヴィクトリアに出す魚料理と、司祭たちの追加料理は完成していた。

　厨房馬車は迎賓館へと到着した。

「さあ、行くわよ、ニナ。皆様がお待ちよ」

「はい！」

　ふたりのメイドがカートを押して迎賓館へと入っていき、「どうしてキアラが仕切るのですか」と首をかしげながらその後をティエンが続いた。

第3章　緋甘蕉を巡る冒険と、再会の奇跡と

ユピテル帝国首都サンダーガードには長い長い行列ができていた。きらびやかな馬車が連なるその行列は、国内、国外問わず皇帝陛下への謁見を求めてやってきた貴人たちである。

外交上必要だからという理由はあるのだけれど、それだけでなく、賢人会議で話された内容をいち早く教えてもらえるというメリットが大きい。賢人会議で解決される議案によっては、二束三文だった素材が暴騰したり、交易路が新たに開拓されたり、国家間の不和がなくなったりするのである。先に知っておけば大もうけできるというわけだ。

国内貴族はいくら集まってもさほど警戒はされないが、国外の貴人はそうは行かない。彼らは武力を引き連れてくると当然首都にも入れてもらえないので最低限の護衛騎士だけ連れてやってくる。よもや帝国皇帝が自分たちを害してくることはないと思うが、それでも命がけであることは変わりない。

「くう……どれだけ時間が掛かるのだ。この物々しさたるや、帝国の疑心暗鬼を思わせるな。あ、いたたた……腹が痛くなってくる」

馬車の小窓から外を見やると、帝国騎士たちが貴人の行列を守るべく等間隔に並んでいた。いくらユピテル帝国が皇帝陛下の長期政権の下、安定しているとはいっても、どこにだって不良分子は存在する。そんな彼らからすればこの貴人たちはいい的だ。襲撃に成功すれば帝国のメンツは丸つぶれである。

騎士団長グリンチこそ皇城内で最重要貴人たちの警護に当たっているが、この行列を守る騎士たちも腕利きばかりだった。彼らは馬車を守っているのだが、馬車内にいるその外国貴族からすると、その剣がいつこちらを向くのかわかったものではないというところである。

「旦那様、かつてこのような式典で外国貴族が襲われた例はほとんどございません」

「ほとんど、ということはゼロではないのだろう!?」

「あまり気にされますと、御髪に悪い影響が……」

「髪の話はするな！」

彼のカツラはズレており、馬車内に取り付けられた鏡を見てサササと位置を直した。

「ふん。古くさい首都だな。これなら我がクレセンテ王国の三日月都《みかづきと》のほうが洗練されておる」

「さようでございますな。特に旦那様のお邸は群を抜いて美しく……」

「当然だ。『クレセンテ王国にその貴族あり』と言われたマークウッド家であるぞ」

マークウッド伯爵は、クレセンテ王国の代表貴族として――他に5人ほどいるが――ここユピテル王国首都サンダーガードに来ていた。

三日月都はサンダーガードよりも歴史が浅く町並みは整っているが、一方でその規模は半分ほどしかない。経済規模は3倍ほど負けている。だが、いいところを自慢し、悪いところは見なかったことにするのが貴族の流儀である。

ちなみに言うとマークウッド伯爵邸が「群を抜いて美し」かったのは少し前までで、今はどこか全体がくすんだように汚れている。それもこれもひとりのメイドをクビにしてしまったせいなのだが、そのメイドが「どうやらすごいらしい」ということには気づいたもののどれくらいすごかったのかはまだ気がついていない。

「それはそれとして、この待ち時間はどうにかならんのか」

執事は——かつて執事長だったがそのメイドの一件で降格されてただの執事になっているけれども他に執事長がいないので実質執事長のままだ——恭しく頭を垂れる。

「は……これぱかりは。帝国貴族よりも我々は優先して進めてもらってはいるようですが……」

すさまじく広い首都大通りはいくつものレーンに分けられており、帝国貴族のレーンは遅々として進んでいなかった。一方、マークウッド伯爵たちのいるレーンは国外からの貴人ということで多少は進んでいる。

この行列を見たさに首都住民がやってきては遠くに人垣を作っているが、彼らが近づかないよう衛兵が交通整理をし、騎士が馬上で目を光らせている。

「お、また始まったぞ。お前も見ろ」

マークウッド伯爵が指差したのは、人垣の中で始まった大道芸である。巨大な球に乗った少年が、皿に大盛りの、パスタのようなものを器用に食べている。球がスススと動くとワァッと歓声も上がった。

完食すると皿とフォークを掲げてアピールする。すると他の馬車の扉が開いて、巾着袋がぽーんと人垣のほうへと飛んだ。衛兵のひとりがそれを拾って少年に届けてやると、彼は満面の笑みで――球の上で――礼をした。

「ほう、ああやってチップをくれてやるのか。このマークウッド伯爵が金額で負けるわけにはいかん。おい、袋を用意せい！」

「はっ。……いくらほどいれますか？」

「たっぷりだ」

「たっぷり、でございますか。帝国の滞在費用もなかなかバカにならず……」

「この私が、たかだかチップをケチったと思われたらどうするのだ！　大体、我が伯爵家には莫大な資産があるだろうが！」

「いえそれが、旦那様が多くの壺をお買い上げになるので……」

「あれは美術品だ。資産であろうが」

「…………」

執事は黙りこくる。伯爵は美術商に騙されて大量の壺《ガラクタ》を買わされているのである。目玉が飛び出るほどの金額で。

「あ、バカ者！　お前が遅いせいであの球乗りがいなくなってしまったではないか！」

球に乗っていた少年はすでに見える範囲にはいない。離れたところでまた芸を披露するのだろう。どうせ放っておけば次の大道芸人が来ますよ――と執事が言いかけたときだった。

「――馬車が通る！　馬車が通る！」

騎士のひとりが大声を上げた。すると空いているスペースを1台の馬車が軽やかに走り抜けていった。白地に水色の柄が描かれた、極めて美しく豪華な馬車だった。引き連れている護衛騎士の数も尋常ではなく、そのひとりひとりが身につけている鎧甲冑《よろいかっちゅう》もまた芸術品のような美しさだ。

見物に来ている首都住民もこれには歓声を上げた。

「な、な、な……」

マークウッド伯爵の馬車の横を駆け抜けていく。

小窓は閉じられており、中はうかがい知れない。

「なんだあの馬車は!?」

通り過ぎたあとに、伯爵は執事に叫んだ。

「すばらしい馬車でしたね」

「そうではない！　なぜ抜かれたのだ!?」

「そちらでしたか」

「よし、それならば我らも抜いていくぞ」

「え!?　そ、それはできません！」

「できるに決まっておる。そこに道が空いているのだからな」

「しかし、そんなことをしたら大変な外交上の問題になり……」

「うるさい、やれ！　今すぐやれ！　ここでつまらぬ芸を見るのは飽きた！」

さっきはチップをくれてやろうとか言っていたのに、手のひらは瞬時に返った。

だが、執事はもちろん馬車を進めなかった。

さっきの馬車がなぜ、彼らを追い抜いていけたのか――その理由がわかっていたからだ。

あの護衛騎士が掲げていた旗は、二重の涙滴型に月と剣。これはユピテル帝国の紋章をどこか彷《ほう》彿《ふつ》とさせるデザインで――それもそのはずで、ユピテル帝国皇家から枝分かれした家が持つ旗だからだ。

ウォルテル公国の公爵家の紋章である。

一国の主が乗り込んできたのだ。

貴族なんて後回しにして、追い抜いていけるのも道理である。

しかもあのウォルテル公爵家は、ニナの件で、マークウッド伯爵が掛けた懸賞金を取り下げるよう要請してきた、伯爵からすれば仇敵である。

「もう待つのは飽きたァ！」

その伯爵はまったく気づいていなかったけれど。

豪華な馬車が走り去ったのを、首都住民たちは歓声とともに見送った。その中には、憎々しげな視線を向けている者もあったが――彼らは人垣から遠くにあったので、衛兵も、騎士も、さすがに気がつくことはなかった。

「ありゃあ、どこの国の王族だ？」

「公爵だよ。王族じゃねえ。そんなことも知らねえのか」

「知るわけねえよ、貴族のことなんて。どうせ俺たちみたいな市民から税金を搾り取って作ってるんだろ、あの馬車はよ」

「しかしとんでもねえ行列だな。どれだけ貴族がいるんだ、この国には」

「この国だけじゃねえぞ。外国からも来てるって話だ。あと、貴族だけじゃねえらしい……ギルドの長みたいなのもいるんだとか」

「じゃあ、あれを襲っても貴族じゃねえヤツを殺しちまうかもしれねえのか？　まずいじゃねえか」

「だから困ってんだよ」

「いや、その前に狙いは決めたほうがいいって話だっただろ。誰彼構わずやっちまったらただの頭がおかしいバカだ」

「ちげえねえ」

彼らは話しながら裏通りを進む。

着ている服はみすぼらしく、顔色も悪いが、目だけはギラギラとしていた。

「狙いはひとつだよ」

それまで黙っていたひとり——若い男が言った。

「市民に重税を課して、私腹を肥やしているのはウーロンテイル伯爵だ。彼を狙い撃ちしたほうが、成功するし、みんなの役に立つ」

その言葉は彼らの間に染み渡るように広がり、

「……よし、そのなんとかいう伯爵をやるぞ」

「そうしようぜ」

「いつやる？」

集団はどんどん寂れた道を進む。やがて薄汚れた通りに出ると、そこは呆然と座りこんでいるだけの老人や、じろじろと通りをうかがっている人相の悪い男などがいる、お世辞にも「沈まぬ太陽の照らす都」、「千年都市」、「栄光の帝都」なんて呼べない、治安の悪い場所だった。

「…………」

「…………」

「…………」

「…………」

「…………」

彼らは黙りこくると油断なく周囲を確認しながら進んでいった――。


キアラが加わったことでニナの機動力は大幅に上がった。

それもそのはずで、元々キアラの能力はニナと変わらないほどなのだ。プライドの塊なので他人との関わり方が下手という欠点はあるけれど、ニナのサポートをすることについてはなんの問題もない。

めまぐるしいほど忙しいが、その日を乗り切るとキアラはドンキース侯爵家の馬車に乗って帰っていった——明日も来てくれるという。「これは侯爵様には黙っておいてあげるから……あ、あなたのために秘密にしてあげるから！」という言葉とともに。

もう日付も変わろうかという時刻にニナはようやくメイドの宿舎に戻ってくることができた。

「おかえりなさい、ニナ！　アストリッドもさっき帰ってきて……」

出迎えたエミリはニナを見て一瞬止まる。

「ただいま戻りました。アストリッドさんも戻られたのですね——どうかなさいましたか、エミリさん？」

「あ、う、ううん。なんでもないわ」

エミリは言ってニナを部屋に招き入れた。

いつものニナだ。そう見える。でもエミリには、ニナがすさまじく——消耗してしまったように見えたのだ。

「やあ、ニナくん、悪いね。先に一杯やってるよ」

「一杯どころかこのワインは2本目なのです」

狭いテーブルに酒瓶とグラスが置かれていて、アストリッドが上機嫌に手を上げるとティエンがすかさずツッコミを入れた。

「皆さん……わざわざ起きていてくださったんですか？　あっ、アストリッドさん、今日はありがとうございました。キアラさんを連れてきてくださって」

「ああ、たいしたことじゃないよ」

「せっかくだからなにかおつまみでも作りますね！」

また働き出しそうなニナを、エミリがあわてて止める。

「いいっていいって！　アストリッドなんて飲み出したら全然食べなくなるの知ってるでしょ？」

「美しい、かぐわしい酒肴《しゅこう》の有無でも私の酒量は変わるのだよ、エミリくん」

「偉そうに言わないの。大体お酒が少なくて済むならそっちのほうがいいじゃない。やっぱり要らないからニナは休みなさいよ」

「でも……」

「おやおや、エミリくんの口から『お酒は少ないほうがいい』なんて言葉を耳にするなんてね。明日は雨かな？」

「ふざけないで、アストリッド。――ま、そんなわけよ。あたしたちは勝手にやってるから、ニナは寝たほうがいいわ」

「そう、でしょうか？　せっかく皆さんが……」

「寝なさい？　ね？　ね？」

「は、はい」

エミリが押し切ってニナをベッドに押し込むことに成功した。

もともと清潔であることに努めているニナだから、寝るための準備はすぐに終わる。そしてニナの特徴、一度寝付いてしまえば大きな声を上げでもしない限り起きないことはこれまでの旅でエミリたちはみんな知っていた。

「……どうしたんだい、エミリくん。ニナくんを厄介払いみたいに寝かしつけるなんて」

「言葉を選びなさいよ、アストリッド。……ていうか、あんたはニナのこと気づかなかった？」

「ん？　なにがだい？　いつものニナくんだと思ったけれど……」

「そう？」

消耗したように見えたのは自分の気のせいだったのだろうか、とエミリは思う。確かにあのニナが、たった3日で倒れるなんてことはなさそうだという思いもある。

でも、ニナを休ませることは悪いことではないはずだ。

「エミリくんが言っているのは、厨房を荒らされたことでニナくんが気にしていないか、ということかい？」

先ほど帰ってきたアストリッドはその話を聞いたばかりだった。

「ううん、そうじゃなくて……ティエンはどう思う？」

「…………」

「ティエン？」

「……ふゅ？」

気づけばティエンも舟を漕いでいた。ティエンは体力お化けみたいなところがあるが、朝早くから行動しているし、身体は育ち盛りということもあって眠いのだろう。

「……あんたも早く寝たほうがいいわね。なにかあったときニナのそばにいてくれるのはティエンだし」

「んにゅ」

「ベッドで寝なさい。……ってそこはニナのベッドよ？」

「あーあ。ニナくんのところに潜り込んでしまったね。こうなるとティエンくんも起きない」

明け方によくティエンがニナのベッドに潜り込むことはあったが、今日はダイレクトに入っていった。

やれやれ、とエミリがイスに座るとアストリッドが酒瓶を持ち上げた。エミリがグラスを差し出すとそこにワインが注がれる。

「——エミリくんが捕まえたメイドはどうなったんだい？」

「ああ、アイツ？　自分は貴族家の遠縁だからどうのってわめいてたけど、さすがに現行犯で捕まっちゃどうしようもなくて、メイド長もクビを言い渡したし、騎士さんも『損害はきっちり請求する』って言ってたわ」

「犯行理由は？」

「犯行理由、なんてたいしたもんじゃないわよ。ヨソ者のニナが気にくわなかっただけ」

「むちゃくちゃだなぁ……ニナくんが失敗して、賢人会議に影響したらどうするつもりだったんだろ」

初回版限定
封入
購入者特典

特別書き下ろし。

賢人の立ち話

※『メイドなら当然です。III　濡れ衣を着せられた万能メイドさんは旅に出ることにしました』をお読みになったあとにご覧ください。

EARTH STAR NOVEL

賢人の立ち話

パチパチパチパチ――という拍手はしばらくの間、鳴り止まなかったが、それを聞いていたトゥイリードは心地よい疲労感に包まれていた。

やりきった。

賢人会議における前人未踏のフル会期である10日間をやりきったのだ。その進行役であるトゥイリードがいちばんの達成感を得ているのは間違いないことだろう。

「……トゥイリード」

ぐったりとイスに座っていたトゥイリードの元へやってきたのは、鶴奇聖人だった。

「満足そうな顔だのう？」

「ええ、まぁ……」

「――満足そうな顔のなにが悪いわけぇ？」

そこに言葉をかぶせてきたのはヴィクトリアだ。

「前から気にはなっていたんだけどぉ……あなたたちふたり、なにかこの会議で示し合わせてるわよねぇ？」


この会議場で賢人が3人も集まっていれば目立つ。もともとトゥイリードにはお供がいないが、鶴奇聖人はせっかくの美女を置いてきぼりで、ヴィクトリアの屈強なお供は席で待機だった。

「……ホッホッ、今回はお前さんも世話になったじゃろう、西の吸血姫よ」

「なにがよぉ」

「あ〜、私と鶴奇聖人が話していたのは、ニナさんのことですよ。どうしても鶴奇聖人がニナさんを『欲しい』とおっしゃるので……」

「はぁ!?　いつからアンタ、少女趣味になったわけぇ？」

「ワシは前々から美女の年齢にこだわりなどないぞ。ワシの歳を考えれば誤差じゃからな」

「昔はアタシの胸を見てデレデレしてたくせにぃ！」

「そ、そんなことは忘れたのぉ。年を取ると忘れっぽくていかん」

「――おい、あのメイドをどうすると言っているんだ？」

そこにやってきたのはミリアドだ。

「いえ、どうもしませんよ。彼女には彼女の生き方がありますから」

「……ほう？　であればお前の庇護下を離れると言うことだな、あのメイドは」

「ミリアドさん……ニナさんをどうするおつもりです？　他人に興味を持たないあなたにしては珍しいじゃありませんか。こんなに執着なさるのは」

「執着などしてはいない」

「無理難題を吹っかけて、相手の出方を見るというのは執着というのですよ」

トゥイリードがチクリとやり返したのは、トゥイリードのお気に入りであるニナに、ミリアドが勝手にちょっかいを出していたことを、後から知ったからだ。

「しつこい男は嫌われるぞい」

「難癖つけてくる男は最悪よぉ」

横からふたりの賢人にやいのやいの言われ、ミリアドがムッとした顔で言い返そうとしたが、彼は首を横に振った。

「トゥイリード。ではあのメイドはどこにいる？」

「ニナさんです」

「メイドのことだ。通じているではないか」

「ニナさん、です」

「……わかった、ニナ、だな」

「はい」

トゥイリードはにっこりと微笑んだ。「あのメイド」扱いも、トゥイリードにとっては業腹だった。

ここでミリアドの機嫌を損ねたところで問題もない。だって、次の賢人会議は、鶴奇聖人に言わせれば20年以上後にするということだからだ。

「ニナさんは夕食の準備中ですよ。この後の晩餐会に食事を運んでくれます」

「…………」

「ミリアドさんも、参加しましょうね」

「……考えておく」

相変わらずのムッとした顔でミリアドは言ったが、鶴奇聖人とヴィクトリアが声をそろえて「お～」と感嘆した。あのミリアドが、研究マニアの集まる魔塔の主が、賢人会議が終わったというのに「魔塔に帰る」と言い出さずに晩餐会に出るなんて。毎回魔塔の主は、会議が終わると決まればその日のうちに出て行ったものだ。

「皆さんお集まりで、まだなにか議題があるのかな？」

最後にやってきたのはマティアス13世だ。

彼も上機嫌だったのは、史上初のフル会期の賢人会議に参加した、初めての教皇となれたからだろう。

「――そろそろワシはカワイ子ちゃんが恋しくなってきたのぉ」

「――グリンチ伯ぅ、今日こそアタシの部屋に来てねぇ」

「――トゥイリード、せめて晩餐会などという場を盛り上げてくれよ」

だが3人の賢人は、マティアス13世が来るや、サッと離れていった。

「…………」

この仕打ちには、さすがのマティアス13世の顔も引きつったが、

「聖下、体調はいかがですか」

とトゥイリードに問われると、

「え、ええ……おかげで絶好調です。食事制限などせずとも、ちゃんとこのとおり元気なのですから、やはりトゥイリード殿の秘薬が効いたのでしょうな」

あっはっは、と笑い、自分の席に戻っていくマティアス13世に、トゥイリードの目が細められる。

なにもわかっていない――とでも言いたげに。

トゥイリードはマティアス13世の席に控えていた男、先日のテロ事件で復職が叶ったタルフットを見やった。

彼はトゥイリードに対して深々と頭を垂れた。

（ふむ……彼がいれば、大丈夫そうですね）

すでにトゥイリードは、次回の賢人会議、はたまたその先についてまで思いを馳せているのだった。

次回もニナに来てもらおう、と思うトゥイリードだが、20年も先の予定を押さえられるものでもない。

いや、それより、

（20年も、ニナさんのお茶が飲めないというのはあり得ないですね）

絶対に、ニナと連絡を取れる手段を確立しておこうと心に誓うトゥイリードだった。

「ほんとよね」

ため息がふたりぶん漏れると、同時にふたつのグラスが呷られた。

「それで、キアラくんが助けてくれたって？　彼女なら心強いね」

「うん……腕がいいのは間違いないんだけど、それだけじゃなくてさ」

「？」

厨房を荒らしたメイドを連行した後、エミリもニナの手伝いができないかと思ってそちらに向かったのだが、

「……他の皇宮メイドたちの態度が違うのよ。キアラが『ルーステッド・メイド』だとわかったからか、明らかに協力的なの。メイドだけじゃなくて、侍従とかコックとかまでも。まるでキアラがニナを引き連れてるみたいな扱いをするのよ」

「それは……なるほど。だからそんなに怒ってるのか」

「……怒ってるわよ。ニナが寝てなければ大声出してるくらいにはね」

彼らは「ルーステッド・メイド」のことを知っている。それが「すごい」ということも。だけれどキアラの横にいるニナを誰も気にしない。ニナはキアラと勝負をして勝ったのだとエミリは何度となく言いたくなった。

「でもニナはさ、『キアラさんが来てくださったおかげで、とてもやりやすくなりました』なんて言うのよ。心底そう思ってる笑顔で。あの子がいじらしくていじらしくて……」

テーブルに置かれたエミリの右手が握りしめられると、アストリッドの左手がその拳をぽんぽん

と叩いた。

「ニナくんがすばらしいことは私たちが知っている。今はそれでいいじゃない」

「うん……」

納得はできないけど、渋々うなずいた——そんなふうに見えたのだろう、アストリッドがくすりと笑う。

「笑うことないでしょ」

「いや、ほんと君はニナくんのことになると本気だなぁと思ってね。そこまで思われているニナくんが少々うらやましくもある」

「なにバカなこと言ってんのよ……あたしはニナはすごいと思ってるし、とんでもない超人だとも思ってるけど、それでも女の子だってことに変わりはないって言いたいだけ」

「なるほど……ね」

「なによ、まだなにかあるの？」

「いや、そうだね……エミリくんの心配は杞憂《きゆう》に終わると言いたいところだけど、私もちょっと気になることはあるんだ。ニナくんは食事の世話を主に任されているだろう？」

「そうね。トゥイリード様は別みたいだけど」

「そこなんだよ。食事の次がないとは限らないじゃない？」

「次……って」

メイドの守備範囲は広い。

衣食住のすべてに関わるのだ。

「身だしなみとかベッドメイクとかってこと？　まあ、それくらいならスッとこなしちゃうのがニナでしょ」

「うん、それはそうなんだけどね……他にもなにか言われるんじゃないかなっていう気もしていて」

「たとえば？」

「うーん……それはまだなんとも思いつかないんだけど」

「はあ？　じゃ、どうしようもないじゃない」

「まあ、所詮凡人の私が、賢人の考えることを思いつくわけがないでしょ？」

「あんたもたいがい凡人じゃないと思うけど……」

およそ魔道具に関しては旅先でどんなものに出会っても即座にそのメカニズムを看破し、問題があれば修繕し、改良できるところがあればしてしまうのがアストリッドだった。エミリが要求して「できない」と言われたことが今のところ一度もないのである。

「まあ、いいわ。なにか起きたらそのときはそのときでしょ」

「私はエミリくんのそういう割り切り方、好きだよ」

「それで？　そう言うあんたは今日なにしてたわけ？　キアラを呼んできてくれたのはグッジョブだったけど、その後も戻ってこないしさあ」

「ああ、そのことなんだけど、ちょっと気になることがあって……」

「また気になること？　今度はなによ」

　グラスを干したアストリッドは、声を一段落とした——それは眠っているニナたちを気遣うというより、彼女に聞かれたくないから極限まで声を絞った、というふうな音量だった。

「……ウォルテル公爵が来ている。それに、クレセンテ王国のマークウッド伯爵も」

「え……!?」

　エミリは貴族の事情や名前に詳しくはない。だけれどそのふたりが何者かくらいはわかっている——公爵はニナを見つけるのに懸賞金を掛け、伯爵は以前ニナが働いていた屋敷の主人だったが無実の罪で彼女を追放した。

「ま、まさかニナを捜して——」

「さすがにそれはないよ。たかだかひとりのメイドのために貴族が国境を越えたりはしない。ここに来ているのは皇帝陛下の在位50周年を祝うためだと思う」

「そ、そうよね……」

　腰を浮かしたエミリだったが、アストリッドに冷静に言われて座り直した。だけれど一度どきんと跳ね上がった心臓はなかなか止まってくれない。

「とはいえ、彼らはニナを知っているし、ニナを見つけたらなにをするかわからない。外国の元首に貴族だから皇帝陛下が必ず守ってくれるかもわからない。私たちにできることはニナくんを隠すくらいがせいぜいでしょうね」

「うん……」

ただでさえドンキース侯爵という面倒な貴族に目を付けられ、皇帝陛下からは仕事のオーダーまで受けているのが今だ。ニナは嵐のような忙しさに身を置いているというのに、この嵐に新たな嵐がぶつかってきた。

「アストリッドは今日、どんな貴族が来ているか確認していたの？」

「そうね、それだけじゃないんだけど……他にもできることがあるかもしれないから、私は明日また別行動にしてもいいかな？」

「それは構わないけど。どうせアストリッドがいてもニナの助けにはならないし」

「ちょっと、正直に言われると私だって凹むよ？」

「なんの助けにもなれず、厨房荒らしを止められなかったあたしの無力感を肩代わりしてみる？」

「いやあ……なるほど、エミリくんも凹んでいるんだね。よしよし、頭をなでてあげよう」

伸ばしてきたアストリッドの手をエミリは払った。

「明日から、また一波乱ありそうね……」

「それはそうだよ。賢人会議で平穏だった日は、いまだかつて1日だってないそうだよ」

次の1杯を注ぎながらアストリッドは笑った。

——緋甘蕉《ひかんしょう》が食べたいわねぇ、と貴人は言った。

賢人会議4日目の朝が始まった――けれどメイドの1日はもっと早くに始まっていた。未明から朝食の準備をしているとヘルプのキアラがやってきたが、それは日が昇り始めてのことだった。キアラもキアラでドンキース侯爵邸の仕事があるのと、そもそも皇城に入れるのは日の出後からだった。

「行くわよ」

「はい！」

なぜかキアラが先頭に立って迎賓館へと向かうが、「ルーステッド・メイド」として知られるキアラがいると誰の邪魔も入らないので都合は良かった。

まずニナはトゥイリードの朝の支度と朝食を給仕し、次にヴィクトリアのもとへと向かった。その間にキアラはマティアス13世と、司祭たちの食事だ。

「――今、なんとおっしゃいましたか？」

朝食をとっているときにぽつりとヴィクトリアがなにか言葉を口にした。

ヴィクトリアの部屋にはいつも、ニナがこれまで嗅いだことのなかった香が焚かれている。ヴィクトリアが連れているお供は屈強な男たちなのだが、彼らはこの部屋にはたいていおらず、いたとしてもふらふらだった。毎晩遅くまで大騒ぎしているというのはほんとうらしい。これでお供が務まるのかと思ってしまうのだが、お供は10人以上でローテーションしているので問題ないのだそうだ。

「ん、ああ、いいのよぉ、忘れてぇ」

　ひとりだけ元気なのはヴィクトリアなのだが、胸のぱっくりと開いたナイトウェアは女性のニナにとっても目に毒で、いつも視線を少々下げて給仕している――そのせいでヴィクトリアのつぶやきを聞き逃しそうになったのだった。

「緋甘蕉……でございますか？」

　それを食べたい、と貴人は言った。

「ええ。時季じゃないってわかってるんだけどねぇ。たまぁに食べたくなっちゃうのよね」

　緋甘蕉――甘蕉とはつまりバナナのことだ。その中でも鮮やかな緋色に染まるものがあり、魔力を帯びているそれはとんでもなく甘いという。

　ただでさえ非常に希少《レア》なのだが、問題はこれが採れる時季だ。ふつうバナナは夏に採れる――つまり今が旬なのだけれど緋甘蕉はなぜか冬に生《な》る。ニナが覚えている範囲でも皇宮の食糧貯蔵リストに緋甘蕉の名前はなかった。

「……緋甘蕉を手に入れることはできなそうでございます」

「そうよねぇ。あの甘ーい味は、他じゃあ替えが利かないのにねぇ……旬にしか食べられないからこそいいのかもしれないわねぇ」

「おっしゃるとおりかもしれません」

「さぁて、今日もやるわよぉ」

　元気いっぱいのヴィクトリアではあったけれど、ニナは緋甘蕉のことが気になった。もし手に入れることができたらヴィクトリアのやる気はさらに上がるはずだ。でも、ニナの手の届く範囲にそれはない。

緋甘蕉、緋甘蕉、と考えながらニナがヴィクトリアを賢人会議に送り出すと、ちょうどマティアス13世の食事が終わったらしいキアラと合流できた。

「問題発生よ」

合流するなりキアラが言った。

「問題ですか？　聖下のご健康になにか問題が……」

「健康に問題？　いいえ、昨日よりもむしろ顔色はよろしかったわ」

「ではなにがあったのでしょうか」

「それがね」

キアラは声を潜めた。

「教皇聖下はもっと豪華な食事をお望みよ」

「……豪華？」

「ええ、そうよ。私も気になっていたのだけれど、聖下が召し上がるにはあなたの提供しているメニューは少々貧相ではなくって？」

キアラにはマティアス13世の健康問題とその解決方法については話していない。なるべく炭水化物、糖類、脂質を抑えめにした食事を出しているので、豪華とは当然言えないだろう。ニナ自身が調理のプロではないので、トゥイリードやヴィクトリアに提供している食事も豪華ではないのだが、少なくともカロリー制限なんてものはないのでマティアス13世に出しているものよりは豪華だった。

「それは……」

キアラに話すことができたら話は早いのだが、教会組織トップの健康状態はトップレベルの機密情報だ。ニナから話すことはできない。

「まぁ、話せないことはわかるけれどね。でもなにかしら手を打たないと……かなりご不満の様子だったから」

「……はい」

問題を解決すると次の問題が出てくる。マティアス13世が教皇という職にあり、聖人なのだから、それくらい我慢してくれるはずだ――なんて楽観できるような状況でもない。もし彼が清貧を愛する聖人君子だったら、激太りもしなければ血糖値スパイクで気絶するように眠ったりもしない。

「とりあえず会議は始まったから、次はお茶の準備かしら」

「――あの、キアラさん。お茶のほうはお任せしてもいいでしょうか？」

「ええ、そのつもりだけれど……まさか3人分？」

「はい。難しいお願いだとは思っているのですが」

「構わないわ」

キアラは即答した。

「このキアラ＝ルーステッドに任せなさい」

「ありがとうございます！」

キアラならば、お茶について非常にうるさいトゥイリードを任せることもできるだろう。

「その間にあなたはなにをしているの？」

「わたしは――」

ニナは言った。

「街に出てみます」


メイドの宿舎に戻るとすでにアストリッドはおらず、エミリとティエンは残っていた。ニナは、このふたりが皇城に連れられてきた初日にぶらぶらと皇城から出て行ったことを思い出したのだ。

「外に？　行けるけど、どうしたの急に」

「広い帝都なら、どこかに緋甘蕉があるんじゃないかと思いまして……」

マティアス13世の不満は問題だけれど、今すぐに答えが思いつかない。であれば緋甘蕉を探してみるのがいいのではないか――食材を探していればマティアス13世の食事についてもなにかアイディアを思いつくかもしれないし。

エミリとティエンは身内なのである程度ニナの置かれている状況や、賢人たちの情報もわかっている。

「よし、それじゃ街に出ましょ。お昼前に戻らなきゃだからあんまり時間はないけど」

「よろしくお願いします！」

「ティエンもいいわね？」

「もちろんついてく」

ニナはエミリに先導されて皇城から外へと出た。正門には長い長い貴族の馬車の列があったが、勝手口のほうは誰からも注目されない。出入りの業者や警備交代の騎士たちが多くいるのであっという間に3人は紛れてしまう。

皇城から離れて大通りへとやってくる。つい数日前は皇城なんて自分に縁のない場所だと思っていたのに、今や皇宮メイドのメイド服を着ている。

「ねえ……聖下——じゃなくて、あの御方の話なんだけど」

エミリが切り出した。誰が聞いているかもわからない場所では人名をぼかして話す。

「食事を豪華にすることも大事なんだけど、根本的に問題を解決しなきゃいけないんじゃないの？」

「と、言いますと……？」

「ドカ食いするようになった原因がわからないまま、食事の見映えを豪華にしてもすぐに限界が来るんじゃないかなって思うの」

「それは……そう思います。今、あの御方の食事を少々改善したところで、賢人会議が終わってしまえば元の木阿弥になるのではないかと……。ですがわたしたちにはあの御方のお話を聞く時間も、立場もなくて」

「そうよね。うん、ニナだってやっぱりそう思ってるよね」

「どういうことでしょうか？」

「あたし、ちょっと別行動していい？」

「もちろん構いませんが――」

「それじゃ、また宿舎で会いましょ。ティエン、ニナのこと頼んだわよ」

「任せるのです」

「あ、エミリさん！」

ニナが声を掛ける間もなくエミリは雑踏に消えてしまった。

実のところエミリは魔導士の格好をしており、ティエンはニナと同じメイド服だった。元から彼女は別行動をするつもりだったのかもしれない。

「………」

アストリッドが別行動をし、次にはエミリが。

少しだけニナは心細くなったが、

「――今は、緋甘蕉を探しましょう」

気合いを入れ直した。

最初に向かったのは皇宮も仕入れを行っている首都の中央青果市場だった。ここは大手商会など、歴史と伝統のある権利者しか取引できないのだけれど、皇宮メイドの制服を着ていればもちろん問題なかった。

「――おぉ？　緋甘蕉は今は時季じゃねえよ」

「――在庫は完全に底を突いちまってるなぁ。そもそも日持ちするもんでもねえしな」

「――他の市場を回ればあるいはあるかもしれないが……」

青果商に何人も話を聞いてみたが、中央市場では流通がないということだった。最後のひとりは「他の市場」をと言ったが、それとてなにか確証があるわけではない。

「ありがとうございました」

それでもニナは丁寧に頭を下げて彼らに礼を言うと、回れる範囲で他の市場を見に行くことにした。

「急ぎましょう、ティエンさん。距離が結構あるので……ティエンさん？」

動き出そうとしたニナは、立ち止まったティエンを振り返る。

「ニナ。次に行くところも青果市場というところですか？」

「そうですよ」

「方角はあっちだよね？」

ティエンの指差した方角は正しかった。青果第2市場という、その名の通り2番目の規模の市場だ。

「そのとおりです。でも、どうしてわかるんですか？」

「急ぐのなら、ショートカットするのです」

「え」

ティエンはニナを抱きかかえると――ぐっ、と足を踏ん張った。

「ニナもチィにつかまって」

「あの、その、ティエンさん、なにを――うわああああああ!?」

ティエンは飛んだ。「跳んだ」ではなくニナには「飛んだ」と感じられた。

ふわりと身体が浮くや、低い屋根へといつの間にか乗っており、そこを風のように走り抜けていく。後に残るのは旋風だけだった。

「ニオイがするのです。たくさんの果物が混じり合ったニオイが。あっちから！」

ティエンは鼻がいい。それこそ人間の嗅覚とは比べものにならないほどに。それは彼女が月狼族という特別な種族だからこそ持っている特性であり、とんでもない脚力を、バランス感覚を持っていることもまたそうだった。

「到着なのです」

「――――」

移動に1時間ほどは掛かるだろうと思っていたのに、なんと5分で着いてしまった。さすがのニナも地面に降り立つと、足元がふらふらする――回復するのに3分掛かったが、それを含んでも大幅なショートカットであることには違いなかった。

「あ、ありがとうございます……ティエンさん。でも次からは、事前になにをするか教えてくださいね……？」

「？　わかったのです」

よくわからない、というふうにティエンは首をかしげた。

「で、では探しましょう」

青果第2市場は中央市場に比べると広さも3分の1ほどでだいぶこぢんまりとしていた。時間帯も、競りが終わっているので閑散としている。

「――緋甘蕉？　そりゃあこの時季にはないさ」

「――この1か月は見てないけどねえ」

「――そういや、同じように探してるヤツがいたぞ。ここらじゃ見たことのない野郎だったが」

緋甘蕉は見つからないどころか、緋甘蕉を探すライバルがいるという聞きたくない情報まで入ってきた。

「次はどこに行くのですか。チィが運んであげるよ」

「ティ、ティエンさん張り切ってますね……でも」

ニナは悩んだ。他にも青果市場はあるが距離はすさまじく遠く、いくらティエンが運んでくれるとは言っても1か所を回るのがせいぜいだろう。しかもそこは、この第2市場よりも規模が小さい。

他に、売っていそうな場所はないのだろうか――ニナが考え込んでいると、

「――あら？　あんたニナじゃないか！」

そこには年かさのメイドがひとり立っていた。

「メ、メイド長!?」

その人物には見覚えがあった。ティエンの両親を捜してニナが潜入した「凍てつく闇夜の傭兵団」の、お屋敷で働いていたメイド長だ。ニナはネックレスを盗んだ疑いを掛けられるし、月狼族を偽る二人組からはなんの情報も得られなかったし、傭兵団長は団を解散すると言うしであまりい

い思い出がない場所でもある。

　だけれどこのメイド長はニナの仕事ぶりを正当に評価してくれたし、彼女が実家に帰っている間にこそトラブルは起きてしまったが、それはメイド長とはなんの関係もない。

「聞いたわよぉ、アタシがいない間大変だったみたいねえ。団長も解散を発表しちまって大騒ぎなんだけど――って、なんだかワケありみたいね？　着てる服だってそれ、アンタ、皇宮メイドのものじゃないか」

　どうやらメイド長は単に買い出しでこの市場に来ていたようで、ニナはダメで元々緋甘蕉について聞いてみた。

「う～ん、緋甘蕉は首都にあんまり入ってこないのよねぇ。それでもあれが好物だって人はいるから、一定量はあるんだけど……」

　ぽん、と彼女は手を叩いた。

「冷凍ならどうかしら？」

「冷凍？」

「すっごくマニアックなお店なんだけど、冷蔵の魔道具を改良して、かっちこちに凍らせちゃうの。そうすると食材がずっと日持ちするんだってさ。アタシは買ったことないけどさぁ、なんたって目玉が飛び出るほどお高いしね」

「冷凍……冷凍なら……ある！」

　ニナはティエンと視線を交わした。

「そのお店の場所を教えてくださいませんか!?」

メイド長から聞いたのは首都でもかなりディープな場所だった。目的地がそこにある人や、地元で暮らす住民しか通りかからないような薄暗い場所だ。

細い路地には鼻が曲がるようなニオイの煙が漂っており、すでにティエンが涙目になっていた。うさんくさいアクセサリーを売っている店や、モンスター素材を売っている店なんかが続いている。

メイド長の教えてくれた情報はアバウトで、「この通りのどこかにある」という感じだったので一軒ずつ看板を見ていくしかない。

ニナはすこし焦っていた。というのも、メイド長が言うにはその冷凍青果の店は「知る人ぞ知る」という感じではあるのだけれど、裏を返すと「知っている人は知っている」ということになる。緋甘蕉を探している「ここらじゃ見たことのない野郎」がいると聞いてしまった今、その男も冷凍青果の店の情報を耳に挟むかもしれない。

「ごめんね、ニナ。チィがニオイでたどれなくて」

悪臭に鼻を押さえているティエンが言うが、彼女が悪いわけではもちろんなかった。周囲が臭いのは仕方がないし、それに青果の店であっても冷凍していればニオイはしないはずだから、いずれにせよティエンの嗅覚では探せなかったかもしれない。

「なかなか見つかりませんね……」

皇城に戻る時間を考えるとさらに焦る。

「ティエンさん、分かれて探しましょうか。わたしがもう1本向こうの通りに行くので」

「わかった。お店の名前は『クールクールフルーツ』だよね？」

「そうです」

ふざけた名前だが、メイド長は確かにそう言っていた。

ニナは裏路地に入り、もう1本向こう側の通りに出た。

「…………」

先ほどと同じ暗い路地だった。

不意に心細さが押し寄せてきたニナは、振り返り、

「ティエンさ――」

「――おっと、メイドさん。アンタの身なりからすると皇城から来たんじゃねえのかって思ったんだけど、どうだい？」

そこにいたのは垢《あか》じみた服を着た男たちだった。

「今、皇城にどんな貴族がいるのかちょっと聞きたいんだがね……」

彼らが、熱心に貴族の列を見つめていた男たちだとニナは当然知らないが――彼らがまともでないことだけはすぐにわかった。なぜなら彼らの手には刃物が握られていたからだ。

首都サンダーガードの教会はどれも壮麗で美しかったが、エミリがやってきたのは、地元住民だけが通うようなこぢんまりとした教会だった。

「ええ、ええ、あの青年はこちらにいますよ。とても熱心に働いてくださっています」

青年――マティアス13世のお供をクビになった青年は、すぐに見つかった。お供の身分でなくなったので美しい修道服と、地位を示す帽子は返却してしまった。それでも育ちの良さと教養は隠せるものではなく、いくつかの教会でたずねればこうしてたどりつくことができるのだ。

「あなたは……」

「こんにちは、2日ぶりね」

青年はエミリの来訪を驚いていたようだったが、ふたりは無人の礼拝堂で並んで座った。

「あなた……ちゃんと食べてる？」

エミリが聞くのも無理はない。それほどに青年はやつれていた――青年はふるりと首を横に振った。

「教皇聖下のお役に立てない、無力な自分などどうなってもいいのです……」

「クビになったからこの教会で働こうってこと？」

「そう……ですね。なにか教会の用事でもあればそれに合わせて地元に帰ろうかと考えておりました」

路銀を稼ぐにも教会に所属していたらなかなかできることではない。もっと大きい教会に行けば簡単なのだろうけれど、この青年はそれをよしとしなかった。いや、単に、大きい教会にはマティアス13世が来るかもしれず、気まずいから避けただけかもしれなかったけれど。

「あたしがここに来たのは、あなたに聞きたいことがあったからなの」

「聞きたいこと……？　この私に答えられることなどあるのでしょうか」

「あるわ。教皇聖下の近くにいたあなたにしか答えられないことがね……。あたしが思うに、教皇聖下があんな暴食をするのはストレス、心への重圧が原因よ。心当たりはない？」

「……聖下の御心を推察申し上げるなんて畏れ多いことではありますが、きっと私のような者には到底理解できない、様々な重圧を一身に受けていらっしゃるであろうことは想像に難くありません」

「そういう話じゃないの。あなたにもわかることを聞いているのよ」

スパッ、とエミリは斬って捨てると、青年は目を瞬かせた。

「ではいったい、どういう……？」

「教皇聖下が太り始めたのはこの数年でしょう？　でも教皇就任は10年以上も前じゃない」

「11年と96日前です。この身にはありがたくも荷が重い、私が聖下のお供になれたのもそのすこし前でございました」

「…………」

え、日数覚えてるの？　と青年の崇拝ぶりにエミリは引いた。

「そ、それはともかく……暴食を始めることになったこの数年になにか理由があるはずよ。それは教皇聖下の近くにいたあなたにならわかるんじゃないの？」

「……私ごときが、教皇聖下のお考えを推察申し上げるなどというのはおこがましいにもほどがあり……」

「そんなのはもういいって！」

じれったくなってエミリの声も大きくなる。

「ねえ、これはあなたにしかわからないことでしょ!?　ほんとうに教皇聖下を尊敬しているなら教えなさい！」

マティアス13世のお供ならば他にも司祭たちがいるが、彼らはほんとうのことを教えてくれないだろうとエミリは思っていた。本気でマティアス13世の身体を心配しているのなら、彼の不興を買ってでも暴食を止めるべきだ。だけれど司祭たちはなんのアクションも起こさなかった——目の前で青年がクビになったときでさえ。

信用できるのはこの青年だけだ。

「ど、どうしてあなたがそこまで……それにどこか焦っているように感じられますが、いったいなぜ……」

エミリの迫力に青年はたじろいだ。

「教皇聖下の呼吸が止まったのよ」

「……は？」

「あなたがクビになった翌朝にね。一応、トゥイリード様が動いてくださったおかげで事なきを得たけど、聖下の身体はもうぼろぼろよ」

「どどどういうことですか!?　聖下は今どうなさっているんですか!?」

今度は青年が前のめりになってエミリがたじろいだ。

「だ、大丈夫だって言ったでしょ！　今は小康状態！　おかげで食事療法を受け入れてはくれたのよ……不満タラタラっぽいけどね」

食事を豪華にしろとか言っているので不満があるのは間違いない。

「だから、問題の根本を解決しなきゃ、聖下はまた暴食に走っちゃうわよ。あたしはそれを知りたいの」

「…………」

そのとき初めて青年は――それまでは魂が抜けたような状態だったのに、今や真剣な表情で、瞳に輝きを取り戻し、じっと考え込んだ。

「……心の重圧、重圧、重圧の原因は……やはり、あのことではないかと思います」

「あのこと？」

彼は思いついたのだ、とエミリは次の言葉を待つ。

「はい」

青年はうなずいた。

「前回の賢人会議です。それが原因に違いありません」

そうして彼は前回の賢人会議について話し始めた――。

ニナよりも頭ひとつ分背の高い男たちは、外から彼女が見えないように取り囲む。たいていは中年の男だったが、ひとりだけ若い――20代だろうという男がいた。

「……こちらの質問に正直に答えればすぐに解放してやります。いいですね？」

「は、はい」

その若い男に言われ、ニナはうなずいた。答えれば解放するというのなら、下手にティエンに助けを求めるよりはいいと判断したのだ。

「ウーロンテイル伯爵は今、皇城にいますね？」

「……ウーロンテイル伯爵？」

名前は聞いたことがある。貴族社会でも大物で、確かリゾート地サウスコーストにある「ゴールデンサンライズリゾート」という金箔を貼った悪趣味なホテルの後ろ盾だとか――でもその程度で、その情報とて小耳に挟んだ程度だった。

「わ、わかりません……わたしは一介のメイドでございまして」

「あぁ!?　皇宮メイドなら知ってるだろうが!?」

年かさの男がすごんできたのでニナは身体を強ばらせた。

「まあ、まあ、落ち着いてください。ここは私に任せてくれるって話でしょう?」

「だけどよ……こんなまだるっこしいことやっててていいのかよ?」

「大丈夫です。――メイドさん、驚かせてしまってすみません。このとおり気性の荒い者もいるので気をつけてくださいね？」

明確な脅迫だった。

「では質問を変えますが、あなたの担当はどの貴族ですか？」

「わたしは……御貴族様の担当はしておりません」

「ほう？　では誰の世話をしていると？」

他の男たちに比べるとこの若い男の話しぶりがまったく異なっていることに気がつく。メイドの働き方を知っているということは、いいところのお坊ちゃんかもしれない……とはいえ、着ている服のこなれ方や肌の汚れ方を見るに、浮浪生活もだいぶ長そうではあるのだが。

「それは、申し上げられません」

「なんだとッ!?」

「ひっ」

襟首をつかまれてニナは声を出してしまったが、その男の手を若い男がはたいた。

「ちょっと、脅かしたら出てくる情報も出てきませんよ……」

「あぁ!?　目の前に貴族がいるってのにこのままダラダラ時間つぶしてたらなんもできないままだぞ！」

「そのためにも情報が必要なんでしょう。私たちが飛び掛かっていったって騎士どころか衛兵に取り囲まれて犬死にです」

「ぐぬぅ……」

ニナの襟から手が離された。

「……では質問の続きです。あなたはお世話をしている人を答えられないと言いましたが、ということは貴族ではなく皇家ですか？」

「………」

「おや、違う。では……うーん、誰だろう。ひょっとしてただの下働きですか？　いや、それならウーロンテイル伯爵のことだって耳に入ってくるよな。あれほどのビッグネームなら」

「おい！　いい加減にしろ！　いつまでダラダラやってんだ。ここだっていつ誰が来るかわかったもんじゃねえんだぞ！」

「静かにしてください。こういうのは順序が大事——え？」

とんとん、と背中を叩かれて若い男は振り返った。

「誰——おぐっ」

次の瞬間、彼の身体はポーンと宙を舞った。

「ニナから——」

そこにいたのは同じ皇宮メイドの服装をした少女。変わっているのは飛びだしたオオカミの耳だった。

「——離れるのです！」

それからのティエンの動きは圧巻だった。あっという間にニナを取り囲む男たちを吹き飛ばし、ニナを確保。転がった男のひとりが刃物を構えようとしたが、握っていたはずのそれは気づけばそこになくて、カチャンと音がしたのでそちらを見るとだいぶ離れた路上に転がっていた。

「ち、ちくしょう、逃げろ！」

男たちは蜘蛛《くも》の子を散らすように逃げ出した。

最初に吹っ飛ばされた若い男だけが転げて、うめいていたが、彼だけを残して全員いなくなってしまった。

「ニナ、大丈夫？」

「は、はい……ありがとうございます。でもどうしてティエンさん、こっちに？」

「鼻はダメでも大きな声が聞こえましたから――」

と言いかけたところへ、若い男が半身を起こした。

「う、ぐ……な、なんだよお前は……メイドにしては強すぎるだろ……」

「メイドなら当然なのです」

絶対当然ではないのだがティエンは胸を張った。

「ニナ、どうする？　あの男を衛兵に突き出しますか」

「そう、ですね……」

この若い男はなにかワケありのニオイがプンプンする。関わるべきではないだろう――ただでさえニナにはやらなければならないことが山積みなのだから。

「――お前ら、ノーランの兄貴をいじめるな！」

そこへ、複数の足音。

10歳前後の子どもが4人現れ、ニナたちと若い男——おそらくノーランという男の間に立ちはだかった。

「バ、バカ、お前たち、アジトに戻ってろって言ったろ……！」

「バカは兄貴のほうだ！　俺たちだってやるときはやるんだ！」

子どものひとりが大きな声で言い返す——が、その服装はぼろぼろで、ろくにご飯も食べていないのか貧相でガリガリの身体つきだった。

「あの、あなたたちは……？」

「俺たちはな！　ノーランの兄貴といっしょに、この世界の不正をただすための、正義の軍隊だ——」

と胸を張って言おうとしたときだった。

ぎゅるるるるる……と腹の虫が鳴いた。

この派手な音はティエンかと思って一瞬ニナは彼女のほうを向いてしまったが、ティエンはぶんぶんぶんぶんと首を横に振る。

「…………」

「…………」

「…………」

「…………」

4人の子どもの腹が鳴っているのだった。

孤児の多い修道院で育ったティエンは、子どもたちの食欲についてよく知っていた。彼女自身はニオイのせいで食べられなかったけれど、修道院で育てられた子どもたちはよく食べた。それはもう食べた。毎日満足な食料がなかったということもあるけれど、彼らは必死に食べた。食べ物の取り合いに発展しなかったのは単なる偶然か、神の前にいるための奇跡かはわからなかったけれど、彼らの空気感や緊張感は「戦場」と呼ぶにふさわしかった――。

屋根は朽ちてあちこちが破れていて、壁に空いた穴も大きい。これでは冬は過ごせないのではないか――そんなふうに思ってしまうぼろぼろの倉庫に彼らは暮らしていた。12人の子どもと、ひとりの若い男ノーランが。

どこで拾ってきたのかというボロの服、垢じみた身体は細くてガリガリだ。彼らは食べていた。それはもう必死に、パンのひとかけらも逃すまいとして。無言で、ひたすら無言で、ガツガツと食べていた。

「あの、おかわりならたくさんありますから――」

と大鍋の横に立ったニナが言いかけると、ババババババババッと彼らは器を差し出した。無言で。

（ほんとうにお腹《なか》が空いていたんですね……）

先ほど、子どもたちが空腹だと気がついたニナは、彼らが孤児だということを聞き、リゾート地サウスコーストでのことを思い出した。だけれどサウスコーストよりもこちらのほうが環境が過酷だったのは、森や海がないので食料を手に入れるには働くか盗むか施しを受けるかしかなく、常にカツカツの状況だったからだろう。さらには水にもお金が掛かるので身体や衣服を洗うこともできず汚れている。

「わ、私たちもいいかい……？」

加えて言うと、ここいら一帯はスラム街であり、窮しているのは子どもたちだけでなく大人もだということだった。

腹を空かせた大人が、炊煙を嗅ぎつけてやってくる。小金を手に入れた者は周囲の者にごちそうする、そうしてなんとか生きていく、という暮らしをしているため子どもたちも大人たちを受け入れるので、ニナはどんどん食事を提供していく。

（華やかな首都の裏側には、こうして苦しんでいる人たちもいる……）

働き口はいくらでもありそうだけれど、首都はそれ以上に人口が多いのだ。雇う側からすると、薄汚れた服を着たガリガリの人たちよりも、身なりのしっかりした人を選ぶのは当然かもしれなかった。

こういったスラム街は、首都のあちこちにあるという。

サウスコーストでの問題をはるかに大きくしたようなこの状況では、炊き出しをしたところで焼け石に水であることは間違いない。それでもニナは、なにかせずにはいられなかった。

「――ニナ、そろそろ行かないとさすがに間に合わないのです」

ティエンに言われてハッとする。昼食の準備のために戻らなければならない。

ほんとうならもっと食事を作って、作り置きくらいまで用意してあげたい。身体を清めてあげたい。倉庫の掃除もしたい。

でも、タイムリミットだ。

「あ、あの、わたしたちはこれで失礼します」

この倉庫で唯一の大人であるノーランに声を掛ける。彼だけはずっとこの炊き出しに背を向けて座っていた。食事にも手をつけなかった。

「――満足ですか」

「え？」

「富裕な者が、困窮する者に施しを与えるのはさぞかし愉快でしょう」

「そんなつもりは……」

「あなた方は気分よく今日は眠れ、明日には今日のことなど忘れて楽しく過ごすのでしょうが、子どもたちは明日からまた飢える。それがわかっているから私は施しなど受けない」

「………………」

ノーランの言うことは正しいし、ニナもよくわかっている。だからこそサウスコーストでは子どもたちに「生きる術」を与えた。

だけれど今ここでは、できることは限られているし時間もない。

「ニナ。この男やっぱり衛兵に突き出すのです。ニナの温情で生かされているだけだとわかってないから」

刃物をちらつかせてニナを脅迫したのは間違いなく、それは完全に犯罪ではあったが、お腹を空かせた子どもたちを見てしまうとニナはそれどころではなくなってしまったのだ。他のゴロツキと違ってノーランは育ちが良さそうだったし、こうして子どもたちに慕われていることからも、どうしても悪人だとは思えなかった。

「いいとも。暴力を振るいたければ振るうがいい。それが貴族のやり方だろう？」

立ち上がった青年はティエンの前に立った。言葉の威勢は良かったが、ぶるぶる身体が震えているのはさっき吹っ飛ばされたダメージが残っているからか、あるいは本能的にティエンを恐れているからかはわからない。

「ノーランの兄貴もご飯を食べようよ……」

すると、いちばん小さいであろう5歳くらいの女の子がやってきてノーランのズボンを引っ張った。

「腹減ったっていつも言ってるじゃないか……食べようよぉ……」

「……私は要らない」

ノーランは、女の子の手を払うと子どもたちに背を向けて倉庫を出て行ってしまった。

「…………」

「ニナ、あんな男は放っておくのです。人からの優しさを無視するのだって、暴力と同じなのですから」

「……はい、そうかもしれません」

どうして頑《かたく》なに食事を拒むのか――とニナが思い悩んでいると、

「ありがとうねえ、こんなに温かいスープは久しぶりに飲んだよ」

スラム街に暮らす老女がやってきた。

見ると、大人たちは大鍋から勝手にスープをよそって食べている。このぶんだとあっという間になくなってしまうだろう――30人分は作ったのだが。

大人も疲れ切っている。その場に座り込んで、泣きながらスープを飲んでいる女もいる。

「あの若い男もねぇ、どこぞのお坊ちゃんだったみたいだけど、こんなところに転がり込んだらお終《しま》いだねぇ……」

老女はしみじみと言う。

「ノーランさん、でしたっけ……あの方についてご存じなのですか？」

「ほとんど知らないよ。ここにいる者は過去なんてあってないようなもんさ。だけど、あの男が来たのはこの数か月ってところだからね……だからああして、空腹も我慢できる。我慢したってなんの足しにもならんと気がつくのは、もう少し経ってからだろう」

けひゃひゃひゃ、と老女は笑った。

「気になるのかい、メイドのお嬢ちゃん」

「あ……はい、少しだけ」

「あたしが聞いたのは、どこぞの御貴族様との争いに負けたってことくらいさね。卑怯《ひきょう》な手を使われたとかなんとか。御貴族様の争いなんて卑怯に決まっているだろうにねえ」

「それがウーロンテイル伯爵、なんでしょうか」

「ああ、そうそう、そんな名前だったかもしれない」

「ニナ」

老女の話を聞いていたニナの腕をティエンが引いた。

「もう行かないと」

「……はい」

心残りはあるけれど、仕方がない。

「――お姉ちゃん、ありがとう！」

倉庫を出ようとしたニナの背中に、声が聞こえた。

子どもたちが立ち上がって、こちらを向いている。そうして口々に「ありがとう」と言った。老女は小さく手を振り、スープを手にした大人は頭を下げ、座り込んだ女は泣いたままだった。

「…………」

このまま放っておきたくない、という思いがあるのに去らなければならない。ニナは後ろめたいような気持ちを強く感じながらも倉庫を出た。

「ニナ、皇城へ戻る？」

「その前に、行きかけた冷凍青果のお店へ行きましょう」

ニナは歩き出したが、今見てしまった現実にあてられて、足元はなんだかふわふわしていた。皇城に来てからほとんど眠れていないこともあるかもしれない。

「いえ、今は……急ぎましょう！」

目の前の仕事に打ち込めば、自分にとって天職だと感じているメイド仕事に没頭すれば、余計なことを考えずに済む――そう考えながら先を急いだ。

店についてはすでにティエンが見つけてくれていた。先ほどやってきた裏通りの、石造りの３階建て。表に看板こそ出ていないが、『クールクールフルーツ』と刻印されたプレートが扉に貼られてあった。

「！」

入る寸前、通りの向こうを曲がっていく男が見えてハッとした――一瞬誰かに似ている気もしたが、今は緋甘蕉が先だ。

「ごめんください」

狭い店舗にはカウンターがあるきりで、その向こうに店主が座っていた。

「なにかお求めですかい？　おや、そのメイド服は皇宮メイドさんか」

「はい、そのとおりです。ご存じでしたか」

「まあ、こういう仕事をしていればね。皇宮からの注文はついぞ受けたことはないが……それでなにかお探しで？　とは言っても、ウチは冷凍青果専門だけどね」

「ここならば緋甘蕉があるのではないかと思いまして」

「緋甘蕉だって？」

店主は目を瞬かせた。

「はい。やはり、ないでしょうか？　時季もはずれていますし……」

「いや……そんなことはないんだが」

「‼　では、あるのですか⁉　いただけませんでしょうか！」

ここにあった、緋甘蕉が！　首都にはもはやないのかと思っていたのに！

「あ、ああ～……そうだな、こんなこともあるもんなんだな」

「……はい？　なんの話でしょうか？」

「いや、実はね」

店主は言った。

「ついさっき、最後の在庫を買われちゃったんだよ。メイドさんが来る直前のことさ」

「――――」

あの人だ、とニナはすぐに思い当たった。角を曲がっていった男。

「あ、ありがとうございます！　追いかけてみます！」

ニナはティエンとともに店を飛びだした。さっきの男が曲がった角を通ると、そこは見たことのない新たな通りが広がっていた。

男の姿はない。

「捜さなきゃ……！」

焦る。後悔が胸に満ちてくる。

なにをしているんだろう。買われてしまった。先に。お腹を空かせた子どもたちに食事を振る舞

った ばかりに。自分を襲った相手の仲間なのに。

「ニナ、あの人ですか？」

「！」

ティエンが交差点で前方を指差した。

そのとおりだ。あれだ。誰かに似ている後ろ姿――。

「あの、すみません!!　申し訳ありませんが、先ほど購入した緋甘蕉を譲っていただけませんでしょうか!?」

「――ん？」

振り返ったのは、中年の男だった。そして手に持っていたのは大工道具であり――食品ではまったくなかった。

「あ……。も、申し訳ありません！　その、人違いでした」

頭を深々と下げると、中年の男は去っていった。

「違った……」

呆然と、つぶやいた。

見失ってしまった――もう、緋甘蕉をあきらめるしかないのだろうか。

「おい、まさかとは思うが、あのオッサンと俺とを見間違えたってことか？」

「!?」

背後から声が聞こえ、振り返る――ニナの視線の高さに、麻袋にくるまれたなにかがあった。冷凍だというのにほんのりと漂ってくる甘い果物の香り。

「俺は一発でお前だってわかったぜ——ニナ」

その人物こそが、緋甘蕉を買った男だというのは間違いなかった。

「ここらじゃ見たことのない野郎」であるに決まっている。なぜなら彼はずっと長いこと、クレセンテ王国三日月都にいたのだから。

「あ、あ、あ……」

太い眉の下には意志の強そうな瞳がある。ヒゲを剃《そ》った青々としたアゴはがっしりとしている。

緋甘蕉は、シャツの袖をまくった毛むくじゃらの腕にしっかりと抱えられている。

ニナはこの人を知っている。

でも、どうしてこの人がここに——。

「ロイさん!?」

マークウッド伯爵邸のコックであるロイがそこにはいた。

それから——ニナはどうしても緋甘蕉が必要であることを説明し、ロイは「それなら持っていけ」と快く渡してくれた。だけれどその代わりに、今ニナが置かれている状況をできる限り教えることを条件に。ニナが濡れ衣を着せられ、伯爵邸をクビになった後のことをロイはまったく知らないのだ。
今は急いでいて詳しくは話す時間がないが、緋甘蕉を使って料理をしたいとニナが言うと、

「そういうのは俺に任せておけ」

と、ロイは冷凍緋甘蕉を使った新作メニューのレシピまでメモしてくれた。コックにとってレシピは秘中の秘、包丁などの調理道具と同じくらい大切なものだというのに、ロイは惜しげもなく教えてくれた。これまでの旅でもニナは、何度となくロイに教わったレシピに助けられてきたことを思い出し、思いがけず胸の内から熱いものが込み上げてくる。

「ありがとうございます！　ロイさん！　あの、お代はこちらに」

差し出された、帝国皇室の紋章が書かれた割り符をロイは受け取った。

「おお、豪勢なこって。ニナの懐が痛まないのなら受け取っておくよ。とにかくニナ、この辺は治安が良くねえから、気をつけて——」

とロイが言いかけたときには、すでにニナは抱っこされて、すさまじい勢いで遠ざかっていくのだった。

「……あのもうひとりいた女の子、メイドだよな？　なんで抱きかかえて屋根に飛び乗って走っていくんだ？　いや、まぁ、ニナといっしょに働いてるメイドなら当然か……」

謎の納得をしたロイだったが、自分が今どこのレストランにシェフとして雇われ、なぜ冷凍青果を使った新メニューを作ろうとしているのかという話をするのをすっかり忘れていたとようやく気がついた。

「ま、いずれまた会えるだろ……」

がしがしと頭をかいて歩き出そうとしたが、

「アイツ……困ってそうだったな」

ニナの表情を思い出す。いつも通りの落ち着いた顔ではあったけれど、どこか感情が揺らいでいて、泣き出しそうにすら見えた――。

「あのニナが苦戦している……そんな相手なのか。あーあ、あのジジイに緋甘蕉の新メニューを手土産にするつもりだったが、とんだ土産話ができちまったな」

大通りに出たロイは、ずっと遠くに皇城の尖塔《せんとう》があるのを見た。


「――まさかあなた自ら来てくださるとは思いませんでしたわ」

「ふふ、陛下の在位50周年ですからね。これほどの慶事はここ数年なかったこと」

謁見の間ではない、皇族だけが利用できる接待室にいたのはこの皇城を統べる皇帝陛下と、先ほど到着したばかりのウォルテル公爵だった。

歴史を振り返るとウォルテル公爵はユピテル帝国皇家の血を引いているのだが、公国は完全に独立した国家となっているので今さら皇帝陛下とウォルテル公爵との間に上下関係はない。「陛下」という敬称を使ってはいるが、形式上のことなのだ。

ウォルテル公爵という国家元首が国外に出るのだから、いくら歴史的には出身国であるユピテル帝国にやってくるにしても、かなりの数の騎士を引き連れてきた。そして、帝国も「お祝いに」来ようという公爵をむげにはできないので護衛の入城を許可した。

この世界においては国家元首が国外に出るというのはほとんどない。そのため、皇帝陛下もウォルテル公爵と、こうして1対1で会う時間をもうけている。

（まったく……ただでさえ謁見だけで余のスケジュールが埋まっているというのに。なんのために来たのですか？　嫌がらせ？）

顔ではにこやかに笑いながら、心は鬼の皇帝陛下である。「嫌がらせ」程度のために命の危険を冒すわけがないとわかってはいるのだが。

「公国と我が帝国とは今も変わりなく交流が続いていますね」

「ええ。物だけでなく人の流れも良いですね。二国間での関税撤廃が効いているのでしょう。……おっと、帝国首都にだけは特例で関税が残っていましたな？」

公爵の言うとおり、帝国と公国との国境は他国に比べるとかなり緩い規制となっている。ただ首都だけは例外で、あらゆる国家からの輸入品に対しては一律の関税が掛けられていた。そのために、公国の商会は帝国地方都市に新たな商会を立ち上げて、そこに卸し、「国内の商会が運んでいる」という体で首都に物品を運んだりしている。面倒なことこの上ない。

（ふむ？　首都特別関税の撤廃をもくろんでいるということですか？　まあ、こういう機会でもない限りは関税の話はできませんが……）

いまいち公爵のもくろみが読めない皇帝陛下である。

「時に——陛下、賢人会議の進みはいかがですか？」

公爵の話題転換に、皇帝陛下はそうかと気がつく。

（ウォルテル公国は先日の鉱山事故という痛手がありましたね。それを取り戻すために賢人会議の情報をいち早く得ようということですか……あるいは、会議の議案次第で鉄鉱石の出荷量をコントロールすることを考えていると？）

大型の技術革新でもあれば、鉄鉱石の価格は高騰する。

（なるほど、なるほど……。せっかく公爵が単身この城へ来たというのに手ぶらで帰すわけにはいきませんね）

皇帝陛下が振り返ると、壁際に外務卿が立っていた。1対1の会談ではあるけれど、護衛やお付きの者は当然控えている。権謀術数の渦巻く皇城で常に皇帝陛下の信頼できる相談役でもあった外務卿は老齢の男性で、主の考えを察知し、そばへとやってきた。

「陛下、ウォルテル公爵に今日までの簡易議事録をお渡しするのはいかがでしょうか」

「そうですね。そうしましょう」

正式な議事録は賢人たちも目を通してから完成するので、今あるのは速記された生の議事録である。正式な議事録には当然掲載されない内容もあるので、公爵にとってはすばらしい情報源になるだろう。

欲しかったのはこれでしょう？　と皇帝陛下がにこやかな笑顔を向けると、

「いえ、それには及びませんよ。他国に先駆けて議事録を手に入れたとあらば要らぬ妬みを買いましょう。正式版ができてからでよろしい」

「そう……ですか？」

皇帝陛下は自分の読みが外れたことを知り、外務卿は行き先をなくした書類の束を持って戻っていった。

「それより、今年の賢人会議は順調そうですね」

「え、ええ、そのようです。喜ばしいことです」

公爵の考えがわからぬまま、話が進む。

「今日が4日目。前回の賢人会議の会期超えは目前で、解決議案数は過去最高ペース。いやはや、ほんとうにすばらしい。これは陛下のご威光でしょうな？」

公爵の瞳がきらりと光ったように感じられた。

「あるいは……優秀なメイドでも見つけられたか……」

メイド？　と皇帝陛下は一瞬キョトンとする。賢人会議が順調に進んでいるのはもてなしの態勢を整えたからだという自負はあるが、それは建物、環境、世話役やコックなど様々な条件が入り交じっている。メイドだけを取り沙汰されるものではないと思う――そう思ってしまうのは当然のことではあった。

「……いや、失礼。くだらぬことを申しましたな。陛下はお忙しいでしょうから、私はこれにて失礼しましょう。幾人か会いたい人がいるので、その方々との面会をアレンジしていただきたいのですが」

公爵は当てが外れたとでもいうかのように話題を終えてしまった。

「それはもちろん手配いたします。ではこれにて」

恭しく外務卿が頭を垂れると、公爵を連れて部屋を出て行ってしまった。

「まったく……なんの目的でここに来たのか、結局わからずじまいですねえ」

皇帝陛下は言いながら立ち上がると、

「――そう言えば、ドンキース侯爵もメイドの話をしていたような？」

ふと、そんなことを思ったが、今はそれを考えている余裕はなかった。

就寝ぎりぎりまでぎっちり詰まっているスケジュールをこなさねばならない。


ティエンとともに、文字通り「飛んで戻った」ニナはなんとか昼食の準備に間に合った。

冷凍の緋甘蕉を使ったメニューは、ロイからのアイディアを拝借してシャーベットとして出すことにした。添える香草がポイントで、甘さと香りを引き立たせるというものだ。

香り高く、口溶けは柔らかく、とんでもなく甘いというこのシャーベットにヴィクトリアは大いに満足した。

だが、

「……余にもああいうものを提供いたせ」

マティアス13世がゴネ始めてしまった。ヴィクトリアはゴネている彼を見ると大喜びで見せびらかすようにシャーベットを食べるのでますますマティアス13世は怒った。

「こんなものを食べてはいられぬ」

ニナが用意した昼食に文句をつけるとマティアス13世は席を立って迎賓館に戻ってしまった——食べてはいられないと言いながら皿はカラッポだったが。

「どうする、ニナ。聖下はそろそろ我慢の限界という感じよ」

キアラが聞いてくるが、「そろそろ」とはいってもまだ1日も経っていない。我慢の限界であろうとなんであろうとカロリー制限をしないと彼の健康に関わってくる。

「我慢していただくしかないのですが……」

「でもあの調子だと賢人会議をすっぽかして帰りそうな勢いではないかしら？　察するに、聖下の摂取カロリーを低めにするメニューにはなっているけど、聖下は目に見えて危険な水準の肥満体ではないし、あなたの食事制限は過剰に感じるわ」

「…………」

キアラはマティアス13世の呼吸が止まり、意識が戻らなかった話を知らない。見た目ではっきりそれとわかるほどの重度の肥満ではもちろんないのだが、そのせいで危機感を薄くしてしまっている。

命の危険があるのに。

「……まあ、いいわ。ここはあなたに従う。私の持っている情報量はあなたに大きく劣っているからね」

「ありがとうございます、キアラさん。ほんとうに」

「でも聖下の食事についてはちゃんと考えなければダメよ。皇宮のコックの手を借りるとかしないと……」

「はい」

キアラの言うことは一理あった。ニナはメイドとして料理もできるが、その腕は一流のコックには到底かなわない。旅の途中で振る舞う料理を豪勢にすることはできても、舌の肥えた各国要人に提供するような料理はまったく別次元の腕が要求されるのだ。

そして問題はマティアス13世だけではなかった。

トゥイリードも疲れているようだし、魔塔の主のミリアドも夜な夜なヴィクトリアが宴会をしているからとぴりぴりしている。鶴奇聖人だけは沈黙していたがなにを考えているかわからない。会議の空気は、4日目にしてどんどん悪くなっていた。

ドンキース侯爵邸の仕事があるからと、いったんキアラとは別れた——夕食の準備にまた来てくれるという。彼女がいるとほんとうに心強い。

「よし」

ニナはキアラのアドバイスに従って、皇宮の厨房へと足を運んだ。皇宮や迎賓館のコックは基本的に同じ人員が担当しており、彼らはこの道一筋のプロフェッショナルだ。清潔で広々とした厨房はメイドの宿舎のそれとはまるで違う。

「——断る」

静まり返ったその厨房で、料理長は言った。

「お前はヨソ者のくせに我が物顔で貴人の接待をしているではないか。それが、手に負えなくなったら我らの力を借りるだと？　バカにするにもほどがあるだろうが」

「いえっ、その、わたしは――」

「話は終わりだ。我々は我々の矜持《きょうじ》に従って、仕事をするだけだ。お前の命令を受けることも、頼みを聞くこともない」

けんもほろろ、だった。

ニナが、皇帝陛下から命じられて仕事をしていることも、行きがかり上、ヴィクトリアやマティアス13世のお世話をしているという事情を慮ってくれることもなかった。

彼らの力を借りることはできない。

（どうしましょう……教皇聖下は満足できる料理をご所望で、でも脂質や糖質は低めにしなければなりません。一体どんな料理がいいというのでしょう……）

ニナはコックとして専門的な訓練を受けたわけではなく、こういうときに明確な答えを出せないのだった。

（先ほどのヴィクトリア様の表情――）

緋甘蕉が食べたいわねぇ、と一言言っただけ。しかも時季外れで手に入るはずもないもの。それが昼食のデザートに出てきたときのヴィクトリアの驚き、歓喜こそが、メイドをやっていて良かったと思える瞬間だった。

感謝より、喜んでもらいたい。

だけれど、あの料理のレシピを考えたのは自分ではなく、自分ひとりではまったくの力不足であることは否めなかった。そもそもがメイド仕事ではないから当然ではあるのだけれど。

（あのレシピこそ本物の、プロフェッショナルのお仕事ですよね……）

ロイに、手伝ってもらえないだろうか？

そんなことをふっと思ったが、首を横に振る。そんなに迷惑はかけられないし、彼の連絡先だって聞いていない。

今は自分にできることをするしかない——そう、ニナは考えた。

「がんばりましょう！」

だけれどトラブルはその夜に起きたのだった。


賢人会議の4日目が終了したが、午後の議案は進まなかった。

進みが悪かった、ではない。まったく進まなかったのだ。

議案内容は、大陸中央にある巨大な砂漠地帯「冥顎《めいがく》自治区」についてで、人どころかモンスターすらいないこの砂漠は「自治区」なんて名前がつきながらも誰も管理していない。その巨大エリアをどう扱うべきかという、フワッとしながらも大きな問題だった。この砂漠を渡れば大幅なショートカットになるが、砂漠の移動には相当の苦労と危険を伴う。

砂漠は何百年も前からあり、ずっと邪魔者扱いされていたし、前回の賢人会議では「どうせ答えは出ない」だろうからとスキップされた議案だった。さすがに2回連続スキップはよろしくないだろうと取り上げられたが、今回もまた良い意見は出なかった。

「ふん、砂に希少価値でもあれば人が殺到するだろうが、そんなものはない。あの砂漠に関わっても無益でしかない」

とミリアドはイラ立たしげに言い、

「砂漠の緑化は全然進まんのう。土の精霊は元気じゃが、いかんせん土壌の栄養が足らんようじゃて」

と鶴奇聖人も気が進まないようで、

「今までどおり、もし通るなら自己責任ってだけでしょぉ？　ていうか通行禁止にしちゃえばぁ？　大きな山があるものだと思っておけばいいのよぉ。なまじ平地だから『通れるんじゃないか』って勘違いしちゃうの」

とヴィクトリアは興味もなさそうで、

「……教会もあの地域に関する情報はほとんどない。ウワサでは太古の遺跡があるとか……」

とマティアス13世も渋い表情だった。「太古の遺跡なんてのはデマじゃよ。あれは３００年前の盗賊団が吹聴した大ボラじゃ」と鶴奇聖人にツッコまれてますます渋い顔になった。

「では、冥顥自治区については進展なし、ですね」

トゥイリードも少々疲れた様子だった。

いろいろと意見は出たが、進展はなかった。時間が掛かるのはそれぞれが持ち寄った資料に目を通す必要があるからだった。いくら誰もいない砂漠であったとはいえ、賢人会議2回ぶんの期間が空いており、それなりの資料が溜まっていた——有益な情報はなかったのだが。

晩餐《ばんさん》の時間は最悪だった。もともと気の合わない賢人たちが一同に集められ、この世界での難問に挑むなんていうプレッシャーの大きい仕事に取り組まされているのだ。4日も経てば険悪にもなるだろう。

謁見パーティーの合間を縫って皇帝もやってきた。晩餐会場は、明かりがふんだんに使われた絢《けん》爛《らん》豪華な宴会場であり、楽隊の奏でる演奏を聴きながら食事を楽しめる。

「…………」

「…………」

「…………」

「…………」

「…………」

しかし賢人のいずれもが黙りこくっており、先ほどまでいた皇帝も早々にいなくなり、痛いほどの沈黙が支配していた。

「……ニナさん、今日はもう結構です」

「え？」

食事が終わったあとのお茶を飲んでいたトゥイリードはニナに言った。

「今日はすぐに休みますので、ニナさんも早めに休んでください」

「……承知しました」

トゥイリードの疲労が濃いことはわかっている。賢人会議でのファシリテーターを任されている彼に掛かる負荷は相当なものだろう。どこか超然としている彼はなかなかその疲労を見せなかったが、何度となく彼のお世話をしてきたニナにはそれがわかる。

「ああ、いえ、ニナさんに不満があるわけではありませんよ？」

「恐縮でございます」

「……ニナさんもお疲れでしょうから、お互いに休みましょう。明日で5日目です、私としても前回超えの会期となって喜んではいるのです」

「すばらしいことですね」

「それもニナさんのおかげです」

「とんでもありません。トゥイリード様の手腕でございましょう」

ヴィクトリアやマティアス13世の問題についてはニナも手助けできているという実感はあるが、実際の会議の進行はトゥイリードの手腕に掛かっている。

会議に参加している書記官たち――帝国政府高官らしいが、それはともかく――が立ち話しているのが聞こえて来たことがあった。彼らはトゥイリードの会議の進め方をべた褒めしていた。ちゃんと問題の本質に斬り込むし、意見の対立もうまく嚙み砕いてその後に感情のしこりが残らないようにしていると。そしてそれらは、トゥイリードの聡明さがあるからこそできるのだと。

ニナは本気で、今日までの賢人会議の成功はトゥイリードのおかげだと思っている。

「ふむ……ちょっと、バルコニーに出ましょうか」

「え？　は、はい」

トゥイリードは不意に言うと、ニナを連れてバルコニーへと出た。

広々としたそこからは皇城内が一望でき、その向こうには首都の街並みが見える。

夏ともなると日が長くなり、西の果てにまだほんのり空の明るみが残っていたが、街には多くの明かりが点《とも》っていた。

「ニナさん、見えますか？　皇城の濠周辺に人々が集まっていますね」

言われてみると確かに、皇城の周りに市民が集まっている。だけれどその光は街灯のそれ——つまり魔導ランタンの明るさとは違うように感じられた。

「はい……あれは、ランタンですか？　珍しいですね、油のランタンなんて」

「そうなんです。一切の魔道具の使用ができないように結界魔術が発動していますからね」

「結界魔術……でもこの宴会場の明かりは魔道具ですよね」

「はい。濠の周辺にだけ使われている魔術です。——ほら、出てきましたよ」

ワァッという歓声がかすかに聞こえてきた。現れたのは巨大な竜だった——もちろん作り物だけれど。

竜は多くの松明《たいまつ》によってライトアップされていて、どこか神秘的にさえ見える。

「あれは……？」

「帝国貴族たちによるフロートです。皇帝陛下の在位50周年を祝うということが目的ですが、実際にはその貴族自身がどれほどの力を持っているか、見せつける場となっていますね。まあ、それで首都住民も喜んでいるので全部が全部悪いことではないと思いますが……」

複雑そうな表情でトゥイリードは言った。

「ニナさん、この首都サンダーガードをどう思いますか？」

「はい……そうですね。とても栄えているように感じられます。皇帝陛下の恩寵《おんちょう》によって治安も安定していると聞いております」

前半は確かにそう感じたが、後半は——あくまでもニナがそう聞いただけに過ぎなかった。ニナは知っている、スラムに暮らす人たちや、貴族の争いに負けて放り出された青年がいることを。

トゥイリードは小さくうなずいた。

「サンダーガードの繁栄が皇帝陛下のお力によることは間違いないでしょうね。ですが私はたまに思うのです。この都市は、人は、繁栄しすぎたのではないかと……」

「…………」

「私たちが今行っている賢人会議も、エルフやヒト種族、ドワーフに獣人種、その他希少種族の繁栄のために行っていることは間違いありません。ですが、繁栄の行き着く先がこのサンダーガードであることに、少々戸惑いを感じることがあるのです」

「……トゥイリード様、それは」

聞きようによっては帝国、ひいては皇帝陛下への批判ともとれる言葉だった。

「少々口が滑りましたね……ニナさんの胸にしまっておいてください。私はもう休むので、見送りも結構です――お互いゆっくりしましょう」

にこりと微笑み、トゥイリードは去っていった。

「今のお言葉……」

繁栄しすぎた国。賢人会議はその繁栄を後押ししている。

スラムのような問題がある一方で帝国は世界の経済を回し、他国で仕事にあぶれた人たちを受け入れている。医療技術の水準も上がって子どもの死亡率も低い。

物事には光と影の二面があるのだとしても、帝国は多くの光を――温かな光を投げかけているのは間違いないだろう。

「でも――トゥイリード様はどうしてあんなお顔をされていたのでしょう」

宴会場に戻ったニナは、トゥイリードの食器を片づけながら考えたがわからなかった。

「――話にならん！　なんという時間の無駄だ！」

そのとき、大きな声が聞こえた。宴会場の視線がそこに集まる――声の主はミリアドだった。彼のそばにマティアス13世のお供である司祭がなぜかいる。

「いいか？　こちらは賢人会議などというくだらぬ会議に時間を使わされてただでさえイラ立たしいのだ！　――行くぞ」

ミリアドは立ち上がると、お供を引き連れて去って行った。ミリアドの剣幕におどおどするしかできなかった司祭はばつが悪そうにしてマティアス13世のところに戻り、なにかを彼に耳打ちする。

「――チッ」

すると教皇聖下もまた舌打ちすると立ち上がり、宴会場を去って行った。

（な、なにがあったのでしょう……）

ニナが呆然としていると、

「あ～あ、やらかしたわねぇ、あのお坊ちゃんも」

とヴィクトリアが言った。今日も今日とて彼女は、一瞬で喉がカラカラになりそうなほど塩の利いた肉を食べている。

「たまぁにあるのよ、『古典正教』の独断専行がね。どうせ魔塔と共同研究でもしようとか持ちかけたんじゃないのぉ？」

ちらりとニナを見て言った。

「ほっほっ。あの坊やも所詮は教皇ということじゃろうて」

するといまだ残っている――隣に美女を侍らせている鶴奇聖人が答えた。

「いつまで経ってもそれじゃぁ困るのよぉ。――ま、『西方聖教』の立場からしたら『古典正教』が自滅してくれるのはありがたいんだけどねぇ」

「あの程度では自滅はせんじゃろ。賢人会議が明日終わるくらいが関の山じゃ」

賢人会議が明日終わる。

その言葉は、ニナや、給仕に当たっている他の皇宮メイド、それに控えている侍従たちには衝撃を与えた。

「ニナちゃぁん」

「は……はいっ！」

衝撃に呆然としてしまい、ニナは返事が一瞬遅れた。

「気をつけたほうがいいわよぉ、賢人会議がおかしくなるのは、たいてい教皇の坊やに問題があるんだからぁ」

「え……えっ⁉」

「ほっほっ。ここ数回はそうじゃの……先代も今代も、教皇の中身は変わらん。大体それは、ヴィクトリア、お前さんが突っかかるからじゃろうて」

「えぇ？　あたしだけのせいじゃないわよぉ。大体さ、未熟者を教皇にするあの教会組織だって悪いと思わなぁい？　未熟者を担ぐなら、会議にはアンタみたいな妖怪ジイさんを出すとかさぁ、いろいろやりようはあるじゃないの」

「ヴィ、ヴィクトリア様……」

鶴奇聖人を「妖怪」呼ばわりするのはさすがにマズいだろうと思ったニナだったが、

「聞いたかえ？　あのヒドい言葉！　ワシ、泣いちゃった」

鶴奇聖人は嘘《うそ》泣きをして隣にいる美女に抱きつくと、「あらあら、鶴《つる》ちゃんかわいそうねぇ」なんてヨシヨシされて喜んでいる。

「うげぇ、ジジイが幼児プレイとかキモすぎぃ」

ヴィクトリアは心底イヤそうな顔をして立ち上がると、

「さぁてぇ、部屋に戻って飲むわよぉ。ニナちゃん、今日もありがとうねぇ、まさか緋甘蕉が食べられるとは思ってなかったわぁ。アレはうちの城のコックと同レベルのメニューよぉ」

「……ありがとうございます」

メイドなら当然、とは言えなかった。さすがロイ、とニナは思っている。

「できれば次は、グリンチくんをつまみ食いしたいなぁ」

強すぎるほどの香水のニオイを振りまきながらヴィクトリアはニナに近寄るとそう囁いた。

「グリンチくん……？」

「騎士団長よぉ」

「あ、グリンチ伯爵――」

を、つまみ食い？

その意味がわからず目を瞬かせていたニナだったが、

「なーんてね、男を落とすのは自分でやらなきゃねぇ。おやすみぃ」

ヴィクトリアは手をひらひらさせて、お供の男たちを引き連れて去って行った。

「ほっほっ。明日にはこの会議も終わりそうだのう」

鶴奇聖人は美女に支えられながら立ち上がると、

「――ふうむ、この壁は少々殺風景じゃの」

宴会場の壁――バルコニーと宴会場を隔てる壁を見やった。

確かにそこはぽかんとした空白があった。

「誰ぞペンを持て」

鶴奇聖人が命じると侍従のひとりが何本もある筆記具と、インク壺を載せたトレイを運んできた。

じっ、と鶴奇聖人は壁を見つめると、

「のう、メイドのお嬢ちゃん」

「は……はいっ、わ、わたしをお呼びでしょうか？」

「お前さんがたいそう働いていることはワシも知っておる。そのおかげでトゥイリードの表情は柔らかく、ヴィクトリアは……まあ、ますます増長したの。ほっほっ。すべてお前さんのおかげじゃて」

「いえ……メイドなら当然のことをしているまでです」

「それを当然と申すか。お前さんはなかなかに興味深い」

鶴奇聖人の意図がわからず、ニナは顔を伏せている。

「お前さんに詩を贈ろうと思うての」

「……詩、でございますか？」

顔を上げたニナに、にこりと微笑んだ鶴奇聖人は——ただのスケベジイさんという感じはまったくなくて、どこにでもいる村のお爺《じい》ちゃんというふうだった。

鶴奇聖人は数ある筆記具から筆を選ぶと、インク壺にとぷんと浸し、インクを垂らしながら壁面に文字を書き綴《つづ》った。

——伐木《ばつぼく》の達人がいた

達人には小さき友がいた
友は妙なる声でよく歌った
達人は歌を聴いてますます腕を振るった
そうしていつしか友はいなくなった

書き終わると「ふむ、まああだの」と老人はつぶやき、筆を返した。

「ではワシは寝る。かわいこちゃんたちおいで〜」

老人は美女を呼び寄せると左右に侍らせ、歩み去った。

鶴奇聖人が去った直後、どこに潜んでいたのか、帝国の高官たちがぞろぞろとやってきては詩の前に集合した。

「流麗ながら荒々しさのある筆致。さすが大陸『七名筆』に数えられる御方だ……すばらしい」

「この詩は鶴奇聖人様のオリジナルか」

「ワードクローク詩篇に伐木に関する詩があったが、全然違うな。あちらはもっと荒々しいものだが、こちらは寂しさがある」

「君、君」

高官のひとりが振り返り、ニナを手招きした。

「この詩は君に贈られたものだね。どういう意味かわかるかね」

「いえ……それは、わかりかねます」

正直なところ、さっぱりわからなかった。いったいなにを思って鶴奇聖人が詩を書いたのか――なにをニナに伝えたいのか。

そう言えばあの老人はこの迎賓館に到着したときにも鼻歌を歌った。老人は詩を使って、なにかを伝えようとしていることは間違いないが、それは非常にわかりにくい。トゥイリードに聞いてみたかったが、彼はもう寝ると言っていたので明日の朝に聞くしかないだろう。

「ふうむ」

高官はニナの頭のてっぺんからつま先まで見やると、

「鶴奇聖人様の好まれる女性とはタイプが違うようだ」

「は、はあ……」

聞きようによってはひどく失礼な話ではあるのだが、高官に悪気はない。

「内容は、『達人の友がいなくなった』というそれだけのものだが、『なぜ』の部分が書かれていない。君になにかアイディアはあるかね？」

「申し訳ありませんが、わかりかねます」

「そうだろうね……」

高官もさほど期待していなかったらしい。他の高官たちはああだこうだと話し合っているが、この高官は独り言のようにニナに向かって言う。

「気になるのは『伐木』の達人であること、『歌う、小さき友人』であることか。小さき、とわざわざ書いているということは、これは君のことではないか？　君は歌が上手いのかね？」

「そ、そのようなことはありません。わたしはメイドでございますので」

「ふうむ、そうだろうね……」

ぶつぶつと高官はその後もつぶやいたが、それはもはや聞こえなかった。

ニナもその場を辞して、片づけを再開した。がらんとした宴会場では働くメイドたちが多かったが、誰も私語をせず静かなものだった。

（どういう意味なのでしょう）

鶴奇聖人が無駄な詩を書いたとは思えない。鶴奇聖人は高官の言ったとおり「七名筆」と呼ばれるひとりであり、彼が文字を書き記すだけで価値があるという。ただの書簡ですら金貨が動くほどの価値があるのだから、詩ともなればその価値はさらに高く、鶴奇聖人オリジナルの詩であれば、信じがたい金額になることもあり得る。

紙に書かれたものであればニナに所有権があるのだが、いかんせん壁に書かれてしまったらこの迎賓館のものということになる。大金を逃したニナではあるが、本人はそんなことよりも詩の内容をずっと考えていた。

「……『小さき友』がわたしを意味するのでしたら『達人』は鶴奇聖人様かトゥイリード様ということなのでしょうか？　でも『伐木』とは？　そこに意味がありそう……」

「いきなり木を伐る話をし始めてどうしたんだい？」

「あ、実はですね——あれ？」

目の前にいたのはアストリッドだった。

考えに没頭しすぎて、気づけば仕事をすべて終えてメイド宿舎の部屋に戻ってきていた。

「いやぁ、まいったまいった。美味い酒がよりどりみどりなもんで、飲み過ぎちゃったぃ」

「アストリッドさん、大丈夫ですか？」

千鳥足のアストリッドはいつもの発明家然とした格好で、皇城内の敷地を歩いていたら目立って咎められそうなのに、いったいどこで飲んできたのか――。

部屋にいたティエンが言う。

「どうしたのですか、アストリッドは」

「だいぶお酒を召し上がったようで……」

「いえーい」

ふらふらとアストリッドはベッドに向かうと、ぼふっと倒れ込んだ。すー、すー、と寝息が聞こえてくる。

「……外に捨ててくる？」

「す、捨てませんよ!?　どうしたんですか、ティエンさん!?」

「ニナがこんなに苦労しているのにアストリッドが飲み歩いていて、ちょっとイラッとしただけなのです」

「ア、アストリッドさんにもなにか考えがあってのことだと思いますよ……？」

「………………」

絶対そんなことはない、というジト目のティエンだったが、幸いなことにそれ以上はなにも言わなかった。

「今日はティエンさんに助けられましたね。ヴィクトリア様は緋甘蕉のシャーベットを大変お喜びでしたよ」

「……チィはもっとニナの助けになりたいのです」

「そんなっ、ティエンさんにはとても助けてもらってますよ！」

ティエンがいなければ緋甘蕉を見つけることもできなかったし、刃物を持った男たちから脱出もできなかった——とニナが言うと、

「……あのハッカみたいなニオイのする男、ちゃんと懲らしめるべきでした」

「ハッカ!?　えっと、ノーランさんのことですかね？」

「ん」

「あの方にもきっと事情があってスラムにいらっしゃるみたいですし……」

正直ニナにはスラム街のごった煮みたいなニオイのせいで、ノーランからハッカのニオイがしたかどうかは全然わからなかったけれど、月狼族のティエンにはわかったのだろう。

「それはそうと……エミリさんはまだ？」

「帰ってきてないのです」

「そうですか……」

部屋にはエミリだけが不在だった。

詩の内容についてエミリにも意見を聞きたかった。エミリはニナにはできない物の見方があって

——元はこの世界の人間ではないのだから当然なのだがニナはそれを知らない——さっきの鶴奇聖人の詩について聞いてみたかったのだ。

「またなにかトラブルですか？」

「トラブル……そうですね」

状況を整理すると、

☆マティアス13世が食事に不満を持っていて、今にも全部を投げ出しそう。
☆ミリアドが魔術研究の時間が取れないことでそもそも不満。あとヴィクトリアが夜中に騒いだり、なんかもういろいろ不満。
☆頼みのトゥイリードは疲労の色が濃い。

ということになっている。

こうして見るとよくもまぁ賢人会議４日目が無事に終わったなと思ってしまうくらいぐちゃぐちゃだった。

「毎回こんな感じなのですか？　人としてまともなヤツを呼んだほうがいいのです」

ティエンがド正論を言った。

「と、とにかく、ですね、問題をひとつずつ解決していかないといけませんね。まずは——」

「——教皇聖下のこと、よね？」

部屋のドアが開いて、そこにいたのはエミリだった。

「エミリさん、今お帰りですか？」

「そ。ちょっと遅くなっちゃったけど……なんとか見つけて、話を聞けた」

「見つけた？　話？　とは……」

「そう。――先にちょっとお酒飲んでいい？　喉カラカラ」

「それなら水にするのです」

ずいっ、と水差しとコップを差し出されたエミリは、酔い潰れて眠っているアストリッドをうらやましそうに見たけれど、ティエンの言うとおりまず水を飲んだ。

「ふー、お水も美味しいわね」

空になったコップをテーブルに戻したエミリは、ワインを取り出すとそれを飲みながら話し始めた。

「ニナたちと別れてから、あたしは教会に行ったの――」

教皇聖下のお供であり、一昨日の夜にクビになった青年を捜し出した。

彼から、教皇聖下の人となりや、どういったことに悩み、ストレスを感じていたのかについて聞いてきた――。

「あたしは、問題の根っこを解決するべきだと思う。教皇聖下はきっと、とんでもないストレスにさらされてる。だから暴食に走る」

こくり、とニナもうなずいた。エミリの言うことは正しいと思った。

「で、青年が教えてくれたのはね、前回の賢人会議でのことだった」

議案の内容はさほど難しいものではなく、賢人たちの知恵を合わせればすぐに解決するようなものだったらしい。

マティアス13世にとっては初参加となる賢人会議。そこで彼は長広舌を振るったのだという。自分の発言が議事録に残ることをしっかりと考えた上で。

すると——場は白けた。

——先代と同じなのよねぇ、結局はさぁ。

とヴィクトリアが言うと、ミリアドが、

——そんなつまらぬことを話すのに時間を掛けたのか。今回の教会トップもやはりバカだな。

と吐き捨てるように言った。

「今回の……？」

「そう。五賢人であるトゥイリード様、鶴奇聖人様、ミリアド様、ヴィクトリア様はその知性を認められて賢人と呼ばれている。でも、教皇聖下だけは違うの。教会組織のトップであるという理由でこの会議に参加している。さらに言うと教皇位は世襲なのよ」

先代の教皇はマティアス13世の父、マティアス12世だ。

教会の威信もあり表に出ることはない情報だが、賢人会議における教皇の立場は相対的に低く、会議で知恵を出すことよりも、解決された議案をしっかりと実行することを期待されているのだ。

「聖下は……きっと自分もなにか力になれると思って賢人会議に参加したのに、それができなかったどころか、そもそも自分の協力をまったく期待されていなかったということにひどく落胆されたそうよ」

「そんなことが……あったんですか」

「まぁ、だからってそのストレスから逃れるために暴食してたら世話ないけど」

エミリはばっさりと言い切った。

「あのぅ……エミリさん。もしかして怒ってます？」

「そりゃそうよ！　教皇聖下ってとても立派な方だろうって思っていたのに、まさか世襲だなんて思わないでしょ!?　でも納得もしちゃった。聖下のことを思って進言してくれたお供を、気にくわないからってだけでクビにするの、世襲のボンボンならやりかねないわ」

「エ、エミリさん、言葉が過ぎます」

教会組織はいくつもの国にまたがって広がっており、その頂点に位置する教皇聖下は小国の国王などよりもずっと強い権力を持っている。誰かに聞かれたら結構マズい。

「つまりさ……ニナ。聖下には強烈なコンプレックスがあるのよ。自分だけその知性ではなく、地位だけで会議に呼ばれてるっていう、ね。それを解消しないことには聖下の暴食は収まらないんじゃないかな」

ぐい、とエミリはグラスを干して、テーブルに戻した。

「なーんかバカバカしくなっちゃったわ。みんな賢人会議だなんだって騒いでるのに、聖下は自分のことしか考えてないのよ？」

欠伸をしながら伸びをしたエミリは、歯を磨いてくると言って部屋を出て行った。

「………」

エミリの言うことは正しいと感じられたけれどニナにはどうすることもできない。

メイドはメイドの仕事をまっとうすることしかできないのだ。

「――ニナ、なんでも背負い込んだらダメなのです」

「ありがとうございます、ティエンさん……」

「なにかあればチィはニナを連れて逃げ出しますから。今日だってそのまま逃げてもよかったのです」

「ふふ。そうでしたね」

逃げ出すことは確かにできただろうけれど、ここですべてを放り出して逃げ出したら、指名手配が掛かるかもしれない。そうなれば旅どころではなくなってしまう。トゥイリードを置いて自分だけ逃げるのも気が進まない。

（がんばるしか……ないんですよね）

ニナは心で思うが、事態は八方塞がりだった。

今まではメイドの仕事で困ることはほとんどなかったというのに、今回ばかりは――どうしようもない。

珍しく、眠りが浅かった。メイドは体力勝負の側面もあるのでニナは短時間で眠る術を心得ているのだが、今日は眠りが浅く、疲れが溜まっているのを感じた。

アストリッド、エミリ、ティエンの3人はまだ眠っているが、ニナは暗いうちから起き出してメイド宿舎を出た。

「おはようございます、ニナさん」

「おはようございます、トゥイリード様」

トゥイリードの部屋に入ると、テーブルに書類が散らばっているのが見えた。トゥイリードは「早く寝る」と言っていたが、彼もまた夜遅くまで資料を読み込んでいたのかもしれない。

「……ニナさん？　昨日はちゃんと寝ましたか？　疲れが残っているように見えますが」

「！」

ハッとする。それを、トゥイリードに見抜かれてしまうなんて、メイドとして未熟であること甚《はなは》だしい。

「疲れているように見えたのでしたら申し訳ありません。トゥイリード様にお気遣いいただきましたとおり、しっかり休むことができました」

「そうですか？　でしたら良かった」

「昨晩、トゥイリード様がいらっしゃらなくなってからのことですが——」

その後に起きたことをトゥイリードに話した。ミリアドとマティアス13世の諍《いさか》いについては、

「……ミリアド様はほんとうに口が悪い。あれがなければすばらしい方なのですが。それに……教皇聖下は、そうですか、ニナさんの食事に不満があるとまだ言っていますか」

言いながら、トゥイリードの瞳が不敵に輝くのをニナは見て取った。

「あ、あの、トゥイリード様……？　なにかご気分を害されましたか」

「いえ……大丈夫ですよ」

「そうですか？」

「ええ。まったく問題ありません」

にこやかに微笑んでいるが、確かにトゥイリードはなにかに怒っているようにニナには見えた。

（なんでしょうか。聖下がわたしの食事にご不満なのは仕方のないことですし……）

ニナはわかっていない。トゥイリードはニナの食事が大好きで、ほんとうはヴィクトリアにだって腕を振るわず自分に集中して欲しいとさえ思っていることを。

「それだけですか？」

「あ、実はその後に……」

ニナはヴィクトリアと鶴奇聖人の話をした。最初こそふんふんと話を聞いていたトゥイリードだったが、伐木の達人の詩について内容を聞くと、

「……なるほど、ね。鶴奇聖人は余計なことを……」

「余計なこと、でございますか？」

「その詩のことは忘れてください。内容も凡庸でたいしたことはないでしょう」

「ですが、わたしに詠んでくださったので……」

「ならば私もニナさんに詩を贈るので、鶴奇聖人のことはそれで忘れてください」

「え、ええっ!?」

なぜそこまでトゥイリードが言うのか、これまたニナにはわからなかった。

結局、トゥイリードはその後、詩の話は蒸し返さなかったがいつになく気が立っているようにニナには感じられた。

（お茶は美味しそうに召し上がってくださいましたが、それだけでは足りないのですね……。どうしたらトゥイリード様のお心を癒やせるのでしょう）

ヴィクトリアとマティアス13世の食事を準備するためにメイドの宿舎に向かうニナが見上げると、暗い空が明るんでいた——日の出である。

「ニナー！」

すると宿舎からこちらへ小走りにやってくる人影——エミリがいた。

こんなに朝早くから起き出しているエミリに、ニナは一瞬どきりとする。なにか問題があったのでは……もしかして、また厨房になにかトラブルが？

「ニナ、これから朝食の準備よね？」

「は、はい……エミリさんはどうしてこちらに？」

「うーんとね、いいニュースと悪いニュースがひとつずつあるんだけど、どっちから聞きたい？」

悪いニュース、という言葉を聞いてまたもどきりとする。

「で、では悪いほうから……」

「キアラが午前中は来られないって。侯爵邸で急ぎの仕事があるんだってさ。あそこのお屋敷の使いがわざわざ知らせに来てくれたわ」

「わかりました」

キアラがいないのは確かに悪いニュースではあるが、そのぶんニナががんばればいいというだけでもある。厨房が破壊されていないのならば大丈夫だろう。

思ったより悪くなかったと思ってホッとしたニナが、

「エミリさん、いいニュースというのは……」

「それは、口にするより直接見たほうがいいかもね」

ふたりはメイド宿舎にまでたどり着いていた。勝手口のついている厨房は目の前だ。

そしてそこからは、すでに炊煙が上がっている。

「あれ？　誰か料理をしていらっしゃるんですか？」

キアラは来られないという話だし、皇宮メイドは別で食事をすることになっているので、彼女たちではないはず。エミリを見ても、にやりとしてドアを指差すだけだった。

ニナは首をかしげながら厨房のドアを開いた。

「……え？」

厨房の窓から、朝日が射し込んでいた。

そこにいたのは——このメイドの宿舎に本来いるはずのない男。がっしりとした背中をこちらに向けているがその後ろ姿には見覚えがあった。

それはそうだ。何年もその背中を、厨房で見てきたのだから。

「おお、戻ったか。しかしここのメイド長は頭がカテぇな。『百歩譲って厨房までなら許しますが、宿舎に少しでも入ったら衛兵を呼びますからね』って大声で言われたぜ」

にかっと笑ったのは、昨日街角で出会った男。

ニナにいくつものレシピを教え、ニナもまたその腕を信頼しきっている料理人だ。

「ロイさん!!」

ロイはすでに調理を始めていた。ぐらぐらと大鍋では湯が沸いて、みずみずしい野菜もすでに洗われている。

「どうしてロイさんがここに!?」

「お前が困ってるからだ」

「わ、わたしが……？」

「おう。お前みてえなスーパーメイドが季節外れの緋甘蕉を探して治安の悪い路地をうろうろしてたんだ。そりゃ困りごとだろ？　レシピくれえじゃ足りないかもしれん。そんなら、俺が腕を振るうしかねえだろ」

「ロイさん……」

ぐっ、と熱いものが込み上げてきたのをニナはこらえた。

「お願いしても……いいのでしょうか」

「当たり前だ。俺とお前の間柄だ」

「！」

これなら、なんとかなるかもしれない。

「はい……！　ありがとうございます!!」

マティアス13世の喜ぶ料理を、ロイなら作れるはずだ。

（だって、あのロイさんですもの!!）

マークウッド伯爵邸を訪れる人々で、その食事を褒めない人はいないというほどの腕前。王宮から何度もスカウトがあったほどのコック。

それがロイだ。

なにより、ニナが信頼し、背中を預けられる人だった。

「あー、ニナ。それとだな……ひとつ言いにくいことがあるんだが」

「なんでしょうか。ロイさん、なんでもおっしゃってください」

「実は、ここに来るに当たってだな、もうひとり連れてきたんだが――」

「――なんじゃここの土は。死んでおるな。これではまともな花も咲かんぞ」

ニナの背後からやってきたのは、これもまた聞いたことのある声だった。

「ト、トムスさん……？　どうしてトムスさんもここに!?」

ロイと同じくマークウッド伯爵邸で働いていた庭師のトムスだった。

「おお、ニナじゃないいか。久しぶりだのう……元気だったかい？」

「トムスさぁん！」

「おお、どうしたどうした」

懐かしい顔を見て、ぎりぎりまでこらえていたニナの感情はついにあふれてしまった。老人であるトムスの小さな、だけれどいまだしっかりとした筋肉のついた身体に抱きついたニナは、思いがけず泣き出してしまった。

「おお、おお、ニナもがんばっとったんだな。残念ながら、ニナの先輩だったソーニャはおらんがなあ……」

「いいんです、おふたりが来てくださっただけでも……」

ロイだけは不満そうな顔だ。

「おいおい、抱き止めるのは俺の役目じゃないのか？」

にやりとしてエミリが言った。

「わぁ、こんなニナ初めて見たわ……ロイさんもトムスさんも、ニナにとってすごく大事な人だったのね」

それから――ニナが落ち着くまでにロイが語ったことには、ニナと出会った昨日、トムスと再会する約束があったのだという。ロイはこのサンダーガードのレストランで料理長《シェフ》として雇われ、トムスは息子夫婦が住んでいるので妻とともについ先日この首都へとやってきたというタイミングだった。

ニナが困っているらしい――と聞いたらトムスは一も二もなく「助けに行くぞ」と言ったという。

緋甘蕉のお代を受け取るという名目であれば、皇室の割り符もあるので問題なく皇城に入ることができたふたりは真っ直ぐにこのメイドの宿舎にやってきた。エミリは、ふたりについては何度も聞いていたのでメイド長に掛け合って厨房に入る許可をもらった。

「ありがとうございます……ほんとうに」

目元をぬぐったニナは、先ほどとは違ってやる気にあふれていた。

「さぁて、ニナ。俺にできることはあるか？　この時季に緋甘蕉を欲しがるなんてヤツは、よほど気難しいんだろ？　おっと、そいつの名前は言わなくていいぜ、俺にはただオーダーしてくれりゃあいい。お偉いさんにとっちゃ食の好き嫌いも重要な情報だって話だからな、聞かずに済ませてぇんだ」

「ロイさん……！」

さすがのプロフェッショナルだ。前提条件をいちいち説明する必要もない。

その気遣いがうれしくて、またも涙が出そうになる。

キアラには給仕もお願いしていたので、必然的に誰がどの食事をするのかが知られてしまう。だから情報をかなりきわどくコントロールする必要があったのだが、ロイは給仕に出る必要がない。だから彼は調理に集中できるし、ニナは遠慮なくオーダーを伝えられる。

今考え得る理想の形だった。

「で、でもいいのでしょうか。ロイさんのお店が……」

「かまいやしねえよ。あっちは待たせておけばいいいんだ」

「ですが……」

「俺はな――お前が伯爵邸を辞めるときになにもしてやれなかった。ここでお前に恩返しのひとつもしないでなにがコックだ。シェフだ。何日だってやってやる。1か月か？　2か月か？」

「そんなには掛かりませんっ！　長くても5日だと思います」

「だったら余裕だ。俺とお前で、何人もの賓客を唸《うな》らせてきたんだ。今回だって上手《うま》くいく」

「はい！」

とそこへ、

「こらこら、ワシをのけものにするな。じゃが……まあ、ワシにできることがあるかはわからんが」

「あります！　トムスさんにしかできないことが！」

ニナが言うと、エミリが、

「え？　トムスさんって庭師さんでしょ？　庭の話なんてあったたっけ」

「エミリさん――わたし、ようやくわかりました。なんで気づかなかったんだろうっていうくらい簡単なことだったんです」

実はトムスを見たとき、難解なパズルが解けていくのをニナは感じていた。

「あの詩の意味することがわかったんです」

鶴奇聖人の言いたかったこと、トゥイリードの反応、その理由をニナは知ったのだ。

賢人会議の5日目がスタートしたが、議事進行者であるトゥイリードは昨日までの険悪な空気が和らいでいることに気がついた。

(ヴィクトリアさんと教皇聖下のおふたりの雰囲気が変わりましたね……いえ、ヴィクトリアさんはいつもよりわずかに調子がいいというくらいですが、教皇聖下はかなり前向きに会議に参加できるようになっている)

いったいなにがあったのか。トゥイリードが自室に戻った後に晩餐の会場には不穏な空気が漂ったとニナから聞いていたが、あれから一晩経って、朝食を食べたくらいでこんなにも変わるものなのだろうか?

休憩時間になるとトゥイリードは疲れのために、一度自室へ戻ることにした。いつもならニナがお茶を運んでくれるのだが、彼女に伝える前に戻ってしまったのでトゥイリードについてきたのは侍従だけだった。

自室に入ったトゥイリードは変化が起きていることに気づかずにはいられなかった。

「!　これは……」

空気がかすかに違う。ほんとうにかすかに。トゥイリードのように鋭敏な感覚を持つ者にしかわからない変化だった。

その原因はすぐにわかった。窓際に置かれた鉢植えがもたらしている空気だ。

葉の多い観葉植物が5鉢も並んでいるが、これは今朝方にはなかったものであり、見ようによってはもっさりとして粗野な印象を与える。

驚いているトゥイリードに気づいた侍従があわてて言う。

「トゥイリード様、こちらはメイドが運び入れたものでして……申し訳ありません、すぐに撤去させます。あのメイドはトゥイリード様の『お世話に必要』と言い張り、強引にこんなものを持ち込みまして……」

「これを撤去するなんてとんでもない！」

「ですよね、すぐに撤去して――え？」

「あなたはこの生命力がわからないのですか!?　この鉢植えが放つ清々《すがすが》しい空気も!?」

キョトンとする侍従を置いて、トゥイリードは鉢植えに駈け寄った。

葉に触れると、みずみずしくしなやかな手応えが返ってくる。鉢に植えてあるのがもったいないほどのはち切れんばかりの生命力だ。

（ああ、ニナさん……）

森とともに生きるエルフであるトゥイリードにとって、身近に緑がないことは強いストレスだった。もちろん花瓶に活けた花はあるし、迎賓館には木も植えられている。だが生け花はやがて枯れゆくだけであるし、植えられた木々も皇城という土地は痩せ細っているので貧相な眺めだった。一流の庭師が工夫をしているのだが、逆に土そのものの限界を感じさせた。

その点、この鉢植えはどうだろう。

こだわり抜いた土を、どこかから――きっと首都サンダーガードではないどこかから――運んできたのだ。土の栄養を吸って、葉の緑はますます鮮やかになっている。

「……ニナさんは誰か連れていませんでしたか？　老齢の庭師を」

「は、はい、おっしゃるとおりです。皇宮の庭師ではない者が鉢植えを持ち込んだので争いになったのですが」

「今後、ニナさんが連れてくる庭師については無条件で通すこと。いいですね？」

「しかし……」

「……いいですね？」

「は、はい！」

ふだん温厚なトゥイリードににらまれた侍従は、震え上がってふたつ返事でうなずくと、逃げるように部屋を出て行った。

鉢植えの緑を愛《め》でながら、トゥイリードは思う。ニナが連れてきたのはマークウッド伯爵邸にいたあの庭師だろうと。

「あぁ……ニナさん、わかってしまいましたか」

そしてニナは、鶴奇聖人が書いたという詩――あの真意を理解してしまったのだろう。

――伐木の達人がいた
　達人には小さき友がいた

友は妙なる声でよく歌った
達人は歌を聴いてますます腕を振るった
そうしていつしか友はいなくなった

「達人」も「友」もなんらかの隠喩ではなくそのままの意味でとらえるべきなのだ。木を切る達人がいて、達人には小さい友人がいた。ただ「友」とは人ではない。森にいて、歌う、「小さき友」となればひとつ。「鳥」である。

木を伐《き》る達人が鳥のさえずりを聴きながらどんどん木を伐っていく。

そうなると、木はなくなり、森が消え、そこを住処《すみか》としていた鳥はいなくなる——そういう詩なのだ。

「達人」と「友」はお互いを高める存在のように見えたが、実際は「達人」だけが得をしていたのだ。やがて「友」がいなくなって初めてそれを知る。

これを賢人会議に当てはめるとどうなるか。すでにトゥイリードがニナに語った言葉に含まれている。

——私たちが今行っている賢人会議も、エルフやヒト種族、ドワーフに獣人種、その他希少種族の繁栄のために行っていることは間違いありません。ですが、繁栄の行き着く先がこのサンダーガードであることに、少々戸惑いを感じることがあるのです。

人が発展すれば自然を破壊する。その証拠に皇城の土は荒れ果てている。

自然との共存を目指すべきではないか、とトゥイリードは思いながらも、まだ各国首脳を納得させられるだけの説得力を持っていない。それは理論的な説得力もそうだし、権威的な説得力もそうだ。

賢人会議に感じている違和感を呑み込んできたトゥイリードは、単に議事進行者としての疲労だけでなく別のストレスも抱え込んでいたのだ。

鶴奇聖人にはとっくにお見通しだった。そうして、ニナにトゥイリードの疲労の原因を教えようとした。この詩を忘れろとトゥイリードがニナに言ったのは、鶴奇聖人のおせっかいが癪《しゃく》だったからだし、ニナにこれ以上苦労を掛けたくなかったというのもある。

「でも、あなたは答えを見つけてしまった……」

この鉢植えがひとつの答えなのだ。人が自然を破壊するのなら、人には自然を守る力だってあるはずだ。自然を知り、自然に向き合えば、こうして——深い深い森の奥を切り取ったかのように生命力あふれる鉢植えを作ることができる。そしてそれこそがトゥイリードの心を安らげる——マークウッド伯爵邸での滞在が彼の心のオアシスだったのは、庭の存在も大きい。

あの庭師をどこでどう見つけ、連れてきたのか。トゥイリードにはわからない。わからないのはそれだけではない。ニナの小さな身体のどこに、これほどのエネルギーがあるのか。

トゥイリードは思わず、自らの美しい白い手を握りしめていた。

「ニナさんがここまでしてくれているのです。無理や無茶に応えてくださっている。ならば私自身も、持てる知恵を絞らねばなりませんね。人と自然とが共存する方法を見つけるために……」

トゥイリードは、穏やかで、くせ者ぞろいの賢人たちをまとめられるほどにふだんから冷静だ。だけれど彼の心の奥底に情熱がないということはあり得ない。むしろ、閉鎖的で、外界との交流を断って森の最奥に住むエルフ種族のことを思えば、「エルフとヒト種族の架け橋」なんて言われるほどに積極的に人の街で暮らすトゥイリードは情熱の塊であるとさえ言えよう。

つまり彼は情熱をうまく隠している。

それこそが３００年という時を生きてきたトゥイリードの老獪さなのだ。

「……まずは賢人会議の成功からですね。会期の最大である10日の日程をこなしてみせましょうか。ふっ、本気になった私を見て鶴奇聖人がなんと言うかはわかりませんが……」

過去に一度も会期最長の10日を消化したことがないというのに――。

それほどまでに、この賢人の情熱には火が点いていたのだった。

「とはいえ、あの老人のことは構わないでしょう。勝手に人の心を読んで、詩などニナさんに贈ったりしたのですから」

あと、意外と子どもっぽくキレていた。

第4章 史上最長の賢人会議と、危険なフィナーレと

——そうそう、街であのメイドのニナに会ったんですよ！

とメイド長に言われた「凍てつく闇夜の傭兵団」団長は、まだニナが首都にいる——しばらくリゾート地サウスコーストに行っていたなんてもちろん知らない——ことを素直に喜んだ。

賢人会議の5日目が開催されている今日、がらんとしたお屋敷にいた団長はそのメイド長から「お客様ですよ。メイドの方です」と言われて、てっきりニナが来たのかと思い、自らがお屋敷の玄関まで出向いた。メイド長ならば「ニナが来ましたよ！」と名前で言うはずなのだが。

月狼族を捜しているというニナがお屋敷にやってきて、団長はろくでなしの息子に傭兵団を譲ることをきっぱりとあきらめる決心がついた。月狼族のフリをしていた彩雲《さいうん》と明星《みょうじょう》のふたりだけでなく、すべての傭兵がお屋敷を出て行ったのでがらんとしている。皇帝陛下に傭兵団の解散についても話を通してあるので、近々このお屋敷も処分するつもりだった。

そんな老人が玄関へやってくると、確かにそこにメイドがいた——だけれどニナとは明らかに違った。

身長はすらりと高く、身体のラインが見えにくいメイド服だというのにすばらしいボディライン

を持っているとわかる。

なにより目立つのは滑らかで美しく、豊かな銀髪だ。

「おお、あなたは――」

老人の長い人生でかつて一度だけ会ったことがあるという縁なのに、まだ覚えている。

そう、彼女は――。


「やれやれ、この会議が終われば次もまた長距離移動か」

「はい。大陸各地で聖下の来訪を待つ信徒がおりますので」

教皇聖下の仕事はいろいろとあるが、その中でも「移動」は多くの時間を占めていた。世襲である教皇の地位が自分に与えられると決まった時点から、マティアス13世の人生は「移動」とともにあった。

各国、各都市の教会を巡ると歓呼の声によって迎え入れられる。それは気分のいいものだけれど、慣れてしまうと飽きてしまう。

教皇の子として生まれた彼は、人生において失敗らしい失敗をしてこなかった。する必要もなかったし周囲もお膳立てをした。それもすべて、彼が教皇位に就き、各地を巡る駒となることが決まっていたからで、物事を考え、議論し、決断することを期待されていないからだった。

実質、教会組織の運営では枢機卿を含む少数の人間によって意思決定がされている。マティアス13世はそれを知っているし、それを疑問にも思わない。幼いころから「そういうものだ」と教育されてきたからだ。

不満があれば口にし、それはすぐに改善される。お供の青年が生意気だと思えば解雇もできる。枢機卿たちは表面上は教皇聖下に対して従順だし、面従腹背していることを悟られぬよう振る舞う程度の腹芸はお茶の子さいさいだった。

一般庶民が望むべくもないほどの贅沢ができ、周囲の尊敬も集められる教皇位。十分過ぎるほどの幸福を噛みしめてマティアス13世は生きてきた。

だが、賢人会議だけは違った。温厚な先代教皇である父も、賢人会議のことは語りたがらなかった。疑問には思ったが、いつもの通り顔を出しておけば尊敬を集められるのだろうと思っていたら

——そんなことはまるでなかった。

トゥイリードは話を振ってくるがマティアス13世の意見を採用することはない。

鶴奇聖人は最初から教皇などいないように振る舞う。

ヴィクトリアは不倶戴天の仇敵であり、蛇蝎《だかつ》のごとく嫌ってくる。

ミリアドは——こいつがいちばん腹立たしいのだが——面と向かって「バカ」扱いしてくる。

今まで失敗を経験したことがない教皇聖下にとって、それはあまりに衝撃的だった。司祭たちは賢人会議の結果がなんであれ、ここに参加していることが重要なのだと言うし、実際そうなのだろうとは理解できている。でも、最初の賢人会議が終わったあと、我が身に起きたことを考えれば考

えるほど、自分の愚鈍さ、無能さを思い知らされて狂おしい気持ちになった。

「聖下、お茶を入れ替えましょう」

「ありがとう。あと何人に会わないといけないんだっけ？」

「次で最後でございます」

教会組織のトップともなると、謁見の希望者が引きも切らない。それこそこの国のトップである皇帝陛下のように。

賢人会議5日目が終わった今日、晩餐後の夜の時間は面会の時間となっている。トゥイリードは会議期間中はめったに人とは会わず、鶴奇聖人やミリアドは人嫌い、ヴィクトリアは立場が貴族位なので仕方なく少々の人と会うようだが、彼らに比べるとマティアス13世は圧倒的に多くの人と会っている。その影響力を考えると、賢人会議で感じる劣等感が多少は紛れるのだった。

「ふう、このお茶はなかなか美味しいね。甘くて良い」

「砂糖は使っていないそうですよ」

「そうなの？　すごいじゃないか。食事も格段に良くなったし……貧相なメイドはクビにして、違うメイドに変えたんだろう？　あの『ルーステッド・メイド』は気が利いている。しっかりとバターと砂糖の利いた食事を持ってくるんだから」

「…………」

司祭は黙ってしまった。マティアス13世は勘違いをしている。メイドは変わっていないが、給仕はすべて「ルーステッド・メイド」がやるようにしただけだ。料理については新たにコックを雇い入れたようでそのコックが調理を担当しているという。

バターは一切使っていないらしいが、バターのニオイがする。

砂糖は一切使っていないらしいが、ちゃんと甘い。

ほんとうは使っているのだろう？　と問いただしても「絶対に使っていません」とメイドは言うし、実際、マティアス13世は気絶するような眠り方をしなくなったし、顔色もいい。ではどうやったのかと聞いても「コックを雇った」としか返事がない。メイドにレシピを聞くことはできるが、コックに聞くのはマナー違反なので司祭も聞くことができないでいる。

いずれにせよ、マティアス13世が満足していることは事実だし、勘違いしてしまうのも無理からぬことだと司祭は感じていた。教皇聖下に対してウソを吐くことはできないので、面と向かって根掘り葉掘り聞かれないことだけを祈っている。

「聖下、次のご面会希望の方がいらっしゃいました」

「ああ、通してください」

すると、枯れ木のように痩せた貴族がたったひとりで入ってきた。

これは教皇聖下にとって好ましいことだった。貴族や権力者は自分の力を誇示することが大好きで、特に教皇聖下と謁見する自分を周囲の人々に見せるチャンスを逃すことはない。この世界にはスマホどころかカメラもないので輝かしい自分を見せるには直接その場に連れてくるしかないのだ。中には絵描きの同伴を希望する者もいるが、さすがにそれは断っている——絵を描き終わるまで面会を続けなければいけないというのはマティアス13世にとっては退屈な時間が長引くだけだからだ。

というわけで、たったひとりで来るというのは好ましいのである。

その貴族は痩せてはいるが、背筋に鉄の芯でも入っているかのようにしっかりとした動きで、総白髪をオールバックにし、高い鷲鼻《わしばな》が特徴的だった。

「教皇聖下、お目に掛かることができて大変光栄です。この国で伯爵位を賜っておりますウーロンテイルと申します」

「おお、貴殿がかの有名なウーロンテイル伯爵ですか。教会への多大な献金、献身的な慈愛の心、いつもうれしく思います」

言い慣れた定型文がすらすらと口を突いて出た。

ちなみにマティアス13世に会えるのは「多大な献金」をした人物に限定されているので、なにも間違ったことは言っていない。

通り一遍の社交辞令を交わすと、いよいよ本題に入っていく。単に教皇聖下と面会して喜んで帰る者もいるが、ウーロンテイル伯爵のように単身でやってくる者は、なんらかの目的を持っているに決まっている。周囲の者にマティアス13世と話している自分をアピールする必要もないほどの地位を確立した人物なのだから。

「聖下、賢人会議は明日、いよいよ6日目を迎えますね。これはこの百年を振り返っても3度しかないほどの快挙だとか。今までの最長会期は7日ですが、今回は前人未踏の8日も視野に入っているのでは？」

「ははは、そう焦るものではないでしょう。ですが、余の気力も充実しており、会議を通じて世界の問題を解決することはやぶさかではないと思っています」

「それはすばらしい。皇帝陛下の在位50周年を祝う催しを皇城の外で行っているのですが……」

「ああ、あのフロートですか。各貴族が競って豪華なものを披露していますね」

「明日が最終日となりまして、身に余ることながら最終のフロートを披露するのが私なのです」

「それはそれは」

来たぞ、とマティアス13世は思う。ウーロンテイル伯爵はこの帝国でも有数の大貴族なので、フロートの最後《オオトリ》を任されるというのも理解できる。そこで自分になにかをして欲しいのだろう。

「大変厚かましいお願いではございますが、そのフロートを出す前に、聖下に祝福をいただけませんでしょうか？」

「祝福？　それくらいなら構わないですが……」

思っていた以上に可愛いお願いだなとマティアス13世は思った。祝福を与えることは生まれたばかりの赤子にも行うくらいだ。ちょっとした魔法を使う程度で疲労なんてまったくない。

それよりも教皇聖下が直接、フロートに祝福を与えている——その絵面を伯爵は欲しているのだろうと思い当たった。

群衆の前で、豪華絢爛、巨大なフロートに祝福を与える自分の姿を想像すると、「悪くないな」と思うマティアス13世である。

「——聖下、フロートが出ている時間は賢人会議中でございます」

司祭が口を挟んだ。

「む、そう言えばそうだった……休憩時間にやるにはちょっと時間が足りないかもしれませんね、ウーロンテイル伯」

「聖下の休憩時間をいただくわけには参りません。ですが、そうですか……祝福をいただけないとすると……」

　ぽん、とウーロンテイル伯爵は手を叩いた。

「では、なにか、教皇聖下を感じることができるアイテムを貸与いただけませんでしょうか？　それをフロートのいちばん目立つところに掲げれば、皇城をぐるりと1周する間に、あまねく群衆に聖下のご威光が伝わるでしょう」

「ほう……それは面白そうですね」

「実はここだけの話、私もフロートに乗り込むつもりなのです。なので、責任を持って大切に取り扱いましょう」

　自分でフロートに乗り込むのか。面白そうだな。余も乗ってみたいな――なんてことを思いながらマティアス13世が司祭を振り返る。

「なにかあるか？」

「そうですね……目立つものでいうと、祈禱《きとう》儀式に使う聖杯。聖騎士任命に使用する聖剣。聖下の名代を示すマントがありますが……マントはマズいですね。聖下の名代を名乗れるのは教会内部の者に限られると規定されています」

「では聖杯と聖剣の両方かな」

「……いえ、聖剣を貸与すると聖騎士団が目くじらを立てますね」

それならば聖杯しかないじゃないか、と思いながら司祭をにらみつけるが、司祭としては聖杯だって貸したくはないのだろう。彼らは教会組織がこの世界で最も優れた集団だと考えていて、教皇聖下の立場を示すようなアイテムを貴族に貸与するなんて、死んでもイヤなのだ。

（ふん、教会の権威なんて賢人会議ではパンほどの価値さえないと思われているのに）

自分にとって最大のストレスである賢人会議の最中である今、味方である司祭たちにすらイラ立ちを覚えたマティアス13世は、

「聖杯を貸与します」

と言い切った。

「ですが聖下、聖杯は魔道具でございまして、パレードでは魔術の類が一切使われないよう結界が張られているそうです」

「え、そうなの？　それじゃあ、なにを貸しても目立たないということか」

失望もあらわにマティアス13世が言うと、ウーロンテイル伯爵は、

「聖杯も十分目立つのではございませんか？」

「あぁ、あれは魔術の塊みたいなものなんです。魔術を使用しなくとも金色の杯であることは間違いないのですが、魔術を使うと……それはもう、とんでもなく光り輝く」

「ほう」

「でもそれが使えないとなると残念ですな……」

「……実は聖下、問題はないのです」

声を潜め、にやりと笑った。

「ここだけの話にしていただきたいのですが、私のパレードが行われるときにはですね、結界を止める予定となっております」

「止める……？」

「魔道具を使わないせいで、フロートの見た目は地味になりがちです。いくら金箔を貼ったとしても炎の光ではまだまだ足りないと考えております。私が手を回しましてですな、結界を止めることにしたのです」

「となると――伯爵のフロートは他の貴族の誰よりも派手に目立つと」

「はっはっは。せっかく陛下の在位50周年を祝うのですから、有終の美を飾りたいと、こう思ったわけです」

もちろんそんなのは大嘘だとマティアス13世もわかりきっていたが、大事なのは建前であり、結果である。魔道具を使えばフロートを、信じがたいほどド派手にできることはわかりきっている。ライトアップもできるし、それ自体を光らせたり、なんなら花火だってぶっ放せる。

「そのいちばん目立つところに私が立ち、教皇聖下のシンボルである聖杯を掲げましょう」

あまりに悪趣味だと思ったのだろう、司祭が「なっ……」と声を漏らしたが、マティアス13世にとってはすばらしいヴィジョンとなって脳内に浮かび上がった。薄暗くなる夕暮れどき、ぴっかぴかに飾り立てられたフロートと、そこに立つ自分！　――自分ではなく実際にはウーロンテイル伯爵なのだが、それはさておき、掲げられた聖杯が光り輝くと押しかけた観衆がその神々しさにひれ伏していく。

これこそが権威！　他の賢人が持たぬ、自分だけの権威！

「聖杯を貸与します！」

マティアス13世はさっきの言葉をもう一度繰り返した。

「それで、どのようなフロートを用意しているのです？」

「実はですな……」

伯爵との面会は思っていたよりも長くなったが、聖杯の貸与は決定された。面会が長引くと機嫌が悪くなるマティアス13世にしては珍しく、面会後は上機嫌だったという。


ウーロンテイル伯爵が教皇聖下に面会しているのと同じころ——首都のスラム街に男たちが集まっていた。

「……今の話はほんとうか、ノーラン」

「ええ、間違いありません」

そこにいる男たちの身なりはみすぼらしかったが、目だけは爛々《らんらん》と光っていた。中でも育ちの良さが表れている男——ノーランはうなずいた。

「明日のパレード最終日、最後に登場するのがウーロンテイル伯爵です。ヤツは直接フロートに乗り込むという。自己顕示欲の塊ですからね……建国のヒーローにでもなったつもりで出てくるはずです」

「だがなぁ、その……結界を止めるっていうのがいまいち信じられねえ」

「それも確実な情報です。ウーロンテイル伯爵には敵が多い。抜け駆けして結界を止めるウーロンテイル伯爵が憎いと思っているヤツらが山ほどいるんですよ。そんなヤツらからの情報だから、信じて間違いありません」

「っていうかよ、俺たちの敵はウーロンなんとかってヤツじゃなくて、この国の貴族全員だろ？　情報源だってウーロンなんとかと同じ貴族だろ？　信じていいのかよ……」

　別の男が言うと、そうだそうだと声が上がった。するとノーランは、

「……ならば、ここで指をくわえてじっとしていますか？」

　と言いながら鋭い視線で全員を見渡した。

「ここに集まっているのは貴族のせいで家族や財産を奪われた者たちです。全員、貴族に恨みがあるのだと思っていたし、貴族に一撃加えられるチャンスがあれば絶対に乗ってくる者しかいないと思っていましたが……私の見込み違いだったようです」

「おい、ノーラン。お前、新参者のくせに俺たちを臆病者呼ばわりするつもりか」

「つもり、ではありません。臆病者だと言っているんです」

「なんだと!?」

　気色ばむ男たちにもノーランは動じなかった。

「だって、そうじゃありませんか。私は自ら行動し、情報を手に入れ、機会を提示した。だという

のにあなた方の誰ひとり本気でウーロンテイル伯爵の命を取りに行こうとしない。結局あなた方は、ここで集まって、貴族に対する愚痴を言って満足しているだけなんです」

「てめえっ、ノーラン！」

胸ぐらをつかまれたノーランは、それでも退かない。

「殴ればいいでしょう。私をのけ者にすればいいでしょう。私はひとりでも、明日、行動を起こす！　こんなチャンスは、生きているうちに二度と巡ってくるかもわからない！」

「ぐっ……」

男たちは沈黙した。つかまれた手の力が緩んだので、ノーランはそれを振り払う。

「では、訣別《けつべつ》ですね。成功しようとするまいと、おそらく私は明日死にますが、祈りのひとつでも捧げてくださいよ……それがわかっていれば多少は心が楽になる」

「……待て、ノーラン」

立ち去ろうとしたノーランの背中に、声が掛かる。

「俺もやる」

ひとりが賛同した。

「――おいっ！　マジかよ!?　貴族からの情報なんて信じるのか！」

「わからん。俺も頭がどうかしてるのかもしれねえ。だけどこの国じゃ、貴族と平民とはとんでもなく地位に差がある。その差を覆すには、勇気を出さなきゃいけねえんじゃねえかと思ったんだ。それに……」

男がじっとノーランを見つめる。振り返ったノーランの顔には、なんの表情も浮かんでいなかった。

「……もうずっと前に、俺の親父が兵隊になって大戦に駆り出されたんだが……そのときの親父とノーランは同じような顔をしてやがるんだ。こいつが、生きて帰る気がねえってのはマジなんだ。貴族はわからんが、ノーランなら信じてやれる」

「………………」

ノーランがやってきて、男の手を握った。

「……ありがとう」

それを見ていた他の男たちも、

「俺も……やる」

「そうだ。俺もやるぞ」

「俺もだ！」

と声を張り上げ、一方で、

「俺はイヤだ」

「抜ける。貴族の情報なぞ信じられるか」

「勝手に死ねばいい」

と抜ける者たちもいた。

最後に残ったのは、ノーランを含む7人だった。

「たったこれだけと見るか、7人もいると見るかは、その者の心次第だと私は思います」

ノーランが言うと、男たちはうなずいた。

「明日、私たちはウーロンテイル伯爵を襲撃します。いくら魔術結界が解かれるとは言っても、衛兵だけでなく騎士も警護に当たっていますから、生きて帰れるとは思わないほうがいいでしょう……心残りがないよう、最後の1日を過ごしてきてください」

こうして貴族を襲撃するというテロ計画が水面下で進んでいった。


賢人会議6日目の朝――まだ日が昇ろうとする前にニナは目覚め、いつも通りトゥイリードの朝のお世話に向かった。トゥイリードは昨日よりも明らかに元気になっている。トムスの鉢植えが効いたのは間違いないのだろう、トゥイリードはトムスにも「是非会いたい」と言った。

「今回の賢人会議が成功しているのは、間違いなくニナさんのおかげですね」

「お戯れを……。メイドなら当然のことをしているまでです」

「ふふ、あなたならそう言うと思いました」

ニナもニナで、トムスとロイ、それにキアラが加勢してくれていることで張り切ってメイドの仕事に取りかかることができていると感じている。

「――あれ？」

だというのに――トゥイリードのお世話が終わり、一度メイドの宿舎に戻る途中、なにもない地面でニナは足をもつれさせて転んでしまった。

幸いカートも倒れず、すぐに起き上がったので誰にも見られなかったが。

「……なにがあったのでしょうか」

足や手を触っても痛みがあるわけではない。

「おかしいですね……」

ニナは再度、カートを押し始めた。

それから、日の出とともにやってきたロイと合流して朝食を作り、ヴィクトリアとマティアス13世の給仕へと向かう。ヴィクトリアはもとより、マティアス13世も満足そうに食事を摂っていて――なぜかニナを見て「『ルーステッド・メイド』の言うことを聞いておけば間違いはないよ」なんて言ったのだが――食事が終われば賢人会議6日目が始まることになる。

ニナは食事の片付けをし、午前の休憩時間には会議場に、お茶を淹れに行く。このころにはすでにキアラが来ているのでマティアス13世と司祭たちのお世話はお任せする。

すると、会議場に入る直前に鶴奇聖人とすれ違った。鶴奇聖人はニナにウインクしてみせたが、それはきっと「よくぞ、詩の意味に気づいたな」という意味なのだろう。ニナは廊下の端に寄って頭を下げ、鶴奇聖人が通り過ぎるのを待った。

「………………？」

すると、ひとりの男がニナの前で立ち止まっていた。

黒のローブの裾は長く、胸元に大きなペンダントトップが揺れている。それだけでこの人物が誰なのかすぐにわかる──魔塔の主、ミリアドだ。

「……顔を上げろ。いつまでそうしているつもりだ」

貴人の前では頭を下げているのがふつうなのだが、上げろと言われれば上げなければならない。

ニナがミリアドを見ると、彼の深い紫色の瞳が──いつも通り、不機嫌そうな瞳だ──ニナを観察するように向けられている。

なにか用ですか、なんていうことは訓練されたメイドは聞かない。ここにトゥイリードがいれば「ニナさんは私が個人的に依頼をして働いてもらっているのです」とか言って介入してくれるのだろうけれど、あいにく彼は会議場の中で資料を読み込んでいる。

「ふん、色ボケ老人が少女趣味に走ったのかと最初は思ったが、どうやらそうではないらしい」

「…………」

「なんとか言ったらどうだ、メイド」

「……申し訳ありません。このメイドには賢人様のお考えを推し量るなど難しいことでございます」

実際、ミリアドがなにを考え、自分に話しかけてきたのかさっぱりわからなかった。そもそもどうして自分に興味を示したのかも。

「わかりやすく言ってやろう。賢人会議は6日目を迎え、解決済み議案数も過去最高のペースで推移している。それは、毎度ぶつかり合う淫乱吸血鬼と無知なお坊ちゃまが、今回は目立ったケンカをしていないからだ」

ヴィクトリアとマティアス13世のことなのだろうが、それを認めてしまうとニナもそう考えているということになるので言えるわけがない。ちなみに言えばミリアドも賢人会議を破壊するのに一役買っているはずだが、それもまた言えない。

「問題があるとするなら、連中をうまいことコントロールしているのはお前だということだ」

「わたしが……なんでございましょうか？」

「とぼけるな。個人的にメイドを雇い入れたのはトゥイリードの酔狂かと思っていたが、なかなかどうして、このまま行けば賢人会議は過去にないほどの大成功だ。そして最大の功労者はお前だということになる」

「？」

ニナが、心底わからずに首をかしげると、

「………………」

ミリアドもまた首をかしげた。

「……お前、本気でわかっていないな？」

「賢人様はなにかを勘違いされ、わたしを買いかぶっておいでのようです」

「買いかぶりなどあるわけがない。あの鶴奇聖人が、女以外に興味のない色ボケ老人が、お前のために詩を贈ったのだぞ。どれほど金貨を積まれても気まぐれにしか詩を書かない男が、だ」

なるほど、とニナは納得した。鶴奇聖人の詩によって、ミリアドの中でのニナの価値が爆上がりしたのだろうと。

ニナはにこりと微笑んだ。

「賢人様。鶴奇聖人様がわたしのために詩を書いてくださったとおっしゃいましたが、あれはトゥイリード様のためでございます」

トゥイリードの悩みを解決する、そのヒントをくれたのだから「トゥイリードのために詩を書いた」ということになる——ニナの中ではそういう理解だった。

「……お前は本気でそう考えているのか」

「わたしはただのメイドでございます」

「聞けば、鶴奇聖人が大昔の詩なんぞを引用して無理難題を振ったが、それを解決したのもお前だという話ではないか」

酒場の壁に書かれたという『とこしえに分かたれし者』の詩と、アストリッドに男装をしてもらったことだろう。

「トゥイリード様が詩の内容を教えてくださいましたから。わたしはそれを元に行動しただけでございますし、男装の麗人がうまくいったのも仲間のおかげでございます」

「ほう……あくまで他人の力だと？」

「わたしはただのメイドでございます」

「…………」

本気でニナがそう考えている、信じているのだとわかったミリアドは、

「質問を変える。お前は誰に師事した？　お前は『ルーステッド・メイド』ではなかろう」

「賢人様は、メイドの働きにご関心がおありなのでしょうか？　――失礼しました、質問に質問を返してしまいました」

「良い。あらゆる物事には真理が存在する。メイドにはメイドの、魔導士には魔導士の真理がな。ゆえに物事を観察せねばならぬ」

「…………？」

「質問に戻るぞ。誰に師事した？　ウィノア＝ルーステッドではあるまい」

「はい。師はヴァシリアーチです」

「ヴァシリアーチ……聞いたことがないな。どんな女だ」

キアラはニナの師匠であるヴァシリアーチのことを知っていたようだったが、それはキアラの師匠であり「ルーステッド・メイド」の大元であるウィノア＝ルーステッドに教えられたからだろう。

ニナの行動原理にあるとおり、メイドはけっして目立たないようにするべきというのがヴァシリアーチの考えだ。だから、彼女の名前が知られていないのも無理はないとニナは思う。

「師匠は、とても厳しく、優しく、ちょっぴりお酒のニオイがする方でした」

「……ワケがわからん。酒を飲んでいるのか？　ふだんから？」

「強い蒸留酒がお好きで、どこか甘い香りがするのです」

ふるふるとミリアドは首を横に振った――わからん、という意味だろう。

「……師匠は無名だが、このメイドの腕は確か。あのトゥイリードが認めるほどに。しかし本人は他人のおかげだという……」

ぶつぶつと言った後に、ミリアドはひどく不機嫌そうな顔でニナを見た。

「お前はメイドだな。そして私は客だ」

「さようでございます」

「ならばここに呼ばれた客としてお前に頼みたいことがある」

「メイドにできることでしたら、なんなりとお申し付けくださいませ」

お茶を出す、寝室を整える、といったことならばいくらでも対応できるのだけれど——とニナが考えていると、ミリアドは言った。

「冥顎自治区の問題解決につながるアイディアを出せ」

幾度となく賢人会議の議案に上がってはこれまでずっと解決されていない、広大な砂漠エリアの問題を突きつけてきたのだった。


（なんなんだ、あのメイドは）

ミリアドはわからなかった。魔塔の主にして、「百年にひとりの天才」とまで言われている俊英から見ても、ニナを理解できなかった。

ミリアドは、吸血姫ヴィクトリアが夜な夜な宴会をしているのが煩わしくてイライラしていたが、どうせ賢人会議はすぐに終わるだろうと踏んでいた。それが、なんと6日も続いており、いろいろ考え合わせてみるとニナというメイドのせいらしいとわかってきた。

トゥイリードだけでなくヴィクトリアやマティアス13世のお世話もしているらしいこと、鶴奇聖人が詩を贈ったということ。自分をのぞく賢人４人に影響を与えているのが、あの地味なメイドなのだと知ってミリアドは驚いた。

さぞかし才気煥発《かんぱつ》なメイドなのだろうと直接話しかけてみたが、「地味なメイド」という印象はまったく変わらなかった。

「未知」はミリアドにとって忌むべき存在だ。だから彼女の真価を問うべく無理難題を吹っかけてみようと思ったのだが、

（……我ながらどうかしている）

冥顎自治区の問題を口に出してしまうなんて。

あの場では言わなかったが、ウォルテル公国の公爵もニナを捜しているだとかいう真偽不明の情報も耳に入ってきた。

晩餐会が毎晩開かれているので貴族たちの情報ネットワークはフル稼働であり、その情報は、皇宮メイドたちの耳が拾ってきたものだった。ミリアドがたずねれば皇宮メイドは手に入れた情報をすべて教えてくれるのである。賢人に求められ、拒めるメイドはいない。

「……ミリアド様、どうなさいました」

お供の魔導士に聞かれ、ミリアドはハッとする。気づけば目で、ニナを追っていたからだ。

「なんでもない。次の議案はなんだ？」

魔塔の主は未知の存在を頭から外に追いやると、資料に視線を戻すのだった。

彼は気づいていない。ここに来たときには1日どころか1時間でも早く魔塔に帰って研究の続きをしたかった。それ以外に興味などなかったというのに、今はメイドに関心を持っている。その結果、真剣に賢人会議の議案に取り組んでいる自分がいることに。


大きな欠伸をして目を覚ましたアストリッドのベッドのすぐ横に、気配があった。仁王立ちして腕組みしている魔導士である。

「ちょっとアストリッド。ニナが毎日がんばってるのに、アンタはどうしてのんびり眠りこけてるのよ」

「ふああ……そろそろエミリくんからツッコミが来る頃合いだと思っていたよ」

アストリッドは賢人会議初日に、鶴奇聖人の前に男装して登場するということはやったのだが、後の時間はなにをしているのかエミリも知らなかった。たずねても「いや、ちょっとね」とか「まあまあ忙しくてさ」とか言っているだけなのだ。

さすがにアストリッドがサボって飲み歩いているわけではないだろうと考えるくらいの信頼はエミリにもあったのだが、「ルーステッド・メイド」のキアラが現れ、ニナの元同僚であるロイとトムスが現れ、ニナの力になっているというのになにもしていない（っぽい）アストリッドを見ているとさすがに不安になってきた。昨晩も飲んで帰ってきて眠っているのを見たのでなおさらだった。

「ニナくんは……当然仕事をしているとして、ティエンくんは？」

「ニナのそばで見守ってもらってるわよ」

「じゃあここにはエミリくんしかいないわけか」

「ロイさんがランチに向けた準備をしているわよ。厨房でだけど」

ふむふむとうなずいたアストリッドは、

「じゃ、ヒマなエミリくんはちょっと私に付き合おうか？」

「ヒマじゃないわよ！　失礼ね！」

「なにかすることがあるの？」

「…………」

エミリは腕組みをして上を見て、下を見て、しばらく考えた後に、

「……あ、そうそう、あたしは」

「よし、行こうか」

「聞きなさいよ！」

アストリッドはパパッと身支度を整えると、エミリとともに宿舎を出て、さらには皇城の敷地からも出た。

向かった先は、皇城から歩いて3分という至近距離にある巨大な建物だった。きんきらのような派手めの装いはまったくないけれど、どっしりとした石材で造られた建物は歴史を感じさせ、壁面に彫り込まれた装飾は相当に手が込んでいることをうかがわせる。

「やあ」

入口に立っている黒服にアストリッドが片手を上げると、彼らは恭しく頭を垂れた。それだけでもアストリッドがここに何度も来ていることがわかる。

「竜の叙事詩《ドラゴンエピック》ホテル」という名を冠するこの高級ホテルは、首都でも五本の指に入る老舗だった。

広々としたロビーには柔らかな絨毯が敷き詰められ、きらびやかな服を着た貴顕や、彼らを守るボディーガードたちでいっぱいだった。

「えぇ……なんでこんなところに来たわけ？　アストリッドの知り合いなんて絶対いなそうなところじゃない」

「エミリくんって時々失礼なことを直球で言うよね？」

「だって事実でしょ。フレヤ王国だと『変人』扱いされてたって自分でも言ってたじゃない」

「うむむ……確かに。言い返せない」

そんなことを話しながらアストリッドがロビーを進んでいくと、奥はレストランになっており、そのテーブルのひとつにアストリッドの目当ての人物がいた。

「協会長」

「おお、アストリッドくんか。そちらの方は……もしや、お仲間の魔導士さんかな？」

立ち上がったのはひとりの老人――年齢は60前後だろうか。健康的に日に焼けており、足腰もしっかりしていた。地味ながらも仕立てのいいジャケットを着ており、このホテルに泊まっていてもまったくおかしくはないとエミリは感じた。

右手を差し出してきたので、エミリは握手をしながら、

「エミリです。アストリッドとは同じパーティーを組んでいます。ええと、あなたは……」

「フレヤ王国の発明家協会で会長をしております」

「ああ、なるほ――えぇっ!?」

思わず大きな声を出してしまい、周囲の注目を集めてしまうエミリである。

「エミリくん……マナー違反よ、それ」

「だってアストリッド……！　フレヤ王国の発明家協会って、冒険者ギルドのマスターなんかよりもよほど地位が上で……！」

「ま、ま、座ってください。食事をしながら話をしましょう」

ニコニコとした好々爺然としている老人だったが、貴族にも匹敵するような人物だと知ったエミリは冷や汗が噴き出た。

なるほど、アストリッドならではの知り合いではある。

協会長は給仕を呼ぶとアストリッドに朝食を、エミリにはお茶を頼んだ。

「エミリくん。私が協会長となにを話していたかの前に、どうして話していたのか、その理由について説明するよ」

「理由……？」

「前にも話したとおり、ウォルテル公国の公爵様と、マークウッド伯爵様が皇城にいらしている」

「！」

そのふたりはニナに縁がある貴族だ。

「私は最悪を想定しているのよ。もしかしたら、あの方々はニナくんを捜しているんじゃないかって」

「ニナを捜すために御貴族様本人が来たっていうの？　そんなの――」

「さすがにそこまでは思っていない。でも、捜していることは事実だと思ってる。実際、ニナくんに懸賞金が掛けられていたこともあっただろう？」

「……うん」

「だから皇城にニナくんがいるとわかったら、彼らは手段を選ばずニナくんを連れ去ろうとする可能性がある」

「ここは外国の首都よ？　いくら貴族だからってそんなことできないわ」

「言ったよ、私は。最悪を想定しているんだ。可能性がゼロだと言い切れるかい？」

「………………」

言い切れなかった。それはちょっと前に、ドンキース侯爵が貴族の力でもってニナを無理やり拘束しようとしたこともあったことを思えば、貴族がなにをやらかすかなんて予測不可能だということがよくわかる。

「……そのことと、アストリッドが協会長さんに会いに来たこととどういう関係があるの？」

「そこは私から説明しようかね」

食事が終わり、口を拭った協会長が口を開いた――けれど、その声は潜められていた。よほど大事な秘密を話すかのように。

「アストリッドくんがフレヤ王国で最後に提出した論文については知っていますか？」

「はい。気まぐれな精霊を魔術の原動力にするための基礎理論だとか……」

魔術の類は、魔力を含んでいる魔石などを動力源とすることがほとんどだ。これは電池のようなもので、使い切ったらそれで終わりとなる。

エミリが使う魔法は精霊魔法と呼ばれるもので、人の目には見えない精霊の力を借りて超常現象を引き起こす。巨大な炎を出したり、大地を隆起させたり。精霊は魔力を持っているのだけれど、大自然に溶け込み、また気まぐれな存在なので、彼らから自由に魔力を引き出したりすることはできず、魔導士が一方的に魔法行使の際に提供するだけ――と考えられていた。

そんな常識に一穴を空けたのがアストリッドの論文『精霊力からの転換魔力による魔術執行における前段階研究と、その実践方法』だ。フレヤ王国の特許庁に出願されたこの論文は、発明家協会の会長を始め、名だたる発明家たちの注目を浴びて、大論争を巻き起こした。

魔術を執行する「環境」そのものが精霊の「気まぐれ」に作用するものなので、大自然の中でこの魔術を執行すれば魔石を使わずとも魔力を得ることができる――。

協会長の後押しもあって、異例の早さで追試験が行われ、その実用性が確認されると本人を召喚しての口頭試問が行われる――予定だったのだが、論文執筆者であるアストリッドはすでに出国していた。

特許の出願から、内容の精査と追試験の実施までふつうなら半年以上が掛かるので、アストリッドとしても「しばらくしてから様子を確認しよう」くらいに思っていたのに、こんなに大騒ぎになっているとは知りもしなかった。

「……アストリッド、アンタもやらかしたわね」

「い、いやぁ、あははは」

「でも、これってそんなにすごいことなの？　あたしたち魔導士なら精霊魔法なんて毎日使えるのよ？」

「ふむ、エミリさん、いい質問ですな。これのすごいところはね、魔導士が精霊魔法を使うにしても休憩しなければならない。さらに言うと魔法を使える者は限られるでしょう？」

「あ……はい、そうですね」

協会長に言われてエミリはうなずく。確かに、精霊魔法を使うには才能が必要だ――エミリの「第5位階」の魔法を使える才能はすさまじくレアなのだが、それをちゃんと使えるようになるのもまた才能が必要なのだ。エミリはちゃんと使えなくてずっと苦労していた。

「あらゆる魔術においてもそうなのですが、魔術とは使用者を選ばない。誰でも使えるんですよ。さらにこの技術のすごいところは、魔石を必要としないので、四六時中、運用し続けることができるんです。朝も昼も夜も、休みなく稼働ができる。そしてそれを、誰でもコントロールできる。すごいことでしょう？」

「それは、そうかも……？」

「たとえば、今の交通手段は馬車がほとんどで、サンダーガードのような大都市には魔導列車が動いていますね。あれは莫大な量の魔石を必要とするので、採算が合わないこともあります。でも、それが精霊による魔力供給となれば……都市間を結ぶ列車の運行だって可能になるわけです」

「都市間を結ぶ列車!?」

「しーっ！」

大声を上げたエミリはアストリッドに注意されてハッと口を押さえたが、うさんくさそうに他のテーブルのお客から見られていた。

「大声で秘密をバラさないでくれよ、エミリくん」

「ゴ、ゴメンって……」

謝りながらもエミリは驚きを隠せない。

(鉄道ができるってこと!?　この世界に!?)

魔法と魔術があるせいで蒸気機関が発達していないこの世界では、鉄道ができるには電力の登場まで待たなければならないのだろうとエミリはぼんやり考えていたのだが、魔術の力でもってその問題を一気に解決しようというのだ——しかもその基礎論文を書いたのが、アストリッド。

「なんだい、エミリくん？　ようやく私のすごさに気づいたのかい？」

「……うん」

正直に認められたのでむしろアストリッドが面食らって目をぱちくりさせた。

「ことの重大性を理解してもらったところで、この情報が機密扱いなこともよくわかったでしょう？　くれぐれも大きな声を出してはいけませんよ？」

協会長にウインクされて、エミリはこくこくとうなずいた。

「ちなみに、特許庁に出願された論文は広く公開されるのがふつうですが、今回のものだけは特別扱いで完全非公開にし、協会内部でしか閲覧できないようにしています。それこそ他国に漏れたりしたら大変なことになりますからね。我々も、どれほどの技術革新になるのかまだ正確に予測できていませんから」

「協会長さんは、その話をしにアストリッドに会いに来たんですか？」

「いや、エミリくん、逆なんだよ。協会長は有名人だからね、皇帝陛下のお祝いに駆けつけただけで、私がそれを見つけたから声をお掛けしたんだ」

「あぁ、なるほど……って、アストリッドは協会長さんに用事でもあったの？」

アストリッドはうなずいた。

「そこで、最初の話に戻るんだ。ニナくんを捜している御貴族様がいるよね？」

「ウォルテル公爵とマークウッド伯爵」

「そう。トゥイリード様のお世話をしているメイドがよそから来たメイドだという情報がそのおふたりの耳に入ったら……」

「ニナだと思われる、か」

「だから彼らには、視線を逸《そ》らしていて欲しいんだ。賢人様のメイドなんかじゃなく、もっと違うことを考えて欲しい。そのために、私は考えたんだ。ショッキングな情報を与えたら……メイドのことなんて忘れるくらい、夢中になってしまうようなものを与えたらどうかって」

「まさかそれが――」

　エミリが言い切る前に、協会長がハァと大きくため息を吐いた。

「……そのとおり。アストリッドくんの論文を、貴族の集まっている今、公開しようという話なんです。論文自体はアストリッドくんが書いたものだからどうしようと彼女の自由ではあるんですがねえ、フレヤの王家に諮《はか》らずに話を進めたとバレたら私は失職ものですよ」

「ええっ!?」

　エミリが驚いているとアストリッドが、

「まさかペーペー発明家の私が協会長に引導を渡すことになるとは思わなかったですよ」

「ほっほっ。マホガニー商会の血を引くあなたがよく言いますねえ」

「い、いや、あのっ、協会長がクビになっちゃうって相当ヤバいんじゃないの、アストリッド!?」

　和やかにふたりは話しているが、エミリはついていけない。

「いやはや、この論文が公になれば世界が変わるのです。であれば、発明家協会も次世代に引き継ぐべきでしょうから、ちょうどいい。もちろん、アストリッドくんには協会の要職を用意するから……」

「ご冗談を。まだまだ諸国の美味しいお酒を飲んでませんから、帰りませんよ」

「そこはせめて『諸国で発明の勉強をしてくる』とかじゃないわけ!?」

「いや、いいんだ、エミリくん。この人だって協会長を辞めたいんだ。現場に戻る気なんだよ」

「え!?」

協会長はにこやかにしながらも、目の奥ではきらりと光を放っていた。

「こんな面白そうな研究、若い者にやらせてたまるものかっていう話でしてねえ」

「え、えぇ～……」

「というわけで、エミリくん。私がいなかったのは、私の論文と協会長の追試験の内容をまとめていたからなんだ。ついでに御貴族様が参加する晩餐会にも潜り込んで情報収集がてらお酒をいただいてきたけれどね」

パチリとウインクするアストリッド。

「あたし……あんたがそんなことまで考えてるなんて知らなかった」

「いや、いいさ。それより本番はこれからだよ」

「本番？」

「そうさ。論文を公開するって言っても、どこで公開するのがいちばんインパクトがあると思う？」

「え……そ、それって。あんたまさか」

アストリッドと協会長は同時に立ち上がった。

「賢人会議に殴り込みだ」

ランチタイムを挟んだ後――賢人会議の午後の部が始まろうとしていた。

午前の部では賢人のうち唯一、ミリアドだけが時折考え込んで精彩を欠いていたけれど、これまでどおり快調に議案が解決されていった。

ニナがカートを押して会議場に入ると、トゥイリードは手元にある1枚の紙を見つめてうなっていた。

「割り込み案件ですか……大体こういうものは筋が良くないのですが、フレヤ王国の発明家協会というのが気になりますね」

「フレヤ王国ですか?」

「あ……ニナさん。今日も美味しい食事をありがとうございます」

「恐れ入ります」

ニナがいることに今まで気づいていなかったトゥイリードは、表情を緩めてお茶を口に運んだ。

「そう言えばニナさんはフレヤ王国にもいらしたと言っていましたね?」

「はい。発明家協会の先代協会長様には大変よくしていただきました」

後になってニナは、アストリッドからフレヤ王国の「観光ガイド」とは何を隠そう先代協会長なのだと聞いていた。

「先代ですか……あの方はすばらしい人格者でしたね。才能はあっても資金がない若い発明家に融資するための環境を整備したと聞いています。フレヤ王国の隆盛を支えたのは間違いなく先代協会長でしょう」

「そうなのですか。王国を愛していらっしゃるとてもすばらしい方でした」

「今の協会長もしっかりしている方だと記憶していますが……このように賢人会議に議案を割り込ませるとは。とはいえ、フレヤ王国の発明家協会は無視できないので、議案として取り上げることになりますがね」

とまあそんなことを話していると、会議場にすべての賢人がそろい、帝国高官のひとりがやってきた。

「――トゥイリード様、フレヤ王国発明家協会長がいらしています。今回の議案について直接説明したいと……」

「はい。入っていただきましょう。この紙切れ1枚ではなにを話せばいいのかわかりません」

会議中にメイドの仕事はないので、ニナが出て行こうとしたときだった。

開かれた扉からしゃんとした身なりの老人が入ってくる。そしてその後ろには発明家然とした女性がいて――、

「!?」

アストリッドさん、と思わず声を上げずに済んだのはニナがメイドとしてよく訓練されているからに他ならない。向こうはニナに気づいて「やあ」なんて片手を上げている。

「あれは……ニナさんのお連れの発明家さんですね」

「は、はい」

「せっかくですからニナさんも見ていくのはどうですか？　メイドが同席してはいけないという決

まりもありませんからね」

トゥイリードはなにやら「おもしろいものを見つけた」という顔でニナを呼び寄せると、自分の隣に座らせた。メイドなので座れないと断ろうとしたが、立っていると目立つからと言われれば仕方がない――いやそもそもメイドがいたら目立つじゃん、と気がついたのはそれから少ししてからだった。アストリッドの登場でだいぶ混乱しているようだ。

発明家協会会長とアストリッドは書類の束を各賢人に配っている。それが今回発表する資料のようだ。さらに、精細な図が大きく描かれた黒板を持ち込んでいる。

「!!」

先に書類に目を通していたトゥイリードがハッとして顔を上げた。

互いに向き合うように設置されている五賢人の席だったが、トゥイリードの背後には皇帝陛下の席があり――今日も空席だが――その反対側にはマティアス13世と鶴奇聖人の席がある。

協会長は、皇帝陛下の席からいちばん遠い、マティアス13世と鶴奇聖人の背後で発表の準備をしていた。

トゥイリードが見たのは、その協会長だ。そして同様に協会長を見た者がいる――ミリアドだった。彼は協会長を見た後に、すぐにニナへと視線を向けた。

「………………?」

ミリアドの顔は驚愕《きょうがく》に染まっているのだけれど、ニナとしては、どうしてミリアドがこちらを見るのかがわからない。

「賢人会議という世界の重大事を話し合う場で、お時間をちょうだいしてしまい申し訳ありません。我がフレヤ王国の発明家協会が、事前の連絡もなく議案を割り込ませてしまうことは過去にも例がないことでございますが、この内容の重要性、各国発明家に与えるインパクトを考えると事前に連絡ができなかったことをご理解いただけるかと思います——」

「前置きはいい。早く本筋を話せ」

協会長の口上を遮ったのはミリアドだった。あまり魔術に明るくないマティアス13世はお供の司祭に「なにこの内容？　どこが重要なの？」と聞いており、ヴィクトリアはつまらなそうにぺら、ぺら、とページをめくり、鶴奇聖人だけはアストリッドをじっと見ていた。きっと初日に現れた男装の麗人が彼女だとわかっているからだろう。

「承知しました。では基礎理論についてはここにいるアストリッドくんから説明します」

「はい」

いつもの飄々《ひょうひょう》としているアストリッドからは考えられないくらい丁寧な、しかも言葉を選んでいるのがわかる口調で説明が始まった。時折ミリアドが鋭い口調で——まるで外敵に対するように——質問を投げるがそれに対してもアストリッドは淀《よど》みなく答えた。

（これは、アストリッドさんの考えたあの魔術……！）

ニナは魔術にはまったく明るくなかったが、アストリッドが説明している内容が、ニナがフレヤ王国で彼女と知り合ったときに研究されていたものだとすぐにわかった。

精霊と魔術の融合。革新的な発明だとアストリッドは言っていたが、まさか賢人会議のような場で話されるものだとは。

途中からミリアドも質問を挟まなくなり、恐ろしいほどの静けさの中、アストリッドは淡々と説明を続けた。15分にも及ぶ説明が終わるころには彼女の額には汗が浮かんでいた。

「なにかご質問はありますか？」

静まり返る会議場で誰もなにも言わなかった。ミリアドは腕組みをしてじっと考え込み、トゥイリードはそんなミリアドを興味深そうに見つめ、マティアス13世は必死で内容を理解しようとしており、ヴィクトリアは興味深そうな顔でアストリッドのほうを向いていた。

「いいかの？」

鶴奇聖人が小さく手を挙げた。

「確かに、ここ数十年……いや、百年以上は出てこなかったすばらしい発明じゃとワシも思う。だが聞きたいのは、なぜこの場に持ち込んだのかということじゃ。フレヤ王国ならば協会内でしっかりと議論を詰めてから次回の賢人会議に持ってくることもできたろうし、そもそもそちらで技術をコントロールすれば莫大な利益が王国にもたらされる。今、賢人会議に掛けるには王国に利益がなさ過ぎる」

すると協会長はにこりと微笑んだ。

「聡明なる賢人様ならばすでにおわかりでしょう？　なぜこの、凡人である私におたずねになるのですか」

鶴奇聖人はしばらく黙った後、

「……そうか、ワシの見立ては正しいということか。じゃが、この論文内容はにわかには信じられぬ。追試が終わっているというが、再追試も必要であろうしの」

「おっしゃるとおりです。なので、直接見ていただいたほうがよろしいでしょう」

「直接？」

「はい」

協会長が手を差し伸べると、その先にあった扉が開いた。

「皇城内に、追試の会場を用意しております。すぐに終わるので、ご足労願えますか」

ショーの始まりだ、とでも言い出しそうな仕草だった。


賢人たちが案内されたのは皇城の中庭だった。

本来なら植え込みがあって建物と建物の目隠しになるような場所なのだけれど、今はそこにはなにもないだだっ広い広場が姿を現していた。

さらには数多くの——きらびやかな服を着込んだ貴族が集まっており、騎士が出てきて警備に当たっていた。グリンチ騎士団長も何事かという顔でやってきている。

むせかえるような暑さだった。

一方、そんな騒ぎなど気にしないトゥイリードは、

「ここにはもっと植物があったはずですが……土も新しいですね」

土に手を触れて確認していると、

「先ほど魔導士さんにお願いしてどかせました。また後で、良い土にして戻しますので」

トムスがひょっこり現れた。

「あなたは……！　お久しぶりです。鉢植えをどうもありがとう」

「これはこれは、トゥイリード様に顔を覚えていただいているなんて光栄の極みだ。息子夫婦に自慢せにゃなあ。――広場の整地はあそこのベンチで寝転がってる魔導士のお嬢ちゃんにやってもらいました。これほど見事に土の精霊を操る魔導士は見たことがない」

広場の隅のベンチに寝転がっている姿を見てニナはハッとする。エミリだ。

「大丈夫、エミリくんは魔法を使いすぎてちょっと疲れているだけだから」

「アストリッドさん――あの、これはいったいどういうことなんでしょうか？」

アストリッドはニナの耳元で声を潜めた。

「気をつけて、マークウッド伯爵もそろそろ来るころあいだから。君は隠れていたほうがいい」

「え!?　は、はいっ」

ニナはアストリッドに促されて、木々の陰に入った。周囲では貴族の要求に応えて皇宮メイドたちが立ち働いているので、うまくニナも紛れている。ちなみにキアラはドンキース侯爵のそばにいた。

「――退かぬか。私はクレセンテ王国にその人ありと言われたマークウッド伯爵だぞ！」

アストリッドの言ったとおり、貴族の人垣を割って横柄な態度で伯爵が現れた。「マークウッド伯爵」の名前はいまだ衰えていないようで、「おお、あれが有名な……」なんて声も聞こえた。

「――ほう、フレヤ王国の発明家協会がこのような派手な発表をするとはね」

また別の人垣が割れて現れたのは、ウォルテル公爵だった。彼がなにをせずとも人垣のほうが勝手に割れた。さすがの有名人である。

「賢人会議はいつから見せ物になったのだ」

不快感もあらわに言ったのはマティアス13世だ。彼は司祭から説明を受けてもいまだにアストリッドの発明の有用性を理解できておらず、さらにはここに多くの貴族がいることから――自分が無能だと思われかねないリスクを察して――イライラしていた。

「申し訳ありません、教皇聖下。今から始まります」

協会長が言うと、向こうからずんずんと大地を踏みしめる音とともに、小型自動車ほどの鉄の塊が現れた――6つの車輪がついているので「小型自動車」そのものかもしれない。

デザイン性の欠片もない、無骨なその車である。

人々は目を剥いた――それは車に驚いたのではない。

それが担がれているからだ。たったひとりの少女によって。

ティエンである。

貴族たちは異様な鉄の塊よりも、少女がそれを担いでいるという――しかもメイド服――光景に、圧倒された。

「……彼女もニナさんのお仲間でしたね……」

トゥイリードはひとりつぶやくと、ふー、と長く息を吐いた。

そんなため息など知らず、ドスンと地面に無造作に置かれた鉄の車にアストリッドが近寄って最終調整を始める。

「こちらが先ほど賢人会議で解説した魔術式となっております」

協会長が言うまでもなくミリアドがお供とともに駈け寄って、車の屋根に刻まれた魔術を確認する。大きく描かれているのではっきりとわかる。

「おい。魔石の反応は」

「ありませんね」

「見たこともない魔術だ。魔石もなくこの車輪が動くわけがない……」

お供が手持ちの魔道具を使ってなにかを確認しているが、問題ないと確認できたのだろう、ミリアドは、

「やってみろ」

「もちろんです。でも、すこし離れていてください……危ないですよ」

アストリッドがにこりとして返すと、黙って彼らは数歩下がった。

「では……行きます」

アストリッドが車の横についているレバーをぐいと引くと同時に、中で歯車の軋《きし》むような音がした。

そのとき——ふと、この広場が静まり返った。なにかが起きるのだろうという空気を察して貴族たちが沈黙したのだ。

沈黙はほんの数秒だったかもしれないが、これだけの人数が集まっての静けさは一種異様な緊迫感をもたらす。

「……なにも起きないですよ、ミリアド様。やはりこんな魔術は机上の空論――」

「黙れ」

ミリアドが見ていたのは、アストリッドでも車でもなかった。

「……なんと」

トゥイリードだった。

「精霊が、吸い寄せられていきます。まるでオモチャを見つけた子どものように……」

夏の陽射しが当たっているのではっきりとは見えないし、遠目にはほとんどわからなかっただろう。だけれど至近距離にいたミリアドにはわかった。

魔術式が、光った。

ギッ。ギィィッ。

土を、小石を踏んで車輪が動く。のろのろと。それはカメの歩みよりも遅いのではないかと思ってしまうスピードだったが確かに車輪は動いたのだった。

「おお、動いた動いた。だが……なんだあののろさは。この速度でなにを載せて走るというのだ」

教皇聖下が言うと、司祭たちも追従笑いをした。それを聞いた貴族たちも「なんだ失敗か？」

「よほど面白い見せ物があるかと思ったのに……」「暑くてかなわぬ。戻るぞ」と多くの者たちが広場から離れていく。

「…………」

「…………」

「…………」

「…………」

　だけれど4人の賢人は違った。

「……信じられん」

　ぽつりとミリアドが口を開き——耳ざとい貴族はその言葉を聞いた。

「世界が変わる……」

　と。

　鉄の車輪はのろのろと進むが、その後ろには確かに轍《わだち》が残っていた。


　それから、会議場に戻ると会議は白熱した——マティアス13世を取り残して。

「この皇城のように精霊が少ない場においてもあれほどの重量を動かせたというのは非常に意味のあることでした。車自体が急ごしらえでしたが、最適化すれば運動エネルギーを減じることなく大型の貨物でも動かせるでしょうね」

「へぇ～？　トゥイリードのことだからぁ、精霊を悪用するなとか言うのかと思ったけどねぇ」

「なんじゃ、お前さんの目には精霊は見えておらんかったのじゃな。精霊どもは楽しげに笑っとったよ。好奇心旺盛な精霊をうまく刺激しておる」

「……つまるところ、精霊が見えるトゥイリードとジイさんが問題ないって言うのなら、あの魔術は実用可能というわけだ。精霊さえいれば大型化した貨車だって動かすことができる。速度は問題だが、このサンダーガードの魔導列車のように鉄道を敷設すればいいだろう。なにより、昼夜を問わず稼働するというのがとんでもない。運転手だって必要としないのだからな」

「ほっほっ。魔塔の主はずいぶんと入れ込んでおるのう」

「わかっているだろう、ジイさん。これは魔術の新時代の到来だ。魔塔の魔導士全員にこの研究をさせたい。今すぐにだ」

　腰を浮かせたミリアドは両手を握りしめていたが、

「だがその前に……アストリッドとやら、聞きたいことがある」

　不意に、視線をアストリッドに向けた。

「な、なんでしょう」

　これほど食いつくとは思っていなかったが、予想以上の成果に内心喜んでいたアストリッドだったが、まさかいきなりミリアドに声を掛けられるとは思わなかった。

「あそこのメイドとは知り合いか？」

「……へ？」

「トゥイリードの横にいる小柄な眼鏡のメイドだ。知り合いか？」

「ニナくんですか……？」

　アストリッドが視線だけをニナに向けた。だらだらと冷や汗をかいた彼女の目は、雄弁にこう語っていた。

（ニナくん～～～!?　君はミリアド様になにをしたのかなぁ～～～!?）

（な、なにもしてませんよぉ！　わたしだって先ほど突然話しかけられて困ったくらいなんですからぁ！）

　ニナもぶんぶんぶんぶんと首を横に振ったが「絶対コイツなんかやらかした」とアストリッドは考えた、いや、確信した。

「……なるほど、お前たちは旧知の間柄だな」

「え、ええとですね、私たちはつい先日知り合ったばかりで――」

「精霊の力を魔術に入れ込むことについて、そこのメイドはなにか関与したか」

「っ!?」

　関与したどころか、ニナがいなければアストリッドの研究は成功しなかった。ニナの知識は――それがトゥイリードにもたらされたものかもしれなかったけれど――最後の1ピースだったのだ。

「なるほど……その反応、つまりはそういうことか、メイドよ」

　キッ、とこちらをにらむように見てきたミリアドに、ニナは縮み上がる。

（えええ!?　なにが「そういうこと」なんですかぁ!?）

　全然わからない。でもきっと、ミリアドが盛大に勘違いしていることはわかる。

「ミリアドさん……ニナさんはあげませんよ？」

トゥイリードが余計なことを言う。

「そうよぉ、この子面白いから、あたしが連れ帰っちゃおうかなぁ」

ヴィクトリアまで余計なことを言う。

「ふっ……くくっ、あっはははははは」

いきなりミリアドは笑い出す。彼が笑ったところなど今まで見たことがなかったトゥイリードもヴィクトリアも唖然《あぜん》として言葉を失った。

「面白い。実に面白い。フレヤの発明家協会長よ、賢人会議にこの論文を諮ったということは、用途についても意見を求めているという認識でいいな？　さっき、ジイさんが確認したことでもある」

ミリアドが言っているのは、鶴奇聖人が最初に発明家協会長に「王国の利益がなさすぎる」とたずねたことだった。

協会長はその場で答えをはっきり口にしなかったが、それはつまるところ「賢人会議でうまいことやってくれるんでしょ」という意思表示でもある。

協会長は、

「もちろんでございます。この革新的魔術をしかるべき機関でしっかりと統制を掛けるべきだと考えておりまして、それには賢人会議がもっともふさわしいと存じます」

と言った。

王国に利益はないかもしれない。だが、この「革新的魔術」をコントロールするという煩わしさからは逃れることができる。

もっとも、アストリッドがニナのために「賢人会議で公開したい」と言っているので真相はまた別だが、表向きはそれでいい。

ミリアドはうなずいた。

「ではフレヤの発明家協会から代表者を数人出せ。魔塔からも、私を含む数人の魔導士が加わり、共同研究を行う」

「ミ、ミリアド様自ら、ですか……!?」

「なんだ、不満か」

「とんでもない。であれば、不肖この私も参加いたしましょう」

「協会長が、か……？　発明家本人ではないのか」

「アストリッドくんは他にも面白い研究をしておりますからな」

協会長はアストリッドへとウインクしてみせた。共同研究が始まれば、アストリッドは旅を止めなければならない。まだ旅を続けたいんでしょう——と無言で問いかけていた。

アストリッドは協会長に感謝しつつ、一方でこれは「というわけで、旅に行ってもいいけど他にも発明をよろしく」という意味でもあることに気づいていた。しっかりプレッシャーを掛けてくる。

しかもしれっと自分が研究チームに加わることを公的な記録にまで残している。フレヤ王国に戻った後に協会の理事たちから「勝手なことをするな」と言われても「でもなー、賢人会議の議事録にそう書いてあるからなー、しょうがないよなー」とぬけぬけと押し通すつもりなのだろう。それほど協会長は現場に戻りたくてたまらない。

「ミリアドさん、まさか精霊が魔術に反応するとは思いませんでしたが、魔塔でこの技術を独占するのはいささか横暴ではありませんか？」

「そう言うな、トゥイリード。魔塔の独占ではなく、フレヤ王国との共同研究だと言っているだろう。それに、その後は精霊が見えるお前やジイさんの仕事だ」

「む？」

「この魔術が実用に足るかどうか、大規模実験を行うのにうってつけの場所を選定するのがお前たちの仕事だ。さらに、この魔術を最も必要としている場所についてはもう心当たりがあるだろう？」

ミリアドの言葉に、場はシンと静まり返った。

その沈黙にはふたつの意味があった。トゥイリード、鶴奇聖人、ヴィクトリアにとっては驚き――驚愕と言ってもいい――のせいでの沈黙であり、マティアス13世にとっては「さっきからなにをワケのわからないことを言ってる？」というイラ立ちの沈黙だ。

ミリアドは誰かの答えを待つでもなく答えを口にした。

「冥顎自治区だ。あの広大な砂漠ならばどれほど実験しても問題はない。さらには、鉄道を敷設するのに障害もなく、砂漠を突っ切る形で鉄道の敷設が完成したら……周辺各国への恩恵は計り知れぬ。つまるところ、この魔術は我らが何百年と掛けて解決できなかった冥顎自治区問題に終止符を打つ可能性がある」

「なっ……!?」

衝撃に、腰を浮かせたのは賢人の中ではマティアス13世だけだった。

もちろんそれぞれのお供の者や、会議場内にいる高官や侍従たちもまた衝撃に言葉を失っていたので、さほど目立ちはしなかったが。

「まさか、私の問い《オーダー》に対して、これほどの奥の手を用意していたとは思わなかったぞ……。あの問いかけは私の敗北だと言うことになるが、いっそすがすがしささえ感じる。その先を見通す力こそが、お前の武器だというわけだ」

ミリアドはニヤリとして、ひとりの少女を見た。

「なぁ、ニナ?」

このときばかりは賢人たちもまた驚いてニナを見たのだった。

「……え?」

ニナとしてはなにがなんだかわかっていなかったのだけれども。

どす、どす、どす、と廊下を踏みしめながら歩いている男を見て、侍従や皇宮メイドたちはあわてて道を開け、頭を垂れた。彼の身につけている服が、教会組織の頂点である教皇位を示すものだとわかったからだ。

（忌々しい、忌々しい、忌々しい……！）

慈愛と奉仕の精神を掲げる教会組織のトップ、マティアス13世は顔を赤く染めていた。

（忌々しいッ！　なんなんだ、あやつらは。なにが賢人だ。余の知らぬことを勝手に話し、勝手に納得し合っておる。同じ情報が余の手元にあれば先んじて話もできたはずだが、連中は長命を武器にしておるからな……なんとも忌々しい！）

彼は、自分を完全に蚊帳《かや》の外に置いて話が進んだことが許せなかったのだ。

あわててお供の司祭たちが追いかけてくるがマティアス13世は止まらない。

（しかもなんだ、あのメイドは！　ミリアドとなんの取引をした？　あのミリアドが一目置くほどのアイディアがあるのなら、まずは余に話すべきだろうが！　この教皇であるマティアス13世に！

大陸全土の教会に通達して、死後の弔いができんようにしてもいいんだぞ）

慈愛と奉仕の精神からはほど遠いことを考えながらマティアス13世は進む。

（ああ、食べたい、食べたい、甘いものを食べたい。唇が震え、頭痛が発するほどの甘いものを食べたい。もしやあのメイドは、ミリアドと共謀し、ワシに嫌がらせをするために甘いものを禁じているのではないか？　そうに違いない！）

食事の給仕はキアラが行っているので「さすが『ルーステッド・メイド』」だなんて言っていたことも忘れるほど、教皇聖下は怒り狂っていた。

「せ、聖下、馬車がありますのでそちらに！」

「……うむ」

司祭が誘導すると、マティアス13世は屋外に停まっていた馬車に乗りこんだ。白地に金箔を貼った教会専用の馬車はいつもどおり一点の曇りもなく美しく、まばゆい。

太陽は傾き始めており、わずかに茜《あかね》色を含んだ日が当たっている。

外はむせかえるほどの暑さだが、馬車の内部は魔道具によって冷えた空気で満ちている。

「ふぅ……」

ひとりになり、ようやく落ち着いた教皇聖下が向かっているのは——皇城の外だった。

向かう先はウーロンテイル伯爵が作らせた巨大なフロート。本来なら聖杯を貸し出すだけで終わらせるはずだったが、休憩時間になると会議場にいたくなくて、マティアス13世は気晴らしに聖杯貸与の儀式をやってやる気になったのだ。休憩時間にやるには時間が掛かりすぎるはずだが、それで賢人会議が滞ろうがどうでもいい、という自棄を起こしていたのだった。


休憩時間となった賢人会議の会議場にいるのは、マティアス13世をのぞく4人の賢人とそのお供だった。バルコニーで外を眺めていたトゥイリードのところへと、鶴奇聖人がやってくる。

「トゥイリードよ、なにを見ておる？」

「これは、鶴奇聖人。サンダーガードの街並みを眺めていただけですよ」

「お前さんは人の手が入りすぎた街を嫌っておるだろう？　もっと自然を取り込めとよく言うではないか。珍しいこともあるものじゃの」

「それを言うなら、鶴奇聖人こそ、美女を引き連れずおひとりでここに来るとは珍しいですね」

「いくら酒豪とはいえ、辛い肴《さかな》ばかりでは飽き、甘いものを欲することがある。取り立てて不自然ではない」

「私は『箸休め』ですか？」

苦笑するトゥイリードだったが、それだけでも絵になる美貌だった。とはいえ男には一ミリも興味がない鶴奇聖人はトゥイリードの横に並ぶ。

「……どこで見つけた？」

「なんの話です？」

「トボけるでない……あのメイドじゃよ。お前は賢人会議を10日やりきるつもりか？」

「そうです。……と言ったらどうします？」

「ならぬぞ。我らの役割を忘れたか」

「すでにフレヤ王国の発明家協会が持ち込んだ議案のせいで、10日をやりきった以上の成果は上がっていますね」

「そのとおり……まったくもって困ったものだ」

「あのミリアドさんを、夢中にさせていますからね」

「魔塔にも話をつける必要があるかもしれぬな」

「ミリアドさんは、良くも悪くも純粋です。私たちの話なんて聞いてくれませんよ」

「ではどうするつもりじゃ？　あのメイドを連れ込んだのはお前じゃぞ」

「鶴奇聖人も余計なお節介を焼くほどに？」

「…………」

壁に詩を書いた鶴奇聖人はむむむと唸った。一所懸命がんばっているニナにほだされて、ちょっとしたヒントをくれてやったくらいのつもりだったが、まさかニナがこんな爆弾を持ってくるとは思いもしなかった。

そんな鶴奇聖人の顔を見て、トゥイリードは痛快な思いがした。自分の心を見透かした詩を書いた鶴奇聖人に、意趣返しができた。

「私も、ニナさんがここまでの人物だとは思っていませんでした。私としては美味しいお茶を淹れてくださるだけでよかったのですが……。落としどころとしては、次回の賢人会議の開催を、10年……いや、15年後にする、とかですかね」

「20年だ。これは譲れぬ」

「次回開催国のクレセンテ王国が怒りますよ。今の国王陛下は御年55歳ですからね、20年後には存命でないかもしれない」

「それはお前が話をしておくが良い」

トゥイリードは、やれやれという感じで肩をすくめた。

「鶴奇聖人。ヴィクトリアさんに我々の仲間に入ってもらうというのはどうでしょうか？」

「そういうこともあるかもしれんが、まだまだアレは若い。あと百年もすれば考えよう」

「鶴奇聖人に比べれば誰だって若いですよ。……ん、あれは？」

ふたりはちょうど東向きに立っており、建物の影は長さを増していくところだった。

ゆっくりと太陽の明るさが失われていく中、教皇聖下を乗せた馬車が濠を渡っていくのが見えた。

「まさかあの小倅《こせがれ》、会議を終わらせるつもりか?」

鶴奇聖人はマティアス13世が賢人会議から逃げ出したのではないかと考えたようだったが、

「いえ、そうではないようです……あれは、フロートですね。貴族が待っているようです」

教会の馬車は濠を渡ったすぐの場所で停まる。そこには「双頭の狐《きつね》」というなかなか見られないモチーフのフロートがある。

だがその大きさたるや、3階建てのお屋敷ほどもあり、周囲にいる人々が米粒のように小さく見える。

狐の表面には金箔が貼られ、ところどころに光沢のある鉱石がはめ込まれているが、金箔以外は一見すると地味に見えた。

「『双頭の狐』はウーロンテイル伯爵家の紋章だったかの」

「そのようですね……彼はあまり良いウワサを聞きませんが、マティアス13世聖下とどんなつながりがあるのでしょうね」

「どうせフロートを使ったパレードの前に祝福をくれとかそういうことじゃろうて。地位も財も手に入れた者にありがちな、権威のパフォーマンスだ」

実際、マティアス13世が馬車から降りると、群れている群衆から歓声が上がった。

「教会の小倅は、休憩時間にこんなことを企んでおったか……時を惜しんで書物のひとつにでも目を通せばいいものを……」

「そう悪く言うものではありませんよ。休憩時間が長引けば、賢人会議の進行も緩む」

「今回に関しては焼け石に水じゃ」

「ふふ。教会という空前絶後の大組織を運営するにはああいうパフォーマンスに与《くみ》することも必要でしょう。私は、構わないと思いますがね」

すると鶴奇聖人は考えるようにして、

「……大きくなりすぎたかの」

「人々はただ権威にすがりたいだけですよ、鶴奇聖人。サンダーガードは広く大きい。人がこれほどの隆盛を誇っても、それでもこうして教皇聖下が現れると喝采を送るのです。ですがそれは、サンダーガードがただ10軒の家しかなかった村だったころも同じだったはずです。規模の問題ではない」

「つまり『古典正教』『西方聖教』の次に、もうひとつ教会組織ができてもなにも変わらぬと言いたいのか？」

「『西方聖教』ができてもなにも変わらなかったでしょう？　解釈が増えることで、神に関する議論に、複雑性が増しただけです。神が新たに増えて戦争が始まったわけでもない」

「ふむ……」

鶴奇聖人はヒゲをなでながらマティアス13世とウーロンテイル伯爵を遠目に眺めていた。

ふたりはゆっくりと急ごしらえの階段を使って、フロートの上部に設けられたステージへと上がる。3メートル四方ほどのそれには手すりがついていて、狐の背中の部分に設けられていた。

ウーロンテイル伯爵が跪くと、教皇聖下は両手を広げてなにか演説を行う。群衆の歓声がかすかに聞こえる程度で、バルコニーにいるトゥイリードたちがその内容を聞き取れるはずもない。

「む……？」

日陰が増えているせいでさらに見えにくくなっているのだが、マティアス13世がなにかを取り出したのを見て鶴奇聖人が唸る。

「トゥイリード、お前はアレが見えるか？　ワシの勘じゃが、あれは聖杯ではないかえ」

「聖杯のようですね」

「アレを貸すのか。教会の権威をアイテム化したようなアレを」

「……そのようですね」

鶴奇聖人は「はぁぁ」と長々とため息を吐くと、

「バカバカしい。先代もバカだったが、今代はそれに輪を掛けてバカじゃの」

くるりと背を向け室内へと戻っていった。

聖杯を受け取ったウーロンテイル伯爵が立ち上がり、それを掲げてみせると、いっそうの盛り上がりが聞こえて来たのだった。

「冗談ではない」とグリンチ騎士団長は思った。貴族としての立場を忘れていいのならば、「冗談じゃねえぞバカ野郎」と言いたいところだった。筋骨隆々のマッチョぞろいである騎士団の中でも群を抜いて巨大な肉体を持つ彼が、素に戻ってそんな言葉を使おうものならその迫力によって常人ならば失神してしまうだろうけれど、分別があり、伯爵位という重みによって口を縫われている彼はぐっとこらえた。

「だ、団長、今のお言葉は聞かなかったことにしておきます」

横にいる副団長が震える声で言った。

「む。俺は今なにか口走ったか？」

「はい……『冗談じゃねえぞバカ野郎。ウーロンテイルだかウーロンティーだかしらねえが、鷲鼻をにぎりつぶしてやりてえ』と……」

しっかり口に出ていたらしい。

それはともかくグリンチ騎士団長が腹を立てるのにもワケがある。

つい先ほど、教皇聖下によるフロートへのパフォーマンスが終わったところで、ウーロンテイル伯爵家の者がやってきてこう告げたのだ——皇城外周の魔術無効結界は一時的に解除し、ウーロンテイル伯爵のパレードが終わったら元に戻す、と。

魔術無効結界というのは、魔道具が多く使われているサンダーガードにおいては相当に影響が大きい。しかも魔術だけでなくあらゆる魔法も使えなくなる。それもこれも自らフロートに乗り込むなんていうバカ、をやらかす貴族を守るためのもので、そういうバカをやりたがる貴族は結構いるのである。割合にしては3人にひとりくらい。

そんな貴族は大抵「結界を切っておいてよ。ちょっとだけ。魔道具を使わないと派手にならないだろう?」と言ってきて、あまつさえ、警備の総責任者であるグリンチ団長に袖の下を渡そうとしてきた。愚弄するにもほどがある。そういう輩《やから》に凄《すご》みを利かせるとすぐにいなくなるのだが――ウーロンテイル伯爵はその上をやってきた。

いちいち許可も取らず、結界を切ってしまったのだ。

もちろん、魔術無効結界を購入する魔道具業者をグリンチ団長は隠してきたのだが――グリンチ団長に話が通らないと業者を脅しつけるのが貴族というものだと知っているから――ウーロンテイル伯爵の調査力は想定以上だった。

その情熱を帝国のために使って欲しいものだが、それはさておき。

「クソ……もうどうしようもないな」

魔道具を切られてしまうと、全部を復旧するのに1時間か2時間は掛かるだろう。ウーロンテイル伯爵のフロートは、すでに動き出している。

「強制的に止めますか」

副団長の問いに、

「バカを言え。ウーロンテイル伯爵家と全面戦争でもするつもりか」

「そ、それは大げさでは……向こうに非があるのに」

「もしそのようなことをしたら群衆の前で宣言されるぞ、貴族家に泥を塗ったことによる『名誉挽回決闘』を」

貴族はその体面を保つために様々な見栄を張るが、それを帝国法もサポートしている。名誉を傷つけられたら名誉を挽回するべく決闘を申し込むことができるというのがそれである。もちろん貴族家当主が決闘などをするはずもなく、代理人による決闘だ。ウーロンテイル伯爵は金にものを言わせてとんでもない手練れを雇うだろう——いくらグリンチ団長とて、必ず勝てるという保証はない。

ごくり、と副団長はつばを呑んだ。決闘に負ければウーロンテイル伯爵はここぞとばかりに攻撃してくるはずだ。権力を持っているからなおさらタチが悪く、相手が落ちぶれ、廃嫡《はいちゃく》になるまで終わらないのは目に見えている。

そこまでわかっているからこそ、彼は結界無効を強行しているのだ——。

すでに教皇聖下はおらず、フロートにはウーロンテイル伯爵しかいない。

薄闇が漂う中、パッ、といきなりフロートが明るくなった。埋め込まれた地味な鉱石は魔石だったようで、魔術回路によってそれらは色とりどりに光り出した。

今までの、炎の明かりだけによって照らされたフロートよりも段違いに明るい。

腹立たしいことに結界無効は順調のようだ。

わぁぁぁ——と声が上がる。

観衆も、魔術が使われたことに違和感を覚えるよりも派手さを喜んでいる。

フロートが動き出す——グリンチ団長は馬に乗って、それを追った。

ゆったりとした動きだが、これまでのフロートとは違い、馬が牽いていない。おそらく狐の内部に魔導機関があり、車輪を動かしているのだろう。技術者が内部に乗り込んでいるのだ。

速度は人間が歩くよりも少し速いくらいだ。

「できることと言えば、なにも起こらないことを祈るくらいだ」

割り切れない顔で副団長も後に続いた。

行く先々でウーロンテイル伯爵へ大きな歓声が上がり、彼は両手を上げたのだった——まるでこの国の長であるかのように。


群衆の中で、教皇聖下による祝福をじっと見つめていたのは、粗末な修道衣を着た青年——お供をクビにされた彼だった。

「聖下……お元気そうで良かった……」

自分をクビにした相手であってもその健康を願うほどに、青年は心の底から神を信仰し、教会の頂点にいる教皇聖下を崇拝していた。

「あれは、聖杯!?」

聖杯の貸与が行われると思わずその場にひれ伏しそうになり、周囲の観衆から「邪魔だよ」と言われてしまった。

「ああ、なんというすばらしいことでしょうか……。聖下のご威光が、この最後のフロートとともに、サンダーガードの住民の知るところとなるのですね」

マティアス13世ですら考えなかったほどに超好意的に聖杯の貸与を受け止めた青年は、観衆の外側、人気の少ないところを歩き出した。

フロート――というより聖杯が人々の目に焼きつけられるのを見たかったのである。早歩きか、時折駈け出さなければならなかったがそれでも青年は歓喜の表情を浮かべていた。

人々は喜び、声を上げている。

「そうでしょうそうでしょう。すばらしいでしょう、教皇聖下は」

聖杯に喜んでいるわけではないし、ましてや皇城正門から離れれば離れるほどあの聖杯が教皇聖下から与えられたものだと知る者はいなくなるというのに――大体50メートルくらい距離があるので、聖杯がなんなのかわかっているかどうかすら怪しい――青年は、観衆が教皇聖下のすばらしさに喜んでいるのだと信じ切っていた。

そのフロートを見つめているのは好意的な者たちだけではなかった。

「……おい、来たぞ」

「……ふざけた野郎だ。自分自身はなにも偉くねえのに、貴族に生まれついたというだけで特別な存在だと思っている」

「……いいじゃないか、今日、ヤツに天罰が下る」

「……そうだ、これは天罰だ」

男たちは暗がりでうなずき合った。

「始めましょう」

言ったのは青年だった。

元は仕立ての良い服だったのだろうが――それこそ貴族が着るような――今はすり切れ、垢じみている。

男たちは無言で動き出した。

「すべてが終わるころには……もう、我々は生きて会うこともないでしょう」

青年は、ノーランは、重そうな荷物を背負って歩き出した。


ウーロンテイル伯爵を乗せたフロートが途中の広場に来ると、歓声はますます上がった。フロートの明かりが点滅してイルミネーションのような光を放った。

すでに日は沈み、空は暗くなっている。フロートはひときわ輝いて見えた。

ここぞとばかりにウーロンテイル伯爵は聖杯を高々と掲げた。

聖杯の魔道具が稼働し、聖杯そのものがパァァッと光を放つ。

光は神々しく、柱となって立ち上る。ウーロンテイル伯爵はその中に立っている。

地面が揺れんばかりの歓声が上がった。

まるでおとぎ話のヒーローのようだった。

戦勝の凱旋《がいせん》パレードよりもはるかに派手だった。

修道衣を着た青年は恍惚とした表情でそれを見つめていた。常日頃から、教会のすばらしさを人々に伝えたいと思っていた彼は、こうして聖杯の光が人々を照らすのはとても良いことだと思っていた。明日はきっと、教会に人がいっぱい来るだろうとさえ思った。

だが――その輝きが頂点に達したときに、事件は起きた。

ひゅるるる……と、なにか黒い包みが放物線を描いてフロートへと飛んでいったのだった。

次の瞬間、カッ、と光が走った――。


賢人会議の休憩時間になったが、トゥイリードから「今日はお茶は結構です」と言われたニナは大急ぎでメイドの宿舎に戻ってきた――いつの間にかティエンも合流している。きっといつも陰ながらニナを見守ってくれているのだろう。

宿舎の部屋に入るなり、ニナは、

「アストリッドさん！」

「おー、ニナくん。お疲れ様」

「さっきは急にどうして――ってエミリさん!?」

ベッドにはエミリが転がっていたが、そう言えばさっきもベンチに寝転がっていたのを思い出す。

「あ～～～……あたしはちょっと休憩してるだけだから……」

「い、いったいどういうことなんです!?」

「あははは。ニナくんがこんなにあわてふためているのを見るのは新鮮だね」

「だ、だってここはお客様のいらっしゃる前ではありませんし」

「つまり、身内だってこと？　うれしいねえ」

ニナから「身内」認定されてアストリッドがニヤニヤする。

「もう、アストリッドさん！　わたし、さっきはほんとうに驚いたんですよ!?」

「そうよぉ～アストリッド……さっさと説明してあげなさい……」

ぐったりしているエミリからもツッコまれ、アストリッドはこれまでのことを含めて説明をしてくれた。

ニナを狙う貴族が来ていること。

彼らの興味を逸らすために発明家協会会長に連絡を取ったこと。

協会長も協力してくれ、賢人会議に議案を持ち込むことになったこと。

「そんな……わたしのために……？」

「おっと、そんな悲しそうな顔はしないで欲しいね。私だって正直、自分の発明が王国であれほど騒ぎになっているとは思っていなかったし、協会長も先代協会長からニナくんの話を聞いていて、ニナくんのためなら協力しましょうってすぐに請け合ってくれたんだよ？」

「…………」

ぎゅっ、とスカートの裾を握りしめたニナに、ティエンが言う。

「ニナ、こういうときには『ありがとう』って言うのです」

「そーそー。ティエンに言われちゃ世話ないわよ」

「エミリ、それはどういうことなのです？　ここまで運んできたのが誰か忘れてしまったのね」

「げっ。じょ、じょーだんよ、じょーだん！　ティエンにはいつも感謝してるんだからぁ」

ベッドに寝転んだエミリがあわてているのを見て、ニナは思わず笑った。

「ありがとうございます……皆さん。とっても心強い仲間です！」

アストリッドも、ティエンも、エミリも、それを聞いて笑顔になる——ほんとうに温かい人たちだとニナは改めて思う。そんな人たちと旅をしている自分は幸せ者なのだと改めて感じた。

「そんで……アストリッド。あんたがやったことで目的は達成したの？」

エミリに問われ、アストリッドはうなずく。

「もちろんさ。今ごろ協会長のところには貴族からの使者が二桁……いや、ひょっとしたら三桁くらい押し寄せているかもしれないね」

「……全部押しつけてあんたはここにいる、と」

「いやだなぁ、エミリくん。こういうのは適材適所だよ。——私たちの実験がなにを意味しているのか理解した御貴族様はいないだろうけど、賢人様の反応を見てピンときた人はいるだろうね。ウォルテル公爵やマークウッド伯爵は目の色を変えていたよ。自分の利益になると思ったらすぐにも行動するタイプのようだからね、彼らは。だからこそニナくんに近づけるのが危険なんだけど」

「ぐっじょぶ……」

ベッドに寝そべったまま腕を伸ばし、親指を立てるエミリ。

「あ、あのぅ……それはそうとエミリさんはどうしてぐったりしてらっしゃるんですか？」

「エミリくんはね、魔法を使いまくったからね」

「魔法を……？」

「魔術について説明をしてもあくまで理論は理論。賢人様たちが納得してくれるかどうかはわからなかったから、論より証拠で実演すべきだと思ったんだ。ただ人の手が入りすぎた皇城内に精霊がどれくらいいるかもわからなくて、トムスさんに相談したんだ。そうしたら、庭の一部は木々が元気だという」

「……で、あたしが魔法を使って木にどいてもらったり整地したりしたのよ……」

「いやはや、エミリくんの魔法は見事だったよ。トムスさんも目を丸くしていたからね。こんなに丁寧に植物を扱える魔導士は見たことがないって」

「おかげでバテバテよぉ……」

「エミリはもともと体力がないのです」

ティエンからばっさりと切り捨てられて「ひぃん」とエミリが泣くので、ニナはよしよしと頭をなでてやる。

「逆に私からニナくんに聞きたいのだけれど……いいかい？」

「あ、はい。なんでしょう？」

「……君、ミリアド様になにをした？」

アストリッドが言うと、エミリとティエンがぴくりと反応した。

「ニィィィナァァァァァ……あんた、あれだけ言ったのになにをやらかしたのよ！」

「チィはね、やっぱりニナならやってくれると思ってた」

エミリは恨みがましく、なぜかティエンはドヤ顔だった。

「い、いいえ、それがほんとうにワケがわからなくて……あっ、でもミリアド様から、今日、こう言われました。『冥顥自治区の問題解決につながるアイディアを出せ』と」

「はぁ？　なにそれ」

「チィも知らないのです」

「冥顥自治区だって⁉」

唯一アストリッドだけが凍りついていたが、

「な、なるほど……だからミリアド様は冥顥自治区の問題について言及されたのか……なるほど……あの御方から見たら、私はニナくんの友人で、きっとニナくんが私を連れてきたということになるだろう」

「ん？　なにアストリッド。どういうこと？」

「冥顥自治区というのは広大な砂漠で、利用価値がなく、人も住めない。何百年と放置され続けてきた場所なんだ。賢人様が気にかけているとは知らなかったけれど、それはともかく、ミリアド様は私の発明を利用して冥顥自治区に広大な鉄道網を敷設したらいいと考えたんじゃないかな」

「鉄道網……」

エミリがじっと考え込む。アストリッドと発明家協会長の話を聞いたエミリもまさに同じことを考えたのだ――ただエミリの場合は現代日本の知識があるので、ミリアドの発想とは出発点がまるで違うのだが。

「もしそれができたら、北方には十分な物資が渡ることになり、逆に北方でしか採れない希少な薬草も流通する。西方と東方の交流ももっと活発になる」

「ふーむ……なるほどね」

「エミリくん、なにか考えがあるのかい？」

「ん～、いや、まぁ、いいことじゃんって思った」

「『いいこと』で済まされるような話じゃ……！」

「ま、別に構わなくない？　あたしたちがなにかやるわけじゃないし」

「い、いや、まぁ、来年再来年にできるようなことではないけども……うむ、まぁ、そうなのかな？　問題があるとしたらニナくんに難題を課したミリアド様が、いともたやすく答えを持って来たニナくんに興味を持ってしまったことくらいか……」

「大問題じゃない!?」

エミリが跳ね起きた。

鉄道はすごいことだとわかっていたが、自分には関係ない。だがニナのこととなれば話は別だ。

「まーたニナが狙われちゃうわよ！　さっさとここでの仕事を片づけて、遠くに行きましょ。西がいいわね。魔塔は北にあるし」

「エミリはすぐにニナを独占したがるのです」

「……ティエン、あんた余裕ぶってるけど、魔塔にニナが連れて行かれたら魔導士のあたしと発明家のアストリッドはついていけるけど、どっちもできないあんたはおいて行かれるからね？」

「すぐに旅に出るのです。西がいいと思う」

ティエンの手のひら返しも見事だった。

いろいろと問題はあった。だけれど解決できた。

やっぱりこの4人でいるから——そう、ニナが思ったときだった。

「——おーい、ニナ！」

窓から外を見ると、そこにはロイがいた。

陽は暮れかかっており、薄闇があたりを覆っているので見えにくい。

ロイは厨房以外の宿舎に入ることができないので、こうして外から声を張り上げているのだろう——あとでメイド長から小言をちょうだいすることになるかもしれないが。

「あ、いけない。もうこんな時間ですね！　すぐに行きます！」

夕食の準備までロイは手伝ってくれているが、許可のない者は日没に合わせて皇城から出なければならないというのがルールだった。日没まで時間がないのでロイがわざわざ来てくれたのだろう——とニナは思っていたのだが、

「そうじゃねえ！　あー、いや、そうでもあるんだが、そうじゃなくってだな」

ロイがわけのわからないことを言ったが、

「なんか様子がおかしいんだ！　外で騒ぎがあったっぽい！　騎士が大慌てで飛びだしてったん

だ!!」

「え……」

騒ぎ。騎士が出動するほどの。

これはマズい——武力が必要な騒ぎが起きれば、この首都は大混乱になるだろう。なにせ国内外から多くの貴顕が集まっているのだから。

「——エミリくん、ティエンくん」

「了解。様子を見てくる」

「任せてなのです」

すでにベッドから起き上がっていたエミリは冒険者スタイルで準備万端だった。ティエンはメイド服のままだが、彼女はそれでも十分動きやすいのだろう。

「エミリさん、体調がまだ万全では……」

「休んだからだいぶ魔力が回復してる。それになにかあったらティエンにおぶってもらうし」

こくりとティエンはうなずいた。

「それより、ニナも気をつけて。こんな騒ぎで賢人会議が終わっちゃったら最悪よ……せっかくここまでがんばったのにさ」

「は、はい」

「気をつけて、エミリくん、ティエンくん」

「はいよ——って、ちょっ、ティエン!?」

ティエンはエミリを抱きかかえると窓からジャンプした。「あぁぁぁ～……」という情けないエミリの声が聞こえたが、ティエンは軽やかに着地するとエミリを引っ張っていった。

「……だ、大丈夫ですかね？」

「た、たぶん……？　それはそうとニナくん、君は食事の準備に行きなさい」

「……あの、アストリッドさん。なにが起きたのかわかったら、ご連絡いただけますか？」

「もちろんさ。賢人様も気にするだろうしね。パーティーでは発明家として貴族に顔を売ってきたから、口の軽そうなヤツらに聞いてみるわ。君はメイドの仕事をまっとうして」

「わかりました……！」

ニナとアストリッドもまた動き出したのだった。

観衆が入ってこないように展開している衛兵と、フロートの間には30メートル以上の距離がある。空いたスペースには騎士がいて、馬に乗ってフロートとともに移動していた。

騎士たちはグリンチ団長によって鍛え上げられており、頼れる存在ではあるけれども、いかんせん上空から飛来するものに対しては打つ手がなかった。

なにかが放物線を描いて、ウーロンテイル伯爵のフロートへと飛んでいく――。

小包のような大きさだったが、それが、なんらかの郵便物であるなどと考える者はここにはいなかった。

グリンチ団長はフロートの背後、50メートルほどの場所にいた。

「止めろォッ!!」

グリンチ団長が叫んだが、タイミングは最悪だった。

前方の騎士たちは観衆へと馬を向けており、その頭上を飛び越されるとすぐに戻ることはできない。

さらには聖杯だ。強烈な光が周囲を照らした直後だったのでグリンチ団長のようにとっさに片目を閉じて瞳孔が閉じるのを防ぎ、光が収まった後にそちらを開いて暗闇にも対応するという器用な芸当ができた騎士はいなかった。

つまり、飛来する小包のようなものに気づくのが、グリンチ団長以外全員遅れたのだ。

ドンッ――。

腹に響くような衝撃とともに、それはオレンジ色の爆炎を放った。ちょうど狐の左頭の鼻先だ。

ワァァァ――観衆はこれも余興の一種だと思って盛り上がる。まるで狐が火を吐いたように見えたからだ。

だがそんなはずはなかった。狐の顔半分は黒こげ、金箔は溶けて流れ、ステージにいるウーロンテイル伯爵がへたり込んだ。

「攻撃だ!! 総員構え!!」

団長の声はすさまじく大きく、大歓声があったとしても騎士たちの耳には届いた。

「来るぞ!!」

グリンチ団長の目には見えていた。夜空を飛来するいくつもの小包——魔導爆弾が。

この手の魔道具は造るのがたやすい。時間を設定して起爆するだけなのだ。触媒となる魔石の価格が高いので量産はできないが、それこそたったひとりを標的にして造るくらいならば誰にでもできる。

だからこそ、魔術無効の結界が必要なのだ。魔術さえ無効化されていれば魔導爆弾は作動しないのだから。

「上空だ！　叩き落とせ！」

グリンチ団長は馬を走らせるとフロートの横でひらりと飛び下りた。たった1発の攻撃ならば愉快犯や、皇帝陛下の記念式典をぶち壊したい犯人なのだろうと思ったが、連続して攻撃してくるとなるとウーロンテイル伯爵をターゲットにしていると推察される。

ウーロンテイル伯爵の人間性がどうであれ、守らなければならない。

それこそが騎士の責務だ。

ドンッ、ドン、ドンッ、ドンドンッ。

魔導爆弾が次々に炸裂する。騎士たちは爆弾を落としきれなかったらしい。

フロートにも直撃した。胴体の一部が破損し、よじ登ろうとしたグリンチ団長も衝撃で振り落とされる。

「うわあっ!?　何事だ!?　助けてくれっ」

中からフロートを動かしている技術者が出てくると、そのまま逃げ出してしまった。

「衛兵!!　不審人物を押さえろ！」

「一般市民は退避せよ!!」

その間に騎士たちが叫ぶと、

「え」

「なんだよこれ」

「パレードじゃなかったの？」

「あ、あの人、ケガしてる」

フロート周辺の石畳はえぐれ、黒煙が上がっている。倒れ伏した騎士が血を流しているのに気づいた観衆は、

「きゃあああああああっ!?」

「逃げろ！　逃げろ！」

「敵だあ！」

「なんだなんだなんだ!?」

大混乱に陥った。

逃げ出そうとする者、状況を理解できず踏みとどまる者、サンドイッチになって苦しむ者、転ぶ者、踏む者、泣き出す者、叫ぶ者、怒る者。

「クソッ……ウーロンテイル伯爵、ご無事ですか!?」

グリンチ団長がフロートを見上げて怒鳴ると、よろよろと伯爵が手すりにしがみついて上半身を起こした。

「何事だ、騎士団長……」

「テロですよ。降りられますか」

「……む、無理だ、足が動かぬ」

「まさかケガを!?」

ウーロンテイル伯爵は老齢だ。ここで足に重傷を負ったりした日には、回復しきれず亡くなってしまう可能性も高い。

「いや、あ、足が震えて……」

グリンチ団長はホッとした。それならばなんとでもなる。

「では私が行きます。そこにいてください――」

次の魔導爆弾が降ってくると、グリンチ団長の後方で爆発した。

(敵の攻撃は精度が高くない。数人程度か？　いや、ウーロンテイル伯爵の生死を確認しようとしているのか？　第1射は結界の有無を確認したからひとつしか投擲《とうてき》しなかったということか。つまりウーロンテイル伯爵が結界を無効にしたことをあらかじめ知っていた)

舌打ちしたくなる。ウーロンテイル伯爵が魔術無効結界を納入した業者を突き止めたのと同様、その情報をつかんだ者が別にいるのだ。

(第3射以降が散発的なのは、その場で魔道具を起動しているからだ。非常に単純な機構の魔術式

だ。敵は戦いのプロではないな）

グリンチ団長は、ピンポイントでここを狙える腕が敵にはないだろうと判断すると、フロートの壁面をよじ登り、伯爵のいるステージに到着した。

「ッ……」

見晴らしが良くなったのでよく見える。

大混乱の群衆と、そこに分け入って不審人物を捜す衛兵。

騎士は魔導爆弾を落とすことに注力しているので負傷した仲間は放置されている。

マズい、と思った。

これ以上の混乱が起きたら、被害はさらに拡大する――。

ドンッ。

次の魔導爆弾は、すぐそばの建物――どこぞの官公庁の持ち物である建物で起きた。石造りのそれががらがらと崩れるとパニックはさらに拡大した。

建物の崩壊は、たとえその損傷が軽微であったとしても目立つ。外壁が崩れて自分の頭に落ちてきたらと思うと、人は落ち着いてはいられない。

テロリストはよく考えている。戦いのプロではないかもしれないが、ただ恨みをぶつけているのではなく、このパレードを混乱させる最善手を考え尽くしている。

「騎士団長！　なにをしているのだ!?　早く私を連れて避難せよ！」

周囲を監視しているグリンチ団長に、ウーロンテイル伯爵は怒鳴った。

「……わかっています」

騎士団としてはまず助けなければならないのがこのウーロンテイル伯爵だ。だから、グリンチ団長が迷う必要はなかった。

枯れ木のような老人を抱き上げると、やはりその身体は軽かった。この体内に、想像を絶するような虚栄心と、くらくらするような野望を溜め込んでいるのだから、人というものは恐ろしいとグリンチ団長は思う。

「飛びますよ」

「えっ、いや、そこにまだ聖――うわあああ!?」

グリンチ団長はひらりとジャンプした。というのも次の魔導爆弾が飛来しているのが見えたからだ。

ティエンのジャンプとは全然違う、ずっしりとした跳躍ではあったけれど団長はウーロンテイル伯爵を抱えたままキレイに着地した。その背後でドンッと魔導爆弾が炸裂《さくれつ》し、フロートが揺れた。

ウーロンテイル伯爵はショックで気絶していた。

「ふ……爆弾で腰を抜かし、飛び降りて失神するか」

笑った団長だったが、背後で、ギッ……とフロートが妙な音を立てたことには気づかなかった。

その騒ぎが起きたことは、賢人会議の会議場にも伝わった。というのもようやく皇帝陛下の臨席があり――フレヤ王国発明家協会の持ち込んだ議案がどうやらすごいらしいという情報を聞いてなんとかかんとか予定を空けたのだが――パレードでトラブルがあれば皇帝陛下の耳に入るのは当然で、その情報は会議場にいる賢人たちにも伝わったのだ。

「ウーロンテイル伯爵のパレードでトラブル……!?」

最も驚いたのはマティアス13世だった。というのもついさっき自分が祝福を与えた相手の名前くらいはさすがに覚えており、自分もしっかり観衆の前に姿を現していたのだ。

「陛下、このバルコニーから北側に回るとトラブルの現場が見えるのではありませんか？　一度会議を止め、我々も現場を見たほうが良いと進言します」

「進言ありがとう、賢人トゥイリード殿。バルコニーに出ましょう」

皇帝陛下がいるということで数人の大臣もおり、それに賢人とそのお供、高官に侍従ともなると大勢がぞろぞろと出て行くことになる。

「――トゥイリード様」

「おや、ニナさん。どうしましたか」

ちょうどそのタイミングで会議場に到着したニナは、トゥイリードに話しかけることができた。

「今、外でなにか騒ぎがあったと聞きまして……」

「ふむ。ニナさんが知っているということは皇城内にもだいぶ情報が行き渡っているということでしょうね――」

とトゥイリードが言いかけたときだ。先にバルコニーに出た面々から、「おお……」「あれは爆発か？」「なにがあったのだ」という声が聞こえてきた。

トゥイリードとニナが急いでそちらに向かうと、確かに濠の向こうで燃え上がる炎がちらほらと見えた。

「余興なのぉ？　それにしては群衆が混乱しているようにも見えるけどぉ……ねぇ、トゥイリードって遠視の魔法が使えるわよねぇ？　ちゃちゃっとやってみてよぉ」

ヴィクトリアに言われ、トゥイリードはうなずいた。

「『万物を照らす光の精よ』」

その詠唱を聞いたうち、数人の高官が「おおっ」と声を上げた。ニナは知らなかったが、四大精霊と言われる火土水風ではない、光や闇の精霊は扱いが極めて難しいのである。それを操る魔法はレア中のレアである。

「『我が望む景色は遠く、その輝きをもって奔流とし、うつつのごとく眼前に示せ』」

バルコニーの外側に、幅5メートルほどの横長、楕円の光が現れた。

そこには——描画は甘くなってはいるものの、皇城の外で起きている状況が映し出された。フロートには誰も乗っておらず、近くに魔導爆弾が着弾して爆炎が上がる。

「これは……テロですね？」

「そのようですな、陛下。現場には騎士がいるのですぐに鎮圧されるでしょう」

皇帝陛下と外務卿の声はいつもよりトーンが高かった。これはパフォーマンスだ。「問題はあったがすぐに解決されるだろう」という。

「…………」

だが、マティアス13世だけは気が気ではなかった。

しっかりと映し出されているのだ、あのフロートの上、ステージにある金色の聖杯が。

ご丁寧に起動がなされ、光まで放っている。

だというのに貸与した人物、ウーロンテイル伯爵はすでにそこにいない。

「おい」

お供の者に話しかける。

「なにか食べるものはないか。甘いものをくれ」

「は……？　せ、聖下、今は菓子を召し上がっている場合ではございませぬ」

言ったお供の司祭は、マティアス13世の目が魔法のヴィジョンに釘付《くぎづ》けになっており、その額には脂汗が浮かんでいるのに気がついた。

「——しかし魔術無効の結界があるのではなかったか？」

「——あのウーロンテイル伯爵のフロートを見よ。魔術を使っているではないか」

「——なんという下品なフロートだ」

被害者はウーロンテイル伯爵であるというのに、大臣たちは言いたい放題だった。それだけ彼には敵が多いということだろう。

「む？　あのフロート、動いておるぞ」

鶴奇聖人が言うと、確かに、ゆっくりとフロートは動いているようだった。機関に不具合が起きているのか、あるいは爆発のショックで壊れたか。

「マズいですね、あの先にはまだ逃げ切っていない観客がいる」

「！」

トゥイリードの言葉にニナはドキリとする。

フロートがゆっくりと速度を上げていく。

「——あのフロートになにか輝くものが載っていないか？」

「——ほんとうだ。あれは……まさか聖杯では？」

高官の誰かが気がつき、マティアス13世の顔は今や脂汗で濡れ光っていた。

「聖杯？　どういうことですか？」

皇帝陛下に見られたマティアス13世は、

「そ、それは……ですな。ウーロンテイル伯爵がどうしても必要だというので、一時的に、彼はその、重々大切に扱うと言うので、仕方なく、教会もまた……」

もごもごと言う。

「教会の象徴でもある聖杯を載せたフロートが暴走でもしたら大変なことになりますな……」

ぽつりと外務卿が言ったが、それこそまさにマティアス13世の危惧だった。教会の聖杯が住民を殺す。いまだかつてこれほどの大惨事があっただろうか。いや、人を殺さなかったとて、大事故を起こせばそれだけで教会の立場は危機的な状況に陥る。

マティアス13世の視界はチカチカしていた。目の前の映像を見たくないのに視線を逸らせない。

フロートはゆっくりと、確実に、速度を上げていく。いまや早歩きくらいのスピードになっている。

そのフロートが、マティアス13世にとっての絶望へのカウントダウンであることは今や疑う余地もなかった。


青年は呆然としていた。

他ならぬ教会の聖杯を前に、なにが起きているというのか。この騒ぎはなんだ。聖杯の、神々しい光を見てなぜ誰も跪かないのか――それどころか、爆発が起き、逃げ出しているのか。

「おい、どけっ！　アンタ邪魔だ！」

突き飛ばされた青年はよろめいたが、彼の視線はフロートへと向けられていた。今、あそこには聖杯があるはずだが、それを持っていたウーロンテイル伯爵が見えなくなっている。うずくまったのだろうか――。

すぐに、ひときわ身体の大きな騎士、グリンチ団長がフロートへと登っていくのを見てホッとしたのもつかの間、グリンチ団長が救い出したウーロンテイル伯爵の手にはなにも握られていなかった。

聖杯は？

まさか、置いていったなんてことはあるまいな？

置いていったのだとしたら――。

「あれは……あの聖杯は教会そのものですよ!?　教皇聖下の象徴であり、教会の素晴らしさを体現する聖杯ですよ!?」

悲痛な青年の叫びは誰にも聞こえなかった。

がたがたと動き出すフロートを見て、人々は叫びながら逃げていく。

確認しなければならない。よもや、置いていったなんてことはないだろうが、もしも置いていかれたのだとしたら、教会への冒瀆《ぼうとく》、いや、神への挑戦と言ってもいい。到底許されるものではない。いや、それ以上に放っておかれているのであれば誰かが聖杯を救い出さなければならないではないか。

「お、おいお前、どこに行く!?　危ないぞ!!」

衛兵が叫んだが、青年は走り出していた。そしてフロート目がけて一直線に走った。

今や双頭の狐の頭は片方落ち、ところどころ火さえ噴いている。そのグロテスクな容貌は子どもならば見ただけで泣くだろうが、青年にとってはそれどころではなかった。

こちらに突っ込んで来るフロートの横に回り、手を伸ばす。突起をつかむが、

「ッ!?」

じゅううと手が焼ける。熱い、なんて言葉では言い表せない。

「ぐううう！」

青年は声を振り絞って叫び、そして手を離さなかった。

（ここで聖杯を見捨てれば、尊い教えを守ってきた教皇聖下に、先輩方に、教会を信じる皆様に、

顔向けできないでしょうが!!)

青年の目は血走っており、ある種の狂気を孕《はら》んでいた。だが行動はきわめて純粋で、一点の曇りもなく、ただひとつ偉大なる先達の教えを、その尊厳を守らなければならないという信念だけだった。

青年は次に、魔導爆弾によって破れた装甲をつかんだ。表面に貼られた鉄板が青年の指を傷つけるがそんなものもろともしない。

「聖杯はッ、無事ですかッ!?」

誰に問うているのかすら彼は理解していなかった。

だけれど両の手と両足とを踏ん張って自らの身体を押し上げたその先に――彼は見たのだ。

千年の知恵を凝縮した尊き教えのごとく、光り輝く杯を。

「――あっ、誰かが登っているぞ」

その声にマティアス13世はハッとする。

爆弾でえぐれてでこぼこしている地面を進むフロートに、しがみつき、必死によじ登っている姿が映し出された。それは――見えにくかったが、

「修道士……?」

教会関係者の服装であることは間違いなかった。

その人物はステージによじ登ると、聖杯を手にし、抱きしめた――まるで愛し子を発見した親で

あるかのように。そうして膝から崩れ落ち、震えている。

泣いているのだと、全員が直感した。

感極まったその人物の振る舞いに、一時、バルコニー上には沈黙が訪れた。

青年は、両手で大事そうに聖杯を抱えたまま、手すりをよじ登り、フロートから飛び降りる。まるで自分の身体などどうなってもいいかのような動きで、無様に地面には落ちたが聖杯だけは傷ひとつつかないように彼の身体にくるまれていた。

守られた――とマティアス13世のみならずお供の司祭たちもまた思った。

彼の献身によって、教会の名誉だけは守られたのだと。

「あの方は……教皇聖下のお供だった御方ではありませんか」

ニナがぽつりと言ったのを、多くの人が――マティアス13世も――聞いた。

「聖下、そのとおりでございます。ふわりとした金髪に、ひょろりとしたあの体格。見覚えがございますでしょう?」

司祭のひとりが言った。よくやった、と内心では快哉《かいさい》を叫んでいた。これで教会は救われたのだ。彼をお供に復帰させてやりたいとも思った。教皇聖下の暴食を知りつつも目をつぶってきたのは自分たちで、教皇聖下に正面から忠告をする勇気は誰にもなかった。それを、あの青年はやってのけ、そして不興を買ってクビになった。

それを見て後ろめたさを覚えない司祭はいなかった。

「そうか……もしや、私がクビにした者か?」

「はい！　そのとおりです！」

司祭は喜んだ。これであの青年が戻ってくれれば丸く収まる――。

「すばらしい働きだな、クビを取り消しにしても良い。ところで、名はなんと言う？」

「……え？」

「名前だよ、名前」

司祭は唖然とした。マティアス13世が教皇に即位する前からそのそばで働いていたのがあの青年だった。身の回りのお世話は彼に任されることが多く、マティアス13世も満足していたはずだ。

だけれど、マティアス13世は彼の名前すら覚えていなかった――。

「タルフットと申します……」

「そうか。余のそばで再度働くことを許すと伝えよ」

「……はい」

司祭は鉄を呑み込んだような気持ちだった。

名前すら覚えられていなかった、なんてことはタルフットに伝える必要はないだろう。いや、それを知ってもなお彼の、教会への、教皇聖下への思いは変わらないはずだ。

そうわかっているのに――いや、そうわかってしまったからこそ、あの青年に対する憐憫《れんびん》と、得も言われぬむなしさを感じて司祭は思わず顔を伏せた。

「危険だぞ、このままでは……激突する」

誰かの言葉に、貴顕たちの視線は魔法のヴィジョンへと戻る。

遠視の映像ではフロートの動きがいまも映し出されていた。

フロートはその勢いを減じるどころか、速度を増して走っていく。最後は馬が疾駆するほどの速度で建物に突っ込み、その建物が崩れていくのが見えた。

あまりにショッキングな映像に、目を閉じて顔を背ける者も多かったが、ニナはじっと見ていた。

大丈夫だ。フロートに直撃した人は誰もいない――でも、もしかしたら。ここからは見えなかったけれど、がれきに巻き込まれた者もいるかもしれない……。

そう思うとニナはいてもたってもいられなかった。タルフットの行動に背中を押されたような気持ちもあった。

「――トゥイリード様、お願いがございます」

ニナは言った。

「この場でわたしのメイドの職務を解いてくださいませ」

「なっ、なにを言うのですか!?」

驚いたトゥイリードはすぐに、ニナがなにを考えているのかを察した。

「なるほど……ニナさんは、現場に行くのですね？」

「はい。すでに仲間が……頼れる仲間が向かっているので」

「わかりました」

神妙な顔でトゥイリードはうなずくと、

「では今この瞬間の、ニナさんの主人である私がニナさんにひとつ、仕事をお願いします」

「仕事……？」

「騒動の現場に出向いて多くの人を救ってください。ただし、あなた自身の安全に十分気をつけ、危険を感じたらすぐに逃げること。傷ひとつ負わないこと。私の名前はいくらでも使って構いません」

「！」

「私も行きたいのですが……テロリストがいる状況で、賢人という肩書きはあまりにも邪魔です。きっと皇城から出ることすら許されないでしょう」

そっと、ニナの肩に載せられたトゥイリードの手は温かく、だけれど少しだけ震えていた。

この人もまたあの場に飛んでいきたいのだろう。でも、立場と周囲がそれを許さない。

言葉の節々に無念さが滲《にじ》んでいた。

「かしこまりました、トゥイリード様。トゥイリード様の代わりと言うには力不足ではございますが、できるすべての力を持って、被害に遭われた方の救助に当たります」

「ありがとう、ニナさん。くれぐれも気をつけて」

「はい！」

「あと、歯を食いしばってください」

「え？」

トゥイリードが手をかざすと、ニナの周囲に風が渦巻いた。

「!?」

ぶおっ、と空気が舞ったと思うとニナの身体が宙に浮いた。

声が出かかったのをぐっとこらえた。

猛スピードで空を滑っていく。「歯を食いしばって」と言われなければいくらニナとはいえ声が出ていただろう。

「——今のは、無詠唱魔法!?」

「——すさまじい……!」

「——生きている間にこの目で見ることができるとは」

高官たちが騒ぐ声もニナには聞こえなかった。

まるで鳥になったような気分だったが、あっという間に景色が流れ、ニナの身体は皇城の通用門近くの広場に下ろされた。とんでもないショートカットだ。この通用門から出られれば襲撃現場は目と鼻の先だ。

　すると、着地した場所のすぐそばに、

「——ニナくん!?　君、今どこから来た!?」

「アストリッドさん!　どうしてここに!?」

「騎士の応援が出るんだ!　フロートに搭載している魔道具が暴走しているから発明家にも来て欲しいと言われてね。君へも連絡して欲しいと人を送ったんだけど……まさか空から降ってくるとは思わなかった」

「わたしも連れて行ってください!」

予想もしなかったアストリッドとの遭遇に驚いたが、彼女を連れて行く予定だった騎士が数騎、馬に乗ってやってくる。

「なんだ、そのメイドは」

「私の連れです。必ずお役に立つので同行を許可してください」

「ダメだダメだ。騎士団所属の医療班は通用門の内部で待機しているから、そこに加わっていろ。ここから先はいまだに危険なんだぞ？　メイドなんて連れて行ってなにになる――」

そのとき城壁の向こうで、ドンッ、という爆発音が聞こえた。魔導爆弾の音はしばらく止んでいたというのにまだ爆発があるのだろうか――そう思うと、ニナはいてもたってもいられなかった。

ここで時間を無駄にはできない。

「そうです、わたしはメイドです。ですが、それがなんだというのでしょうか！　戦場に出る訓練も受けております!!」

「な、なにっ……!?」

ずい、と前に出てニナは言った。

「なにより、賢人トゥイリード様のご命令を受けてここに参りました」

焦った顔の騎士を見て、内心でニナは思う――トゥイリード様、ごめんなさい、名前をお借りしてしまいました、と。

だが騎士が焦ったのはトゥイリードというワードではなく、面と向かって発言してきたその胆力だったことにニナ自身は気づいていない。

「……そ、それならついてくるが良い。ただし自分の身は自分で守ること。良いな？」

「はい！　ありがとうございます！」

「行くぞ！」

ニナとアストリッドは騎士とともに通用門を出たのだった――。


フロートが建物に激突したときに、直接轢《ひ》かれた人は確かにいなかったが、問題はその後だった。

半壊した建物に突っ込んでフロートは止まったのだが、その魔導機関が高熱を発し、ついには炎を噴き出したのだった。

騎士も衛兵も、それを遠巻きにすることしかできない。

「なんだこれは!?　近づけんぞ！」

「放っておくしかあるまい」

「いや、だがな、この裏の区画は木造の倉庫が並んでいる。引火したらとんでもないことになるぞ……」

皇城外周に面した建物は石造りの立派なものが多いが、そのブロックの内側には木造の古い建築物が多く残っていた。

それらは倉庫として利用されており、一度燃え上がればなかなか消えないどころか、夏の乾燥した空気が大火災を引き起こすかもしれない。

「バカな。たかだかフロート1台の炎でそんなことが起きるわけ……」

くぐもった爆発音がした——それは、彼らの視界の先、フロートからだった。

次の瞬間、フロートは大爆発を起こす。

魔導機関として積まれた魔石だけでなく、双頭の狐を光らせるために用意した魔石もまた誘爆したのだ。

その炎は周囲20メートルを焼き払う。

もちろん、そのすぐそばにいてのんきに会話していたふたりの騎士はそれに巻き込まれた——はずだった。

「はっ……!?　え、あ？　生きてる!?」

「爆発、爆発が……どうして!?」

「——危なかったのです。壊れた魔道具に近づいたらダメって、アストリッドがいつも言ってるから、気をつけてね」

「え!?　君は……」

「メイド!?」

メイド服を着たティエンは、類希《たぐいまれ》なる聴覚でもって爆発の予兆を感じ取っていた。

そしてぎりぎりのところでふたりの騎士の首根っこをつかんで、跳んで逃げたというわけだった。

「だ、だが君も危険だ。こんな炎になったら……」

「そっ、そうだ！　これほど燃えたら倉庫まで延焼する！」

炎から15メートルは離れていたが、肌の表面が焼けるように熱い。

燃え上がる炎は夜空を焦がすかのようにすさまじい火柱になっている。

周囲を照らしだし真昼のように明るくなった。

魔道具なので魔石の魔力が切れれば鎮火はするのだろうが、それがいつになるかはわからない。

消火活動を今から始めるよりも、火が移るのが早そうだ。

だというのにティエンは落ち着き払って、

「それなら大丈夫なのです」

振り向いた——百メートルほど向こうの濠へと。

「あそこに、魔法だけはすごいヤツがいますから」

皇城の濠を背に立っていたのは、ひとりの少女だ。

魔導士らしいつばの広い帽子をかぶり、そして杖を構えていた。

「『生命に慈愛をもたらす水の精よ、我が声に応えてその姿を現せ』」

その小さな身体からは想像もできないほどの高濃度魔力を練っているのが、離れた場所であっても騎士たちには感じられた。

エミリの声によって、濠に張られた水面がずずもももと隆起する——いやそれは「隆起」などと言ってはいけないのかもしれない。盛り上がった水はまるで龍のごとくエミリの背後から夜空へと伸びていく。

「『生命を刈り取る不遜なる炎を蹴散らし、愛の深さの証を立てよ』」

エミリは、ダンッ、と前へと一歩踏み出した。

「行っけぇぇぇぇぇぇぇ!!」

水は——水龍は、とてつもない速度で火柱に突っ込んで行く。超高温に触れた水が一瞬で蒸発し、小規模の爆発を起こすが、それすらも呑み込んで後続の水塊が飛び込んで行く。蒸気の煙が周囲に満ちて、周囲は暗くなる——そう、火が消えたことによりまったく明かりがなくなったのだ。

「うえっ、くさっ、濠の水かこれは……淀んでやがる」

「だが、火は消えた……消えたぞ！」

「おっ、おおおおお！　確かに!!」

騎士ふたりはずぶ濡れだったが抱き合って喜んだ。

「ありがとうメイドさん！　あれは君の仲間かい!?　……あれ、メイドさん？」

つい先ほどまでそこにいたメイドは、いつの間にかいなくなっていた。


その光景はバルコニーの遠視の魔法でもしっかり映し出されていた。

フロートの爆発によって首都サンダーガードに大火災が発生するかもしれないと身構えた面々だったが、少女魔導士のすさまじい魔法によって瞬く間に鎮火してしまうと、

「おおおおおっ！」

「すさまじいですな！」

「なんという高名な魔導士ですか!?」

「冒険者のようですが、見事！」

大歓声が上がった。

「は、ははは……ははははは！」

ミリアドはバルコニーの手すりに手を突き、笑い出した。お供の魔導士がその様子をいぶかしむ
――滅多に笑わないミリアドが、今日は2度も笑っている。

「いかがなさいました、ミリアド様」

「いかがもなにもあるか。見ただろうあの魔法を」

「は……水系統の精霊魔法のようでしたが」

「第5位階、しかも創作魔法の『清冽《せいれつ》なる昇龍《しょうりゅう》』だ」

「第5ッ……!?」

「魔塔にスカウトしたい。冒険者ギルドに問い合わせろ。あれほどの使い手ならばすぐにも見つかるだろう」

「わ、わかりました！」

驚いたのはお供の魔導士だけでなく、それを耳にした他の人々もだった。こっそりと動き出した高官はひとりふたりどころではない。にわかにバルコニーにはそわそわとした空気が流れた。

ひとりにこやかなのはトゥイリードだけだった。

彼女が、ニナの仲間であることを知っているのだ。

（ニナさんは、ほんとうに良い仲間に恵まれましたね）

まるで親が子どもの独り立ちを見守るような顔で、そう思った。


エミリはやりきった。

昼の、庭園整地作業がなければもっとずっと楽だったのにとは思うけれど、なけなしの魔力を振り絞って——詠唱までして、魔法をぶっ放した。

火事になると思ったら身体が勝手に動いたのだ。大火事となればとてつもない数の犠牲者が出てしまうだろう。日本では冬の乾燥した時季に火事となるが——江戸の大火事も夏ではないのだが、この首都サンダーガードは気候が全然違う。降雨量が少なく家々はいい感じに乾いている。

なにもないところから水を発生させるのはよほど精霊の機嫌がいいときでないと難しいので、濠の水を使ったのは我ながらグッドアイディアだったと思う。

思っていた以上に汚れていたし、たぶん濠は一時的に干上がって、魚がぴちぴち跳ねている可能性は高いけれど、程なくして多少の水は流れ込んでくるだろう。その間に死んでしまった魚にはごめんなさいと言うしかない。

いずれにせよ――やりきったのだ。

臭いのは腹が立つけれど、やりきったのだ。

エミリは、魔力を使い果たし、身体から力が抜けるのを感じた。そのまま後ろに倒れる――と思ったとき、その身体をそっと支える手があった。

「エミリさん、がんばりすぎですよ」

「……えへへ、もっと褒めて」

それは彼女にとって、この世界でいちばん大事な仲間の手だった。

「エミリさんは、わたしにとって世界一の魔導士様です！」

エミリはにやりとして、

「知ってる――」

そのまま幸せそうに眠りに落ちた。

魔力の欠乏症だとわかっているので、ニナはあわてなかった。通用門を出てまず見たのが、真っ赤に燃える火柱。そして次に、エミリの大魔法だった。

「エミリさんがいなければ被害はもっとずっと大きかったでしょう……ほんとうに、世界一の魔導士様です」

ぎゅっ、と抱きしめてから、ニナは周囲に視線を巡らせる。

攻撃は止んでいるが、混乱は収まらずにあちこちで悲鳴のようなものが聞こえている。

衛兵と騎士は散らばっており、倒れている者への救護の手は足りていない。

「わたしにできることは、皆様の支援……ごめんなさい、エミリさん。ちょっと待っていてください」


ニナは手ぬぐいをエミリの頭に当ててその場に寝かせるとすぐに動き出した。

なによりも最優先しなければならないのが重傷者の対応だ。爆発に巻き込まれたのか、半身血まみれの衛兵は、放置されていた貨車に載せて移動させる。通用門の向こうには待機している医療班がいるのでそこに運び込むのだ。しかし貨車は本来は馬が牽くためのもので、馬がいない今はニナが力を込めて牽くしかなかった。

意識がある軽傷者は、いったん傷口を縛り、通用門へと歩けるかどうか確認する。

意識がない者は外傷がなくとも体内に問題があるかもしれない。『皇帝在位50周年記念』ののぼりを持って来て立てて、医者への目印とする。

周囲の安全が確認されたら医療班も動けるはずなので、その前段階の働きをニナは黙々と続けたのだった。

それは、地味で、危険で——まだ爆発だってあるかもしれない——他に誰もやる者がいない仕事だった。本職の騎士団付きの医療班が待機しているというのにメイドがひとりでなにをやっているのかという話だ。

それでも。

「ふう……」

ニナは額の汗を拭った。

この数日、ほとんど眠っていない。

加えて、国家的なＶＩＰである賢人のお世話というプレッシャーに、度重なるトラブル。

体力としてはとうに限界を越えていた――だけれど、この襲撃事件を目にして動かないわけにはいかなかった。

「まだ、動けます。まだ……」


ウーロンテイル伯爵を抱えて避難したグリンチ団長は、「ここからは歩けるから下ろせ」と命令するように言われ――同じ伯爵位であるにもかかわらず――ウーロンテイル伯爵を地面に下ろした。

きっと、抱きかかえられたままでは外聞が悪いとでも思ったのだろう。こんなところでも名誉や恥を気にする老人に、もはやグリンチ団長は怒るどころか呆れていた。

そこはパレードで通ってきた、濠に沿った外周だ。広々と見晴らしはよく、遠目に騎士たちが活動しているのが見える。襲撃者を追わせているのでウーロンテイル伯爵の護衛はグリンチ団長が務めることになる。

「これは騎士団の怠慢だぞ!?」

ウーロンテイル伯爵は震える声でグリンチ団長を怒鳴りつけた。これほど興奮しているウーロンテイル伯爵を見たのは初めてだった。

それほどまでに今回のパレードに力を入れていたのだろう。

「団長！　応援としてやって参りました！」

とそこへ、騎士を乗せた5騎の騎馬がやってくる。だがそれはウーロンテイル伯爵をますます怒らせるのだった。

「たった5人でなにができる!?　私はウーロンテイル伯爵だぞ!!　ただの貴族ではないぞ！　あれだけ雁首《がんくび》そろえて騎士団が配置され、襲撃されたとは何事だ！」

魔術無効の結界を勝手に切ったのはウーロンテイル伯爵で、それさえ稼働していれば襲撃なんて成功するはずもなかった。事実、パレードの最後《オオトリ》であるウーロンテイル伯爵が出てくるまで、問題はなにひとつなかった。

だというのに自分のことは棚に上げて老人は怒り狂った。

「これは由々しき事態だ！　私は全力で騎士団を糾弾するッ。騎士団を解体にまで追い込んでやるからな」

解体したところで別の名前の騎士団が誕生するだけなのだが——武力が必要とされているのは変わらないのだ——ウーロンテイル伯爵はキレ散らかしている。

「伯爵閣下、お怒りはごもっともですが——」

「止せ」

応援でやってきた騎士のひとりが取りなそうとしたのを、グリンチ団長は止めた。一度、怒りを全部吐き出させたほうが良さそうだという判断だった。

そうしないと、おとなしく歩いて、皇城まで戻ってくれなそうだ。

「騎士団はたるんでおると前々から思っていた！　我が伯爵家兵団を知らぬかッ。あの精鋭を見れば貴様らも考えを改めるぞ！　騎士団に直々に指導をしてやってもいいかもしれん。とにかく！このような場で大失態をしでかしたのは貴様らが原因で——」

ふと、ウーロンテイル伯爵は言葉を切った。

「——なんだ、貴様は？」

ふだんならばグリンチ団長は気づいただろう、その人物の接近に。だが今は5騎の騎馬が背後にいたせいで目隠しになっており、さらにはウーロンテイル伯爵の大声がかすかな足音すらかき消していた。

振り返ったそこにいたのはジャケットを羽織った——パッと見はちゃんとした身なりの青年だった。いや、その服ももともとは良い仕立てのものだったのかもしれない。だがあちこちがほつれ、ホコリまみれだった。

目深にハンチング帽をかぶった青年の顔色はうかがい知れなかった。だが、口元がにやりとしているのに全員がぎょっとした。

「……ウーロンテイル伯爵。『なんだ』と問われればこう答えよう。私は正義をなす者だと。しかし『誰だ』と問われればこう答えよう——」

青年は手に麻袋を持っていた。そう大きくはない、ランチボックスでも入りそうなサイズだった。それを片手で持つと、ハンチング帽を外し——素顔をあらわにした。

「リングヤード子爵家、第4子、ノーラン＝リングヤードだと!!」

「!?」

ぎょっとしたのはウーロンテイル伯爵だけだった。グリンチ団長は、そんな子爵家もあったような気がすると思ったくらいだ。

だが青年――ノーランはそれで満足したようだ。

リングヤード子爵家は、ウーロンテイル伯爵と敵対したせいで、貴族家の廃止、のみならず一族全員を事故を装って殺された一家だ。魔の手は親族にまで及び、リングヤード子爵家の血を引く者はすべてこの帝国から消えたとウーロンテイル伯爵は理解していた。

それほどまでにウーロンテイル伯爵のやり口が徹底しているのは、ひとり残らず粛清しなければならないほどに残された貴族の恨みというものは恐ろしいとわかっているからだ。

だが、ここに生き残りがいた――ウーロンテイル伯爵の顔は恐怖に染まった。

「こいつを捕らえろ!　こいつが襲撃犯だあ!!」

ウーロンテイル伯爵が言うよりも前に、ノーランは麻袋から小包状の魔導爆弾を取り出していた。

――もう遅い。

そうノーランは口だけ動かすと、小包をポイとウーロンテイル伯爵に向かって投げた。

ふたりの距離は5メートルほどしかなかった。

ここで爆発すれば自分だってケガは免れないだろう――彼は自分もろともウーロンテイル伯爵を爆殺する気なのだ。

グリンチ団長は反応できた。だが、間にいる騎馬が邪魔だった。声を上げて手を伸ばしたが、魔導爆弾の表面をわずかに指先がなぞっただけだった。

スローモーションのように魔導爆弾は飛んでいく。それはウーロンテイル伯爵の顔にごつんとぶつかった――そのままウーロンテイル伯爵は尻餅をつき、目を剝いて失神する。

「…………」

「…………」

「…………」

「…………」

「…………」

「…………」

「…………」

失神したウーロンテイル伯爵以外の7人は、無言だった。

魔導爆弾が――爆発しない。ごろりと地面に転がったままだ。

「な……なんで。単純な魔術で、不発なんて今までひとつもなかったのに……?」

呆然としてノーランがつぶやいたときだった。

「――ひゅ～、危なかったねえ。間一髪だった」

現れたのは長い鉄の杭《くい》のような魔道具を肩に担いだ女性発明家――アストリッドだった。

「これ、魔術無効結界の魔道具。ウーロンテイル伯爵様が勝手に切っちゃったって聞いたから、今さっき使えるように戻したんだ。これでこの一帯は魔術も魔法も使えないよ」

「――――」

魔術無効結界の魔道具は、発明家がふらりとやってきて即座に解析できるような代物ではないことをグリンチ団長がいちばんよく知っている。そんな代物だったら貴族が勝手に切ってしまうからだ。だからこそ、業者には秘密裏に開発させているわけで――。

と、今はアストリッドがどうやって解析したかとかを考えている場合ではなかった。

「捕らえよ！　襲撃事件の首謀だ！」

「!!」

騎士たちはハッとして動き出したが、

「どけ！」

「きゃっ!?」

ノーランはアストリッドを突き飛ばして走り出す。

「くっ！」

邪魔な騎馬を迂回《うかい》して走り出したグリンチ団長はノーランを追って建物と建物の間、裏通りへと飛び込んでいく。騎馬もそれを追うのだが、細い路地には入れずもたもたしている。

「まったく、突き飛ばすことないじゃないか。私はか弱い乙女だよ？」

とアストリッドは言うのだが、その場に残されていたのは失神した貴族がひとりいるだけだった。

「……え？　どうするの、この人？　もしかして私が運ばなきゃいけないとかいう展開……？」

その問いに答える者は誰もいなかった――というか周囲には誰も残っていなかったのだけれど。

ノーランは悔しくて悔しくてたまらなかった。あと一歩、あと一歩でウーロンテイル伯爵に手が届いたというのに。

没落する家から、命とともに持ち出した虎の子の資金を使って、魔石を買い集め、魔導爆弾を造った。

計画は完璧だったし、事前情報は正しかった。

復讐は成功するはずだった。

仲間も興奮して爆弾を放り込み――いくつかは見当外れの方角に飛んでいったが混乱を拡大できたのでそれもまあいいだろう。

フロートが爆発したことはノーランのあずかり知らぬことだが、ウーロンテイル伯爵の自爆だと思えば痛快だ。

だが、ウーロンテイル伯爵自身を殺すことができなかった。

「クソ、クソ、クソ！」

ノーランは裏路地を走り回った。

巨軀のグリンチ団長が追いかけてくるのは恐怖でしかないが、裏路地ならば知り尽くしている。

知り尽くさねば生きてはいけなかったのだ。

「おい、ノーラン！　こっち！」

逃げおおせた仲間が向こうで手を上げているが、

「上手くいったな！　お前の言ったとおりだ！」

ノーランはその能天気な言葉に反吐《へど》が出そうだった。ウーロンテイル伯爵は生きているのだ！　だからこそ自分は、刺し違える覚悟で彼の元に向かったというのに、仲間はしかし、貴族に一矢報いただけで大満足という顔なのだ。

「あなたはここで待機してください。他にも仲間が来ます」

「お、そうなのか？　わかったぜ」

仲間など来るわけがない、来るとしたらグリンチ団長だ。つまりノーランは仲間を切り捨てたのだ。騎士団長がこの男を捕らえれば尋問するに違いない――逃げる時間を稼げる。

「ノーラン＝リングヤード!!　そっちにいたかァッ!!」

グリンチ団長のすさまじい声が響いてくる。もう追いつかれそうだ。ノーランはダッシュする――ちらりと後ろを見ると、切り捨てた仲間はグリンチ団長のパンチ一発で沈んでいた。

「はぁ!?」

尋問もなしにいきなり殴り飛ばしたのだ。騎士らしからぬその行動に思わず声が出る。

「頭がおかしいのか!?」

それを言えば自分たちだってフロートにいきなり魔導爆弾を投げ込んだのだが、自分のことは棚に上げるのが人という生き物である。

ノーランは裏道をいくつも使い、グリンチ団長を惑わせながら走り、ヘロヘロになりながらもついに自分の隠れ家としている倉庫までたどりついた。

「ノーランの兄ちゃん！　どうしたの!?　昨日から全然見なかったけど――」

スラムに住む少年のひとりが言ったときだ。

「――ノーラン＝リングヤードッ!!」

すぐ後ろにグリンチ団長が迫っていた。

「くっ」

「ッ!?　ノーランの兄ちゃん!?」

ノーランは少年の背中に回り、彼の首に腕を回すと、懐からナイフを抜いて少年の顔のすぐ横に構えた。

「ち、近寄るな、バケモノが！」

「……なんのつもりだ」

グリンチ団長が近づいてくるのでノーランは後じさる。

「市民の命がどうなってもいいのか!?　お前は、この首都を守る騎士でしょうが！」

「ノ、ノーラン……兄ちゃん……」

「お前は黙っていなさい！」

ノーランにすごまれ、少年は目を白黒させながら身体を強ばらせた。

スラムの人々が現れ、何事かと様子を遠巻きに見てくる――そこには少年の仲間たちもいた。

呆れたようにグリンチ団長は言う。

「悪あがきだな」

「わ、悪あがきでなにが悪い！　元々そういう人生だったんだ……！　家族が全員殺され、私は血みどろの中で目が覚めたんです！　勝手に連中は私が死んだものと勘違いしたが……そこからは地獄のような日々でしたよ。それでも私は悪あがきをし続け、し続け、ここまできたというのに！」

「そうか」

じゃり、と1歩踏み出され、

「みんな、見てください！　これが帝国の誇る騎士団長グリンチ伯爵ですよ！　スラムの子どもを人質に取られても、犠牲になっても構わないと突っ込んで来る！　私たちの命に価値など認めていないんです！」

「それは違う」

チラリとグリンチ団長はどこかを見たようだったが、それにノーランは気づかなかった。

「なにが違うというんですか！」

「市民の命に重いも軽いもない。等しく命だ。だが貴族の命とは種類が違う――そうだろう、子爵家にいた者よ？　お前は、自らの命が、市民が汗水流して働くことによって、その税によって育まれていたのだとわかっていたか？」

「き、詭弁《きべん》です……そんなものは！　大体、私はもう貴族では……」

「ならばわかりやすく言おう。今のお前はな、子どもの命を盾に逃げようとするお前は、お前がいちばん嫌っているウーロンテイル伯爵と同じ、ゲス野郎だ」

「!!」

その言葉は、まるでパンチのように響いたのだろう――ノーランの目が泳ぎ、ナイフの角度が一瞬下がった。

その一瞬で十分だった。

「ッ!?」

パンッ、とナイフは蹴り上げられ、少年に巻かれていた腕も易々《やすやす》と剝がされた――背後から忍び寄っていたメイドによって。

「あ、あなたは――」

その月狼族のメイドが、2日前にこの倉庫で炊き出しをしてくれたあのメイドだとノーランはわかっただろうか?

距離を詰めていたグリンチ団長のパンチがノーランの頬にめり込むと、彼の身体は錐《きり》もみ回転して宙を飛び、そのまま地面に落ち――ノーランは気を失ったのだった。

「――大丈夫?」

ティエンが少年に聞こうとすると、

「兄ちゃん!」

少年は倒れたノーランに駆け寄り、そのそばに跪いた。少年と同様に、仲間の子どもたちも集まってノーランを囲んだ。

「来るな、来るなよ！　ノーランの兄ちゃんをいじめるなよ！」

「そうだ！　帰れよ！」

「お姉ちゃん、いい人だと思ってたのに、
涙目で抗議してくる子どもたちに……」ティエンはなにを言っていいのかわからなかった。ノーランは少年を盾にしたのだ。少年は命の危険を感じて震えていたはずだ。

それなのに——今こうして、そのノーランをかばっている。

「ふー……」

グリンチ団長は腰に手を当て、ティエンを見た。

「なかなかに割り切れん顛末だ。そうではないか？　だがな、騎士の仕事はこんなことばかりだよ」

「チィは一生騎士になんてならないのです」

「……そうか、お前さんの腕っ節を見込んで騎士にスカウトしようと思っていたんだがな」

先ほどグリンチ団長は、ティエンが忍び寄っているのに気がついていた。そうして強い言葉をぶつけて青年を揺さぶり、隙を作った——ティエンは騎士団長の期待通りに行動してくれた。

「しかしよくここがわかったな」

「……襲撃現場に、ノーランの、ハッカみたいなニオイが残っていたのです」

「腕っ節だけじゃなくて鼻もいい。ますます欲しくなったぜ」

「冗談じゃないのです。それより……これで終わりなの？」

「……ああ、そうだな」

グリンチ団長は振り返った。

こんなスラムに似つかわしくない、馬の走る音が聞こえるのは騎士が集まっている証拠だろう。

ノーランが首謀者なのだとしたら、この周辺に仲間が潜伏しているはずだ。これから夜を徹しての調査になるだろうが、それでも、

「これで終わりだ」

と、首都の治安を任された騎士団長は言った。


安全が確保されたとわかると医療班が通用門から出てきて次々に治療に当たったが、応急処置があまりにも見事であり彼らの仕事はさほど多くなかった。

その立役者であるニナは——今もってなお働いていた。

襲撃事件の不幸中の幸いは、日没という時間に起きたことで幼い子どもの観客がいなかったことだろう。

それでもまったくいなかったわけではなく、

「ウチの、ウチのエルティはどこ!?」

「お母様、落ち着いてください。お子様の特徴と、どの辺りで観覧されていましたか？」

「え、ええと……」

子どもとはぐれてしまった母親を見つけてはその子どもを捜すのに走り回っていた。

「エルティさん！　エルティさん！　いらっしゃいませんか！」

小柄な体格ながらニナの声はよく通る。ふだんならこれくらいではまったく息切れなんてすることもないのだけれど、ニナの息は上がり、汗も噴き出していた。メイドとしてあるまじき姿だと思っている。だけれど、迷子の捜索は初動が肝心だ。時間が経つとどんどん子どもが離れていってしまう。今無理をしないでいつするというのか——体力は尽きても、気力だけがニナを動かしていた。

「いません……」

観覧していた場所から、避難方向へとぐるりと捜したがまったく見つからない。こういうときは出発点に戻ろうとニナは動き出す。

その観覧地点はフロートが爆発した地点に近く、水浸しの周囲はむわっとしており、悪臭が立ちこめ、離れた場所で医療班が活動している以外に誰もいなかった。

「——ッ!?　あそこに！」

なんと子ども——エルティは黒こげになったフロートを見上げて立ち尽くしていたのだった。

一安心すると同時に、一気に力が抜けるような思いがした。それはニナの小さな身体に溜まっていたとんでもない量の疲れによるものなのだろう。

「エルティさん——」

声を掛けたニナは、ハッとする。

フロートが爆発したのは、衝撃を受けたからだ。建物に衝突するという。

今もなおフロートの前方はがれきに埋まっており、鼻先を建物に突っ込んだ形となっている。

ニナが見たのは、建物の上部外壁――ぱらぱらと砂が落ちてきており、フロートの衝突に爆発、その後の魔法による衝撃で外壁は脆《もろ》くなっている。

「エルティさん！　逃げてください！」

「？」

振り返ったエルティはきょとんとした顔だった。なんで自分の名前を知っているのかわからない、というような。

ニナは走った。

メイド服を着たメイドが走ることは許されていなかったが、今はその考えをすべて捨てて全力で走った。

ぼろりと取れたがれきがエルティの頭に降ってくる――ニナはエルティを抱きかかえてその場に伏せた。

パァァアンッ。

それは――がれきが落ちたにしてはあり得ないような、乾いた音だった。拳銃の発砲音のようにさえ聞こえた。

ニナは、自分の身体に落ちてきたのが石ではなく、細かく粉砕されたがれきだと気がついた。

「お前ががんばり屋だということは知っていた。だからこっちはお前に任せたんだよ、ニナ」

その声を聞いて、ニナは悟った。

落ちてきたがれきはこの人が粉砕したのだと。

銀食器を磨くには根気が必要で、それを続けているとまめができ、やがて裂けると皮膚が硬くなる。この人は、「鋼鉄よりも私の拳は硬い」と——メイドの仕事を極めると、そうなるのだといつも言っていたっけ。

「……お元気そうで……なによりです」

ニナは自分の体力が限界を越えていたことを改めて知った。いくら月明かりすら建物に遮られて薄暗いとしても、目の前にいるこの人がぼやけて見えるなんて——滑らかで美しく、豊かな銀髪も、女性として抜群のプロポーションである身体を隠しているメイド服も。

だけれどそんなものが見えなくても、ニナはそこにいる人物が誰なのかわかっていた。

嗅ぐだけでくらくらするような、火酒のニオイはニナにとって懐かしくもあり、つらかった修行時代を思い起こさせるものでもあった。

「師匠……」

ニナは瞳を閉じた——安心しきって、眠ってしまった。

エピローグ　皇帝陛下が「メイドさん」に与えるもの

賢人会議が10日という完全日程を終えたのは、会議が始まって以来実に初めてのことで、議案の解決件数が71件というのもまたぶっちぎりで過去最高だった。

特に、7日目以降の会議の進捗がすばらしかった。

議論は白熱し、前向きで建設的な意見が多かった——鶴奇聖人をのぞけば。さりとて鶴奇聖人も議論を妨げるのではなく、美女を引き連れていちゃいちゃしているだけだった。

特に魔塔の主ミリアドと、教皇聖下マティアス13世の発言量が増えた。マティアス13世の発言内容は見当外れのものも多かったが、いちいちミリアドはそれをバカにしたりはせずに建設的な議論を進めていった。

ふたりの心変わりが、6日目に起きた一連の出来事によるものであることは明らかだった。

「——以上、第71番の議案の解決をもって、賢人会議を終了とします」

トゥイリードの宣言があると、誰からともなく手を叩き始め、拍手となった。

ミリアドはいつもの仏頂面ながら、それでもまんざらではないという顔をしており、ヴィクトリアはにやりとしてグラスのワインを飲み干した。マティアス13世の後ろには青年タルフットが復職しており、あちこちに包帯を巻いていたが目尻に涙を浮かべて拍手をしていた。

「……終わりましたね」

疲れ切ったトゥイリードは手元のお茶を口に運ぶ。すばらしい香りだったが、これを淹れてくれたメイドの少女——賢人会議を10日やり抜くのに必要不可欠だった手助けを与えてくれたメイドの少女は、この場にはいなかった。


会議場にいない、とは言ってもニナはメイドの宿舎に戻り、夕食の準備をしているだけだった。

「お疲れ～！　ニナ、がんばったわね！」

「こっちは一足先に乾杯しているから、ニナくんも後でどうだい？」

「エミリとアストリッドはニナががんばってなくても勝手に酒を飲むのです」

メイドの宿舎の部屋では、エミリとアストリッドがワインをすでに飲み始めており、ニナとともに戻ってきたティエンが呆れた顔でツッコんでいた。

「あははは。わたしはお酒はいただきませんので……」

「ニナ、体調はどう？」

「はい！　元気いっぱいです！」

「…………」

「…………」

「…………」

「……この沈黙はなんですか!?」

ニナは正直に答えたつもりなのに、3人が黙ってしまった。

「ニナくんは無理をするからねえ……」

あの日——襲撃事件でニナが眠ってしまった夜。

ニナはそれから丸一日眠り続けたのだった。

エミリの魔力欠乏症は一晩眠れば治るし、首都を走り回って騎士団とともにテロリストの残党を制圧するのに動いたティエンはお腹いっぱい食べれば回復する。アストリッドに至っては放置されていたウーロンテイル伯爵を担いで運ぶのにめちゃくちゃ時間が掛かってしまい、翌日筋肉痛になった。なんなら3人の中ではアストリッドがいちばん疲労していたかもしれない。

とはいえ、ニナは丸一日だ。

さすがに3人は心配になる。

「でも、ほんとに大丈夫なんです。いっぱい眠るのって大事ですね」

「それはそうなんだけどさぁ……ま、ニナみたいな超人も疲れるのかってわかったのは良かったかもしれないわね」

「皆さんこそ、いろいろとお手数をおかけしました。うちの師匠が……」

「その話は止めて!?」

ニナが眠っていた賢人会議7日目は、なんとニナの師匠であるヴァシリアーチが代わりを務めてくれた。

彼女の動きは、ニナの超絶スキルを見慣れているエミリたちですら目を剝くほどで、さらにはヴァシリアーチは周囲の人間をこき使うのも得意だった。

手の届きにくいところや広範囲の掃除はエミリの魔法で、大きな荷物を運ぶにはティエンの手を借り、魔道具の不調を見抜くとアストリッドが呼ばれる。アストリッドなどは、本業の発明家である自分ですら注意深く見なければわからない不調を、ヴァシリアーチが瞬時に見抜くのが不思議でならなかった。しかも皇城内は山ほどの魔道具が稼働しており、不調を指摘された魔道具は数十とあった。筋肉痛の身体を引きずって皇城内を歩き回ったアストリッドはさらに翌日も筋肉痛だった。

倉庫の魔道具まで不調を指摘されたときには、賢人がここに来るわけがないとアストリッドは言ったのだが、ヴァシリアーチからはその確率はゼロではないだろうと突っ込まれる。であれば万全を期すのがメイドの仕事。彼女のプロ意識の片鱗を見た気がしてアストリッドは震えた。

「……あの人がニナくんの師匠だというのは納得以外の何者でもないよ」

その記憶を洗い流すようにアストリッドはワインを呷る。

「でもチィはあの人好きなのです。ご飯が美味しいからね。でも酒臭いのはイヤ」

「……皆さんは、師匠とお話ができてうらやましいです」

実のところ、ニナが目覚めたときにはもうヴァシリアーチはいなかった。そろそろ目が覚めるだろうからあとはよろしく、という感じで手紙を残していなくなったのだ。

「あんなに厳しい人なのに、ニナは大好きなのねえ……」

「だ、大好きというわけではっ」

「置き手紙しかなかったのに、何度も読んでるもんね?」

「も〜、エミリさん〜〜!」

「あっはは、ごめんごめん」

赤くなっているニナをからかってエミリは喜んでいる。

厳しい人であるのは間違いないし、底知れぬ凄みを持っていることもエミリはわかっている。だからこそエミリは思った——なんでニナが苦しむもっと前に来てくれなかったのか、と。

実際、それをヴァシリアーチにぶつけたのだが、その回答は、

——他にやらなければいけないことがあった。そっちは、ニナには任せられなくてね。

ということだった。

そんなのむちゃくちゃだと思った。口ぶりから察するに、賢人会議くらいニナに任せておけばいいと思っているふうだった。

もう一言文句を言いたいエミリだったが、エミリはヴァシリアーチの別の側面も見たのだ。魔力欠乏症でエミリがぶっ倒れてこのメイドの宿舎に寝かされていたとき、ヴァシリアーチが自らの手でニナを隣のベッドに運んできたのである。

ニナを見つめるヴァシリアーチは、母が子を見る視線と、教師が教え子を見る視線との中間くらいのようにエミリには感じられた。そこに温かさが、愛があるのを感じられた。

それを思うと、もう追加の文句は出てこなかったのだ。ヴァシリアーチにもなにか事情があったのだとわかったら、もう。

「――おーい、ニナ！　できたぞ！」

窓の下からロイの声がする。

「今日は……あのおっかねえお前の師匠はいないよな!?」

ちなみに言うとロイも、なんならトムスも、ヴァシリアーチからあれこれと不備を指摘されていた。コックとして、庭師として、プロフェッショナルであるふたりがぐうの音も出ずに、「……わかった、わかったよ、やってやる！」「この歳になってもまだ学ぶことがあるとは……」と黙々と手を動かし、すばらしい食事とすばらしい植栽を完成させていた。これが、賢人たちの目と舌を楽しませ、会議の活力になったことは疑いようがない。

ヴァシリアーチは3日前に去ったというのに、こうして警戒しているロイがおかしくてニナは噴き出してしまう。

「今行きますね！」

返事をして、4人で部屋を出る。

「今日は食事の後に、トゥイリード様とお話だっけ？」

「はい。明日の出発のことかと思います」

「それなのにあたしたちも要るの？」

「はい……4人で来て欲しいとおっしゃっていて。なぜかはわかりませんが」

「ま、いいけど。ロイさんは明日まで？」

「その予定です。ここの仕事が終わったらロイさんがシェフを務めるレストランにも来て欲しいとおっしゃってました」

「いいわね！　ロイさんの本気メニューを食べてみたいわ！」

エミリは喜ぶが、

「いったいいくらするのかねぇ……」

「チィも本気を出すのです」

「……いったいいくらするのかねぇ」

アストリッドは同じことを2回言ったが、意味合いはちょっとだけ違った。

「まぁ～、問題は偉い方々が、ニナをこの城から何も言わずに出してくれるか、だけどねぇ～」

エミリはふざけたように言ったが、彼女の言うことはもっともだった。元はと言えばドンキース侯爵に狙われ、グリンチ騎士団長がそれをうやむやにしてニナをここに引っ張ってきた。ニナは賢人会議に貢献したはずだけれど、それでドンキース侯爵がニナをあきらめることにはならない。

ニナの能力に目を付けた皇帝陛下がニナを欲するかもしれない可能性まであった。

そんなことを言っているエミリではあったが、自身が魔塔の主ミリアドから目を付けられ、今冒険者ギルドには賢人ミリアドから「第5位階魔法を使える少女魔導士がいないか」という問い合わせが来ていることを知らない――。

賢人たちが会議で協力をしたと言っても、最終日ともなれば「もう顔も見たくない」と言うので別々に食事を摂ることになった。ニナは、マティアス13世とそのお供たちの食事をキアラに託した。

お供の司祭たちはロイの作る料理に惚れ込んでしまい、「食事制限をなさっている教皇聖下と同じものを食べます」という建前のもと、ロイの料理を食べ続けた。おかげで全員つやつやの健康体である。

そしてマティアス13世もだ。たった数日だというのに心なしかアゴ回りがすっきりしている——食事もそうだが、日中も会議で頭を使ってカロリーを消費しているからだろう。

賢人会議後の食事や健康管理は司祭たちの仕事だ。タルフットもいるのでなんとかがんばって欲しいところで——ロイの好意で、いくつかの料理のレシピをニナはタルフットに渡してあった。タルフットは地に手と額を突いて「いつか必ずこのご恩をお返しします」と言ったのでニナの方が大いに戸惑ってしまった。

「キアラさん、今までありがとうございました。こちらが最後のお食事となります」

「ええ……私としても勉強になりましたわ。まさかあんなメイドがいるなんて……」

ぶるりと身体を震わせたのは、キアラもまた、ヴァシリアーチに遭遇したからだった。同じメイドだからこそわかる、目の付け所の鋭さと、気の利き方、そしてなにより——気配の消し方。

エミリたちはもちろん、ロイやトムスにもしばしば指導をしたヴァシリアーチだったが、マティアス13世やヴィクトリアはニナの代わりにヴァシリアーチが来ていることに、まったく気づかなかったのだ。完璧に気配を消しているどころか、ニナがそこにいたらやったであろうこと、発する言葉をコピーしているのである。

見た目からして全然違うのに、ヴァシリアーチは必要なとき以外は完璧に気配を消していた——

それはキアラにとってはすさまじく異質な存在だった。「ルーステッド・メイド」であるキアラは「ルーステッド・メイド」のすばらしさを広めることもまた仕事のうちなのである。だから、常日頃目立つ必要はないが、ここぞというときには自分の仕事をアピールする。雇い主も「ルーステッド・メイド」がいることを自慢したいので、そうすることで喜ばれる。

「あははは……。師匠が、ヴァシリアーチを嫌う理由がなんとなくわかりましたわ」

「……私の師匠は敵を作りやすいタイプですから……」

ニナとしても否定できないのがつらいところだ。メイド仕事の質を極限まで向上するために、言うべきことをずけずけ言うのがヴァシリアーチだ。メイドの現場や執事、コック、庭師といった面々とは摩擦が起きまくる。

「あなたはどうなのかしら」

「え?」

「その、あなたが……あ、あなたが望むのなら、ドンキース侯爵の第3夫人なんて立場じゃなく、メイドとして、わ、私の右腕として！　働かせてあげないこともないわよ!?」

キアラに言われてニナは目を瞬かせていたが、

「キアラさんと働けたらきっと楽しいですね！」

「そ、そう!?　だったら――」

「ですが、今は仲間がいるので。またみんなと旅に出たいです」

ニナに断られたのだと気づいたキアラは傍目にもわかるほどしょんぼりとした。

「そう……」

そしてカートを押して去ろうとする。

「またお会いしましょう、キアラさん！」

「………………」

立ち止まったキアラは、ちらりとニナを振り向いた。

「……次に会うときには、私はもっとずっと優れたメイドになっているわ」

「はい！　わたしもがんばります！」

ニナがそう返すと、

「あなたが、ちょっとは油断してくれるような人だったらよかったのに」

呆れたように笑い、去って行った。そうして笑っている姿は年相応の可愛らしい少女だとニナは思った。

「……キアラくんをライバルと言うべきか、メイド友だちと言うべきか」

「……いい、ティエン？　アレがツンデレよ」

「……なに、それは。食べ物ですか」

アストリッド、エミリ、ティエンがどうでもいいことを話していた。

「さっ、お食事を運びましょう！」

ニナは気を取り直して言った。

ヴィクトリアは今日は酒を飲んでパーティーをするから食事は要らないということだった。

となるとあとはトゥイリード。

「――やあ、ニナさん。それに皆さんも」

ひとりで部屋にいたトゥイリードは4人を歓迎した。

「食事は5人分ありますか？」

「はい。ですがわたしたちメイドは――」

「今日くらい、いいではありませんか。いっしょに食べましょう」

賢人会議の期間中、書類の山で散らかっていた広いテーブルは、今はなにも置かれておらずがらんとしている。ああ、賢人会議は終わったのだなとそんなところでニナは思うのだった。

「コックのロイさんはまた腕を上げましたね」

トゥイリードは素直に褒めたのだが、それはヴァシリアーチによるしごきの結果かもしれず、ヴァシリアーチを警戒しまくっているロイを思うとニナとしては素直に喜んでいいのかちょっと迷った。

「今日はどうしてわたしたち全員を呼んだのですか？」

エミリが聞くと、トゥイリードは、

「賢人会議の成功は、控えめに言っても皆さんのおかげです。ささやかながらここで祝杯を上げてもいいと思いませんか？」

トゥイリードが酒瓶を持ってくると、エミリとアストリッドの目の色が変わった。

「こ、これは……！」

「エルフの里に伝わるという秘伝の蜂蜜酒《ミード》!?」

釉薬《うわぐすり》を掛けて焼かれた陶器の酒瓶は美しい翡翠《ひすい》色をしており、表面には六角形の蜂の巣《ハニカム》模様が浮かび上がっていた。

うっひょーと喜ぶふたりを、トゥイリードは微笑ましく見ている。

「あ、あの、よろしかったのでしょうか。きっと希少なお酒ですよね……?」

「ああ、私はお酒は飲まないので構いません。贈答用でいつも持ち歩いているだけですから。さあ、食事にしましょう」

トゥイリードは偏食家ではなかったが、あっさりとしたものを好むので、魚のムニエルをメインにした食事となっていた。

ロイが作る料理は美味しいだけでなくどこか温かいと思うニナである。

「賢人会議の成功、おめでとうございます」

「ありがとうございます。ですが先ほども言ったとおり、ニナさんたちのおかげですよ?」

「そんな……メイドなら当然の仕事をしたまでですから」

「あなたの師匠のヴァシリアーチさんはすごかったですね。ニナさんがこの仕事のレベルを『当然』と言ってしまうのもわかる気がしました……いやはや、メイドの世界は奥が深い」

ここでもまた師匠の話だったが、ニナは誇らしく思うのだった。

ちなみに言うと、さすがにヴァシリアーチがニナの代役を務めるには雇用主であるトゥイリードの許可が必要なので、ふたりは少し話をしたのだった。

「それにアストリッドさんの研究もすばらしい。精霊があんなにも楽しく魔術を扱うとは思いも寄らなかった。これはエルフにはない視点ですね」

「お褒めにあずかり光栄です。このお酒を飲んだ今、やってよかったなって思いました」

すでに3杯目を飲んでいるアストリッドはいつも以上の軽口を叩いている。

「……トゥイリード様、聞きたいことがあるのです」

こういうときに発言することのないティエンが、珍しく口を開いた。

「なんでしょう、ティエンさん。残念ながら月狼族の所在は私にはわかりませんが……」

ふるふるとティエンは首を横に振った。

「捕まったノーランたちはどうなるのですか」

「……どうなると、思いますか？」

逆に聞かれたティエンは顔を伏せた。

決まっている、処刑だ。

貴族に危害を加えようとしただけでなく、皇帝陛下の記念式典に傷を付けたのだから、極刑は免れないだろう。

「ふむ……質問を変えましょう。どうなって欲しいですか？」

「チィは……あの人たちのしたことは悪いけど、貴族も悪いことをしたと思うのです」

「ティエンさん！」

いくら仲間内しかいないとはいえ、トゥイリードは微妙な立ち位置だ。そんな彼の前で貴族批判は、あまりに危険だった。

「ニナさん、大丈夫です。最後まで聞きましょう――なにか理由があるのですね？」

「う、うん……あのね」

それからティエンは話し出した。

スラムで暮らす彼らのことを。ノーランはヨソ者だけれど受け入れられ、子どもたちから慕われてもいた。ティエンからすると、彼が極悪非道の犯罪者だとはとても思えない――思えばティエンも孤児として暮らした経験が長い。だからこそ彼らに同情的になっているのかもしれない。

「……なるほど。グリンチ騎士団長もその場にいたということですが、彼はなにか言っていましたか？」

「『割り切れない』。『だけど騎士の仕事はこんなことばかり』だって」

「そうですか。彼が言いそうですね」

少しだけ微笑みを浮かべたトゥイリードは、

「……気絶から目覚めたウーロンテイル伯爵は、ノーラン＝リングヤードのような犯罪者を匿《かくま》ったスラム街を徹底的に掃除し、クリーンな首都にすべきだと主張したようです。その場合、そこに住む人々は首都から追い出されるでしょう」

「そんな!?」

「ですが、彼の主張は通らないはずです」

トゥイリードに否定され、ほっ、とティエンは息を吐いた。

「というのも、ウーロンテイル伯爵にも今回の襲撃を引き起こした原因があるからです。彼が魔術無効の結界を勝手に切らなければ、こんなことにはなりませんでしたからね。彼には敵が多くいますから、ここぞとばかりに彼を表舞台から引きずり降ろそうとするでしょう」

「……リングヤードって貴族が、没落したみたいに？」

「そういうことです。貴族は、血で血を洗う抗争を繰り返します」

「…………」

バカバカしい、とティエンが思っていることは明らかだった。

「騎士団に捕まったノーラン＝リングヤードは尋問の場で、ウーロンテイル伯爵が過去に行ったことを洗いざらいぶちまけているようです。そこにはリングヤード子爵家……彼のご実家も関わった不正もあったようですが、偽りなくすべてを話していると」

「自分が不利になるのに？」

「そうです。今や失うものがないからでしょう。だから、自身の助命はまったく願わず、ウーロンテイル伯爵を討つことだけを考えている」

「…………」

「それが叶えば満足なのでしょう。そして不思議なことに、ウーロンテイル伯爵の邸宅は厳重に施錠され、家主である伯爵も入れないそうです」

「施錠？　どういうことですか？」

きょとんとしてニナが聞くと、トゥイリードは、

「どうやら何者かが伯爵の名代を騙《かた》ってお屋敷を無人にし、すぐには入れないようにしたようですね。信じられない詐術ですが……彼らは一様にこう言ったそうです。『メイドに言われたので信じてしまった』……と」

「!?」

ニナはぎょっとした。メイド、と言われてひとりを思い浮かべたのだが、それを見越したようにトゥイリードはうなずいた。

「はい。ヴァシリアーチさんの仕業です。彼女はウーロンテイル伯爵に捜査の手が伸びるのを先回りして、彼の邸宅から様々な帳簿や書簡が持ち出されない、焼却されないように手を打ったのです。おそらく、証拠を隠滅されていれば伯爵は言い逃れができたでしょうが、邸宅から証拠が出てきたらどうしようもありません。他にも、ノーランに魔術無効結界に関する情報を与えた貴族もいるようで、そちらはグリンチ騎士団長が追っています。首都の治安に関わる重大な問題ですからね」

そのときニナが思い出したのは、自分が気を失ってしまう直前に師匠に言われた言葉だった。

——だからこっちはお前に任せたんだよ、ニナ。

師匠は師匠でやることがあったのだろうが、まさか伯爵家の不正を暴くことだったとは。

いったい、師匠はなにをやろうとしているのか。

師匠はメイドとしてなにをなそうとしているのか。

師匠から残された置き手紙について考え続けているニナは、師匠の存在がどんどん遠くに感じられるのだった。

「まあ、ヴァシリアーチさんは怒っていましたよ」

「え……怒っていた？」

「あれは、そういうことだと思います。弟子のニナさんが賢人会議で疲れ果ててしまって……これには私も責任を感じますが」

「いえ、メイドなら当然やるべきことですし、未熟を恥じているところです」

「……そのニナさんに甘えすぎてしまったことは自覚しています。ともかくヴァシリアーチさんは、私にも言いました。こんな事態になった以上は、真相究明をしっかりやって欲しいと。まるで弟子の仇討《かたきう》ちみたいにね」

「！」

師匠がそんなふうに思っていてくれたとは思わず、ニナはどきりとした。じわりと、胸の奥が温かくなる。

そんな話をトゥイリードがしていると、ティエンが再度口を開いた。

「……スラムの子どもたちはどうなるのですか」

「どう、とは？」

「ノーランへ向けた優しさや、思いは？　無駄になってしまうのですか？　ノーランが死んだと聞いたら子どもたちは……どんな気持ちになるの？」

トゥイリードは痛ましそうに答えた。

「グリンチ団長が言ったとおりです。『割り切れない』という言葉に尽きますね」

「そんなの……イヤ」

「イヤですか」

「イヤに決まってます！」

「わかりました。……では、あなたの思いをぶつけてみますか？」

「………？　誰に？　ノーランに？」

「いいえ」

トゥイリードは口を拭くと立ち上がった。

「ちょうど食事も終わりですし、いい頃合いですね。あなたたちを連れてくるように言われていたんですよ――行きましょう。皇帝陛下がお呼びです」

ブッ、とミードを吐こうとしたエミリはなんとか踏みとどまったが、思いっきりむせた。

「え、皇帝に会うのですか？」

ティエンだけが冷静に聞き返していた。しかも結構失礼な言葉遣いで。

謁見の間に入れるのは、いくらこの帝国が広いとはいえごくごく少数しかいない。それほどまでに帝国の頂点である皇帝陛下の威厳は重く考えられているのだ。

だからこそ貴族たちはこぞって謁見を求める。

そのために、屋敷をいくつも買えるほどの大金を積む者もいる。

（知りたくなかったなぁ～！　そういう知識！）

さっきまで飲んでいたミードの酔いなど完璧に醒めたエミリは、つい今し方この謁見がどれほど価値のあることかを語っていたトゥイリードを思い出していた。トゥイリードがそんな権威主義的なトークをしたことに違和感があったのだけれど、よくよく考えるとそれは単に面白がっていただけなのだろう。

(性格悪ッ！　いや、あたしの魔力筋を解放するきっかけを与えてくれた人ではあるんだけどさあ〜！)

くすぶっていたエミリを大魔導士並みの実力者に引き上げてくれたのはニナだが、ニナのその知識はトゥイリードが与えたものだったので、エミリにとってトゥイリードは大恩人である。そんなトゥイリードに、緊張する少女たちをからかうようなイタズラっぽいところがあるとは知らなかった。

「エミリさん……」

謁見の間の手前の控え室は狭苦しかったが、ここにメイド服を着た4人は通されていた。この場にトゥイリードはいない。

アストリッドはさっきから青い顔をして今にも吐きそうで、ティエンは欠伸をかみ殺しているから平常運転だ。ニナもふだん通りに見えたが難しい顔をしてエミリを見ていた。

「ど、どしたの、ニナ」

「……やっぱりエミリさんは冒険者としての服装のほうが似合ってますよね。メイド服ではなくそちらのほうが、皇帝陛下には失礼に当たらないのではないでしょうか？」

「………」

ふむ、とエミリは思う。ニナも混乱しているなと。

自分がなにを着たところでニナはメイド服だ。メイド服が失礼ならニナがいる時点で失礼だということだし、そもそもメイドを4人呼んでこいと言ったのは皇帝陛下なので、今さらそこをどうこう言っても仕方がない。

「ニナ」

「はい」

「ありがと」

「……え？」

あわてている他人を見ると自分が冷静になる、というのはほんとうだった。エミリは落ち着くことができた。

そこへ扉が開いて、サッとまばゆい光が流れ込んで来た。

「謁見の間に入れ」

きらびやかな制服を着た、皇帝のそばに控えるための戦力である近衛兵が言った。

（皇帝陛下がなにをお望みなのかわからないけど……大丈夫。あたしたちなら大丈夫）

エミリは、自分で自分を鼓舞する。

（ここまでだって4人でなんでもやってきた。だから、帝国の皇帝を相手にしたって切り抜けられるわよ！）

根拠のない自信だったけれど、エミリはそう信じた。

ニナがいて、アストリッドがいて、ティエンがいる。

この４人で最高のパーティー「メイドさん」なのだ、と。

「行きましょう」

エミリが先頭を切って出ると、３人がついてくる。

（うわぁ……）

これほど見事な照明は、日本にいたときですらみたことがない。

はるか高い天井からぶら下がっている、魔道具のシャンデリアは、本物の宝石――しかもダイヤモンド――をふんだんに使っているのだろう、くらくらするほど美しい光を放っていた。

光が降り注ぐような謁見の間は広々としており、巨大な柱が何本も立って天井を支えている。その柱からしてすごい。巨岩から切り抜いたことがわかる、切れ目がなく岩石の紋様を浮かび上がらせている。

足を踏み出すと柔らかな、しかし靴をしっかりと支えてくれる絨毯の感覚があり、ふわふわした現実感のなさはまるで今の自分の状況そのものだった。一介の冒険者が皇帝陛下に謁見するなんて。いや、今はメイド姿だけど。

エミリは近衛兵について先へと進む。

左右には数人の貴族や高官がいてイスに座っていた。トゥイリードも臨席しており、こちらを見て微笑んでいるのがなんとも心強い。さっき、トゥイリードは自分たちをからかっているのではと思ったが、ああやって大げさでもなんでもなく、謁見のすごさを伝えておかないと、この部屋に入った瞬間に取り乱すだろうと考えて話してくれたのだとようやく気がついた。「すごいことなんだぞ」と心に覚悟ができていたから――豪華さは想像以上だったが――なんとかエミリは歩いていられる。

目の前には10段の階段があり、その先に皇帝陛下の座がある。

座の主はまだ来ていなかった。皇帝陛下が客を待つわけにはいかないので、謁見のたびにいちいち入場することになっているのだ。

帝国の国旗がその背後、壁面に張られてあったが、その布ひとつとっても目玉が飛び出るほどの金額の上質なものなのだろうことは遠目にもわかった。

「跪きなさい。皇帝陛下がいらっしゃる」

近衛兵に言われ、４人はその場で膝をついた。騎士や貴族ではないので、両膝をぺたりと地面につけるスタイルだが、絨毯が柔らかいので痛くはなかった。

頭を垂れていると、遠くで、

「――皇帝陛下、ご入来」

という侍従の声がした。しばらく誰かが歩く衣擦れの音がして――前方の皇帝の座に座る音がした。

「顔を上げなさい」

優しい声だ。メイドの宿舎で聞いたのと同じ。

エミリは顔を上げ、そして凍りついた。確かにメイドの宿舎に顔を出した老女に他ならない。だけれど今、彼女は「皇帝」の顔をしていた。

王冠をかぶり、緋色のマントを羽織っている。着ているドレスはこの国、いや、この世界にふたつとないほど手の込んだものだった。

つまるところそこにいるのは、「威厳」という言葉そのものだった。「威厳」が歩き、「威厳」が座り、「威厳」がこちらを見て、「威厳」が言葉を発した。

皇帝陛下がしゃべったのはそこまでで、あとは侍従が書状を読み上げる。

それは賢人会議においてメイドが果たした役割は大きく、褒美を取らせるという内容だった。

聞いた貴族たちが小声で「ほんとうか」「メイドがなんだというのだ」と話をしているが、トゥイリードがにこやかにうなずいている。

「欲しいものがあるのなら、ひとりずつ申せ」

まさか、なにか褒美がもらえるという話になるとは思わなかった。

（そうよ。ここで言えばいいのね！　ドンキース侯爵に手出しされず、帝国から出国したいってことを……）

と思いつく前に、

「チィは欲しいものなんてないのです。でも、皇帝陛下に言いたいことがあります」

ティエンが立ち上がっていた。

（あ〜〜〜ティエンの望みがあったわ〜〜〜〜。でもそれはあたしの望みを言って、確実に安全を保証してもらってからにして欲しかったなぁ～！）

後悔先に立たずである。

ティエンはノーランのことを話し出した。いきなり立ち上がってしゃべり出すのはマナー違反も甚だしいが、皇帝陛下は最後までティエンに話させた。

「……爆破事件首謀者ノーランの助命嘆願ということかしら？」

話が終わると皇帝陛下は言った。こくこくとティエンはうなずいた。

「多くの帝国市民を巻き込み、人殺しをしようとした男ですよ？」

「でもちゃんと、悪いことは悪いと教えてあげたら、真面目に生きてくれると思うのです」

ティエンは真顔だった――これほどティエンが、あのノーランという男に入れ込んでいるとはエミリは思わず、正直驚いてはいた。

エミリは、ノーランを捕らえる現場にいなかったからかもしれない。

スラムの子どもたちに自分を重ねているティエンのことも、エミリはこの場ではわかっていなかった。

「……トゥイリード殿はどう思いますか？」

皇帝陛下に話を振られ、トゥイリードは、

「い、いや、命だけなら救う方法はあるかと存じます。あとは本人の希望でしょう」

「なるほど……？　本人の希望に沿うようにすると？」

「そうです」

「でも、かなりの大技を使うことになりますよ？　それこそ根回しにとんでもない金額が動くことになる……賢人会議を成功に導いた報酬として用意していた金額を全部投じてでも、ノーランという男を救いたいのですか？」

「はい！」

ティエンは即答したが、エミリとしては、そっかー、こんだけ苦労してもお金もらえないのかー、と遠い目になってしまう気持ちは正直ある。

（まぁ、でも……それくらい真っ直ぐなほうがティエンらしいけどね）

自分たちの意見も聞かずに決めてしまうというのも、ティエンがやったということならば、憎めない自分もいた。自分の心を隠して、言葉少ないティエンよりも、今のティエンのほうがずっと可愛い。

にこやかにニナもティエンを見ているし。アストリッドは相変わらず気持ち悪そうにしているだけだけれど。

「ではそのようにしましょう。トゥイリード殿も異論ありませんね？」

「ええ。ティエンさん、あくまでもノーラン自身が生きたいと願うのなら、という条件付きですからね？　しかもそうだとして、身分も、名前も、なにもかも失い、帝国外に追い出されることになる……」

うんうん、とティエンは力強くうなずいた。

「それでいいのです！　身体があれば、人は生きていけるからね」

「小さいのにずいぶん大胆を言う子ね」

皇帝陛下はこのときばかりはただの老女となっていた。

「……陛下、報酬をすべて使うとなると、彼女たちに与える褒美はもうなくなりますが」

「ああ、そうですね――」

ですよね。知ってます。とエミリが涙目になったときだった。

「――ですが、余から提案があります」

皇帝陛下からの「提案」という言葉に、臨席している貴族たちがざわついた。ふだんそんなことはしない、特別なことであるらしい。

「メイドのニナ、立ちなさい」

「はい」

エミリの横でニナが立ち上がった。

「あなたの腕はほんとうにすばらしいそうですね。トゥイリード殿だけでなく、ヴィクトリア殿、ミリアド殿もあなたのことを特に買っていました」

マティアス13世の名前が挙がらないのは、彼はキアラを評価しており、ニナのほんとうの力がまったくわかっていないからだろう――それを言うとミリアドも完全に勘違いしたままではあるのだが。

「いえ……メイドなら当然です」

「その謙虚な姿勢も気に入りました。あなたは余のそばに仕えなさい。メイドが仕える相手としては、望むべくもない相手でしょう?」

皇帝陛下のそばに仕える――確かにそれは、メイドが働く環境としては世界有数のもののはずだった。

ニナはメイドだ。

メイドとしてその力を発揮するには、お屋敷やお城などの場がふさわしい。上質な品物を扱う雇い主がいて、賓客が来てそれをもてなす必要があるような。

この提案《オファー》を聞いたエミリは、驚きもあったけれどどこか安心している自分に気がついた。

(ああ……そっか。ニナにとってはようやく、だもんね。ようやく自分が正当に評価されて、力を遺憾なく発揮できるステージにたどり着いたんだ)

そう、それはつまりニナとの旅の終着点を意味していた。

皇帝は微笑み、メイドの返事を待った。

「ありがとうございます、陛下」

さようなら、ニナ。ううん、いってらっしゃい、だね。がんばってね――とエミリが思ったときだった。

「ですがわたしはご期待に応えることができません。大変申し訳ありません」

え……と思ったのはエミリだけではない。

謁見の間が沈黙に支配された。

「……聞き間違いかしら?　あなたは、余の提案を断ったの?」

「はい、陛下。わたしのような未熟なメイドに過分なご提案をいただき、感謝の気持ちに耐えません。ですが今回、トゥイリード様のお世話を仰せつかり、まだまだ至らぬ点を数多く確認いたしました。このような未熟者が陛下のおそばに仕えることになりましたら、皇帝陛下の輝きをわずかでも曇らせてしまうことになりかねません」

そう話すニナを、エミリは見上げていた。

「ですから、わたしはもっと自分を磨かなければなりません。そしてそれには、もっと多くの人に会い、もっと様々な経験を積む必要があり――」

ニナは迷っていなかった。提案を蹴ることを惜しいとも思っていなかった。

だってニナは、

「――旅に出るのがいちばんのようです」

にこやかに、そう言い切ったのだから――。


いろいろあった賢人会議が終わり――5日が経過していた。

ついにニナたちは4人そろって首都サンダーガードを出る馬車に乗りこんでいた。

トゥイリードともお別れをし、ヴィクトリアがグリンチ騎士団長を誘惑している場面に出くわして気まずい思いもしたし、発明家協会の会長にも会ったし（忙しすぎてげんなりしていた）、ミリ

アドが手を回しているという情報を聞いたので冒険者ギルドには寄らなかったし（メイド服姿で皇帝陛下と謁見したのはラッキーだった、なぜなら冒険者姿で行ったら皇帝陛下にエミリのこともバレてしまっただろう）、トムスといっしょにロイのレストランにも行っておいしいものをたっぷり食べた。

もう、やるべきことは全部やりきった。

ちなみにその間、ドンキース侯爵も手を尽くしてニナを捜していたのだが、うまいことキアラが手元で情報を握りつぶしてくれていた。それもそろそろ限界なので、サンダーガードを出るには頃合いである。

「いやしかし、今さらだけれど、ニナくんは皇帝陛下の提案を断っちゃってよかったのかい？」

馬車は貸し切りで、ニナたち４人しかいない。

「はい。旅はほんとうにすばらしいですから、わたしはもっと成長できると思うんです！」

アストリッドの問いに答えたニナは、両手を握りしめてやる気十分だった。

「でもあたしは肝が冷えたわよ……」

「ふふ、エミリくんは目を白黒させていたね」

「アストリッドはずっと吐きそうな顔だったでしょうが」

皇帝陛下はさほどニナに執着していなかった。これもまた幸運だったが、賢人たちがニナを評価していても、皇帝陛下自身はニナと接触していない。つまり「賢人の酔狂」くらいに捉えており、さほどニナを欲しいと思っていなかったようなのだ。

「この馬車はあんまり快適じゃないのです」

がたぴしいう馬車に、ティエンが文句を言ったが。

「それはもうしょーがないわよ。貸し切りにできるだけでもすごいことなのよ？」

エミリが手にしていたのは皇室を示す紋章だった。これを見せれば帝国国内は自由に移動できるし、どんな貴族もその身柄を拘束できないと皇帝陛下からお墨付きをもらった。

皇帝陛下からの褒美は終わりだったので、この紋章はトゥイリードからの褒美だった。

トゥイリードは皇帝陛下に掛け合って、「自由に旅に出る権利」を手に入れてくれたのだった。

これでドンキース侯爵もニナに手出しをできない……ということになっているが、油断は禁物だとトゥイリードには言われた。貴族がヤバい生き物であることはエミリも、一連の事件で重々承知している。

「う～～～ん、それにしても、首都を出るとこんなにも広々としてるんだねえ」

アストリッドは言った。

郊外は自然が生い茂っており、トゥイリードがいたら「精霊が元気ですね」とでも言うのかもしれない。

「今度の旅は長くなりそうだし、すぐに見飽きることになるわよ、アストリッド」

「うっ……エミリさん、すみません。わたしのワガママで」

次の旅の目的地は、ニナが決めた。

それは彼女が今手にしている置き手紙によるものだった。

——ニナへ。「幽々夜国《ゆうゆうやこく》」を知っているか？　そこでちょっとした厄介ごとがあり、お前の力を借りたい。私の名前を出せば通してくれるはずだ。

ただそれだけの内容。

地底にある、夜の国——そう呼ばれている「幽々夜国」はダークエルフの住む国だ。排他性においてはエルフとは比べものにならないほどで、招待状がなければ国境——洞窟の入口で足止めされる。

ユピテル帝国からは３つ国を越えた先にあり、「冥顎自治区」の周辺にある。

あの師匠が自分の助けを必要としている、というのはニナにとって衝撃だった。なんでもできる超人だと思っていたのだから。

しかもニナのために１日使ったことすら惜しむように、急用があるからとニナが目覚める前に去っていった。

たかだか短い置き手紙でも、ニナなら来てくれるだろうと信じているのか。それとも、無理なら無理で仕方がないと思ったのか。

ニナは、前者だと信じた。

「いいのよ、ニナ。あたしはあんたがワガママ言ってくれるようになってうれしいんだから」

「そうさ。私たちはパーティーメンバーだからね」

「うん。みんな『メイドさん』なのです」

ティエンが最後に言うと、

「あたし、自分がメイドになるのはもういいや……」

「私も、メイドは無理だとよくわかった」

「えーっ、エミリさんもアストリッドさんもよくお似合いでしたよ!?」

ニナが悲しそうに言うので、3人は笑うのだった。

吹く風は盛夏を過ぎ、徐々に暑さが和らぎ始めている。

「メイドさん」一行の旅が、もう一度始まったのだ。

あとがき

1巻のあとがきに、実在したメイドさんたちについて調べてみると、大変な仕事ながらも生き生きと働いていた姿が見えてきた——といったことを書きました。今回の3巻では、そんなメイドさんたちが、世界の変革に関わるような大きな出来事に、裏方として関わっていく姿を描いています。身近な仕事をこなすことが生活のすべてであったメイドさんも、世界を動かす一部になるかもしれない……そう思うとわくわくしませんか？　いえね、けっして私が会社の歯車になって日々、砂を嚙むような仕事に嫌気が差しているわけではなくてですね。

ともあれそんなことを書いていたら、なんかもうめっちゃ分厚い本になってしまいましたが、そのぶん読み応えもあるんじゃないかと！　楽しんでいただけたらいいな。

今巻でもキンタ先生にはすばらしいイラストを仕上げていただきました。私は文字を通じて、ニナたちがあたかもそこに生きているかのように描写をするのですが、キンタ先生は意図をくみ取って実際に絵として描いてくださるので、私も大変刺激を受けますし、小説としての価値が数段上がるなと思っています。毎回ほんとうにありがとうございます。

またメイドさんたちの旅を、熊谷綾人先生の手で生き生きとコミカライズしていただいています。

こちらも第1巻が発売されているので是非ご覧くださいませ。

一年中、小説を書いているのでもうあとがきに書くことがないほど小説内で様々に叫んでいるわけですが、せっかくの紙幅だしなにかないかな、うーんうーんと唸っていたところ思いつきました。私のデビュー周年記念でもなんでもないのですが、デビュー当時に立てた「誓い」みたいなものを書いてみようかな。キンタ先生、熊谷先生への謝辞を先に書いたのはこの先は小説に関係のないことを書くので、読み進める人も少なかろうという先回りした親切心です。できる社会人の心遣いよ。

さてその「誓い」ですが極めてシンプルです。

毎年1冊以上、商業で本を出す。

今のところ、なんとかかんとかこの「誓い」は守られていますが、いつ何時破られてしまうのかがわからないのが恐ろしいところです。最初の数年は、「小説を書くのは自分の自由だけど、出版するのは出版社の自由だもんな……」という不安があり、そこを乗り越えると「私の体力はいつまでもつんだろう……」という不安が襲ってきます。まあ、小説家なんてのは不安を文字にする商売みたいなところはあるので健全な心の動きです。

私は兼業作家であるため、創作に掛けられる時間は限られています。その時間を使って書くものなのだから「私にしか書けないもの」を書きたいという欲が出てくる。「旅するメイドさん」というコンセプトは他になかろうと思っているのですが、もしあったとしても私が読んでいないのでセーフ。ああ、こういう面の皮の厚さも小説家として長く続けるには必須の資質です。

物語とは作者が知っている言葉でしか綴ることはできないので、必然的に会社での仕事も「実のある」ものであって欲しいと願うようになります。なぜか私は前のめりで働くようになり、そうすると振られる仕事も増えて、余暇が少なくなる……あれ？　思ってたのと違うな？　と気づきながらも気づかないフリができる程度には年を取っているのでだましだましやっています。

自分の手に入れた知識、心が震えたこと、この目が捉えた風景、言わずにいられない想いを、小説という物語に落とし込んでいく。それはつまり私が歩んできた足跡を翻案して物語に昇華し、読者の皆様もそれを知り、またその物語が広がっていくということ。どうせつながる縁ならば、快いものであって欲しいと願いながら文字を書いています。

さて「誓い」の話に戻りますが、「誓い」を守った結果、なにがあったのかと言えば――特になにもなかったです。あろうとなかろうとたぶん私は小説を書き続けたと思うし、結果として毎年本が出版されようと、間に5年空いて本が出ようと、やっていたことは変わらなかったんじゃないかな。

でも、この「誓い」は常に頭のどこかにあった気がしていて、私が怠けようとすると「へぇ～、あなたの『誓い』ってその程度のものだったんだ？」と耳元で囁いていた気がします。完全にヤバい妄想です。まあ、妄想を抱いた数だけ小説を生めるので妄想は小説家の代名詞のようなものです。

つまり小説家にとってはまったく問題ないということです。

問題ないと言っているヤツがたいてい問題を抱えていることを、できる社会人である私は知っています。

そして、人は矛盾を抱える生き物であることも、年を取った今はわかっています。
したたかに、老獪に生きていきたいものです。

転生した大聖女は、
聖女であることをひた隠す
戦国小町苦労譚
即死チートが最強すぎて、
異世界のやつらがまるで
相手にならないんですが。
領民0人スタートの
辺境領主様
ヘルモード
～やり込み好きのゲーマーは
廃設定の異世界で無双する～
二度転生した少年は
Sランク冒険者として平穏に過ごす
～前世が賢者で英雄だったボクは
来世では地味に生きる～
反逆のソウルイーター
～弱者は不要といわれて
剣聖（父）に追放されました～
俺は全てを【パリイ】する
～逆勘違いの世界最強は冒険者になりたい～

もふもふとむくむくと
異世界漂流生活
メイドなら当然です。
濡れ衣を着せられた
万能メイドさんは
旅に出ることにしました
転生して
ハイエルフになりましたが、
スローライフは
120年で飽きました
駄菓子屋ヤハギ
異世界に出店します
ドイツ軍召喚ッ!
～勇者達に全てを奪われた
ドラゴン召喚士、
元最強は復讐を誓う～
偽典・演義
～とある策士の三國志～
生まれた直後に捨てられたけど、
前世が大賢者だったので余裕で生きてます
ようこそ、異世界へ!!
アース・スター ノベル
EARTH STAR
NOVEL

EARTH STAR NOVEL

メイドなら当然です。Ⅲ
濡れ衣を着せられた万能メイドさんは旅に出ることにしました

発行 ―――― 2023年5月15日　初版第1刷発行

著者 ―――― 三上康明

イラストレーター ―――― キンタ

装丁デザイン ―――― 村田慧太朗（VOLARE inc.）

発行者 ―――― 幕内和博

編集 ―――― 今井辰実

発行所 ―――― 株式会社アース・スター エンターテイメント
〒141-0021　東京都品川区上大崎3-1-1
目黒セントラルスクエア　7F
TEL：03-5561-7630
FAX：03-5561-7632
https://www.es-novel.jp/

印刷・製本 ―――― 図書印刷株式会社

ISBN 978-4-8030-1786-1